DESCALZA VOY CONTIGO

T0282854

colección andanzas

ANTIMIO CRUZ BUSTAMANTE
DESCALZA VOY CONTIGO

TUSQUETS
EDITORES

© 2024, Antimio Cruz Bustamante

Diseño de la colección: Guillemont-Navares
Foto arte de portada: Erik Pérez Carcaño
Fotografía de portada: © iStock
Fotografía del autor: © Brenda Tenorio

Derechos reservados

© 2024, Editorial Planeta Mexicana, S.A. de C.V.
Bajo el sello editorial TUSQUETS M.R.
Avenida Presidente Masarik núm. 111,
Piso 2, Polanco V Sección, Miguel Hidalgo
C.P. 11560, Ciudad de México
www.planetadelibros.com.mx

Primera edición en formato epub: febrero de 2024
ISBN: 978-607-39-0966-2

Primera edición impresa en México: febrero de 2024
ISBN: 978-607-39-0916-7

Impreso en los talleres de Impregráfica Digital, S.A. de C.V.
Av. Coyoacán 100-D, Valle Norte, Benito Juárez
Ciudad de México, C.P. 03103
Impreso en México – Printed in Mexico

No hay hecho, por humilde que sea,
que no implique la historia universal
y su infinita concatenación
de efectos y causas.

JORGE LUIS BORGES

El asiento del alma es donde
el mundo interior y el exterior se tocan.
Pues nadie se conoce a sí mismo,
si sólo es él mismo y no otro al mismo tiempo.

NOVALIS

I
La frasca

Allá en Michoacán había un tendero que tenía en un mueble una botella mágica. Él no la entendía ni la quería, pero la guardaba. Era de vidrio transparente, con base cuadrada y cuello corto. Mucha gente que llegaba a comprar abarrotes a su negocio la veía y le preguntaba:

—¿Para qué tiene esas hormigas en la botella, don Asunción? —Pero él no respondía con claridad. Algunas veces decía que las hormigas servían para probar el vinagre y otras veces decía que las usaba para saber cómo estaría el clima ese día.

Así pasaron los años hasta un domingo de 1937, cuando llegó a ese pueblo del bosque, que se llama Tlalpujahua, un fuereño que se recargó en el mostrador y le preguntó al tendero:

—Oiga, amigo. ¿Cómo le hizo para meter tantas monedas de oro dentro de esa frasca?

Asunción Alonso supo que le hablaba de la botella de base cuadrada que tenía en el mueble. La tomó y se la puso enfrente al hombre que le había preguntado, quien se llamaba Santiago y se apellidaba Juan Casiano.

—Mírela bien —le dijo el dueño de la tienda—. Desengáñese con sus propios ojos —agregó al mismo tiempo que dejó reposando la frasca sobre el mostrador.

El cliente recién llegado bajó un poco la altura de sus ojos y sonrió en señal de triunfo al pronunciar una respuesta que le pareció lógica: «Seguro que el cuello de la botella era ancho y después de meter las monedas lo hicieron estrecho con fuego».

La atención del tendero quedó capturada por dos estímulos: la manera rígida como movía el bigote el hombre con el que hablaba y su respuesta insistente sobre cómo encerrar monedas en un frasco.

—Le voy a regalar la botella si usted escucha con atención —dijo entonces Asunción Alonso, inhalando aire como si fuera a iniciar el ascenso a una colina.

La columna vertebral de Santiago Juan Casiano se enderezó porque captó algo raro en la respuesta y supo que debía estar bien parado para cualquier cosa que ahora ocurriera.

—Cuénteme. Yo le escucho —dijo el charro michoacano que ese día iba por cigarros y velas.

Entonces el dueño de la tienda contó la historia del monje franciscano que le dejó encargada esa frasca en los años de la guerra cristera, cuando peleaban a muerte los católicos contra el gobierno. El religioso le ordenó que sólo entregara el envase de vidrio a quien viera monedas adentro, porque Asunción y todos los demás sólo veían hormigas que se movían entre hojarasca y ramas pequeñas, bajo un tapón de corcho perforado por el que circulaba el aire.

El visitante miró con desconfianza al dueño de la tienda. Le preguntó por qué aceptó una instrucción así, como de brujería, de parte de un cura católico. Por eso Asunción Alonso le contó lo que pasó la noche en que el religioso llegó a su casa, ubicada en la parte alta del pueblo, cerca del cerro del Chapulín.

Ese fraile salvó a su mujer, María Suárez, que agonizaba con neumonía la noche fría en que el cura tocó a su puerta, aparecido de la nada.

En ese momento Asunción lloraba su mala suerte, pues podría quedar viudo y con tres hijos pequeños. Varias veces, durante la tarde y noche, el dueño de la tienda se había hincado, tocando el piso con su frente y suplicando a Dios misericordia, ayuda, un milagro, una intervención directa para no perder a su compañera elegida para toda la vida.

Como si fuera un niño indefenso, el tendero, de estatura baja pero con brazos y espalda como Hércules, presentía el arribo de la muerte a su casa, envuelta ya por una oscuridad tétrica. Por eso interpretó como una concesión del cielo la inesperada aparición del monje, vestido con hábito de algodón áspero color café, cinturón de cuerda y un capuche que le cubría los hombros y la cabeza.

Santiago escuchaba cauto y atento la narración del dueño del negocio de abarrotes. En ese momento ya tenía la frasca muy cerca y comenzó a tocarla con sus dedos ásperos de hombre de campo. Era arriero y domador de potros, acostumbrado a apretar cuerdas y manejar animales broncos; expuesto cotidianamente

11

al olor del estiércol y el lodo. Iba a Tlalpujahua cuando había trabajo; principalmente para arrear puntas con cientos de vacas, puercos o borregos hasta el tren de carga del pueblo de Maravatío. Desde ahí, los capataces llevaban el ganado hasta la Ciudad de México. Ese día, 28 de marzo, había ido al pueblo para escuchar la misa de la mañana, por ser Domingo de Resurrección y final de la Semana Santa.

Asunción terminó de contar que el viejo monje dijo su nombre, pero no lo recordaba. Le pidió permiso para rezar y dormir en el piso, junto a la cama de María Suárez; mientras el propio Asunción y sus dos niños más grandes rezaban el rosario con las formas y oraciones que normalmente se aprenden en el catecismo.

Pronto toda la casa sonaba como una caja de ecos graves, rumores y susurros monocordes. En la competencia de volúmenes, el oleaje ronco de las plegarias superaba el silbido agudo de las ráfagas de viento que golpeaban contra los muros exteriores y la puerta.

Los cuatro penitentes masculinos participaron en un ejercicio articulado de invocación de la salud, pero el cansancio se fue llevando a cada uno al sueño, siendo el monje quien se quedó dormido al final y más profundamente.

Antes de amanecer, el franciscano se levantó y dijo que el mal se había alejado. La única mujer de la casa seguía dormida, pero ahora respiraba sin obstáculos. El cura dejó indicaciones precisas de cuidados para varios días; repitió insistentemente que

María debía dormir mucho hasta recuperar el buen color y fortaleza.

Antes de despedirse encargó a Asunción guardar la frasca con hormigas hasta que alguien viera adentro unas monedas porque, según él, ese envase encerraba un enigma. Luego salió de la casa, ante la mirada adormilada de la familia Alonso Suárez, y desapareció en la neblina del bosque michoacano, antes de que brillara el sol.

Asunción terminó el relato y miró con curiosidad el rostro del hombre que finalmente se llevaría la vieja frasca. Era un moreno de estatura baja, rasgos indios, bigote tupido estilo zapatista, expresión melancólica y sombrero de ala circular en la mano libre.

El jinete estaba tenso; en parte jubiloso y en parte desconfiado: en guardia. Aunque esa región occidental de México albergó pueblos mineros desde la conquista española, él nunca había visto tantas monedas de oro entre sus manos, pues su oficio era cuidar animales, sin ser dueño de ellos. Hubiera querido acercarse más la frasca y contar el dinero en ese momento, pero no quitó la mirada del rostro lampiño del tendero. Buscaba algún gesto sospechoso, rastro de burla o engaño, pues el regalo inexplicable podría encerrar muchas trampas.

—¿Le digo una cosa, amigo? Yo sólo veo hormigas negras. Pero si usted ve monedas, seguro que la frasca lo estaba esperando —le dijo Asunción a Santiago, al mismo tiempo que recargaba todo su cuerpo sobre los brazos en el mostrador.

El charro supo que era revisado con la mirada. Su atención sensorial recorrió cada tejido de su ropa, postura y expresión. En un gesto facial del tendero, apretando la boca y desviando un poco la mirada, el domador de potros se sintió mal calificado; rechazado. Pero no tuvo tiempo de detenerse en esa incomodidad porque Asunción empujó el envase sobre el mostrador hasta entregárselo.

Santiago Juan Casiano había apretado los labios tanto que ni un alfiler podría cruzar la frontera de su boca. Con esa expresión de piedra sujetó la frasca y la guardó en una alforja. En su fuero interno, sentía urgencia de correr como caballo cimarrón hasta el llano más próximo para contar en solitario las monedas de la frasca, pero frenaba sus impulsos con hombría, por temor a un asalto o robo.

El cliente de la tienda miró en todas direcciones. Nadie más estaba dentro del negocio y la calle se movía con el letargo del mediodía pueblerino. Para simular calma sólo dijo: «Gracias, paisano. Que Dios y las ánimas lo bendigan». Luego pidió al tendero cigarros y también tres velas largas que originalmente iba a comprar para alumbrar su jacal. Asunción despachó el pedido y para facilitar su transporte lo envolvió en papel de estraza. Santiago pagó con monedas de cobre que traía en una talega y salió.

Cuando el domador de potros abandonó la tienda, Asunción sintió que había cumplido su compromiso de siete u ocho años con el monje, a quien nunca volvió a ver. Eso no era raro, pues por aquellos años la guerra cristera de católicos contra el ejército laico mató a doscientas mil personas y muchos curas andaban prófugos, a salto de mata, para evitar las torturas y ejecuciones en plazas públicas a las que fueron sometidos muchos de sus compañeros.

El ejército respondía a órdenes del presidente de México, Plutarco Elías Calles, que impulsaba el ateísmo de Estado; mientras que los católicos mexicanos eran alentados desde El Vaticano por el papa Pío XI, quien con sus encíclicas *Iniquis afflictisque, Acerba animi* y *Firmissimam constantiam* denunciaba la persecución militar a los católicos por parte del gobierno mexicano y ofrecía indulgencia plena a todos los que ayudaran a la Iglesia.

Finalmente, el dueño de la tienda se olvidó del fraile y de la frasca de hormigas porque pensó en las formas femeninas del cuerpo de su esposa. Sintió un airecito frío de la montaña acariciando sus hombros de Hércules y una contracción del músculo pubococcígeo que despertó su deseo de estar ya en casa para abrazar por la espalda a María Suárez; de pie, desvestidos los dos.

II
El sueco

David Björn llegó a la ciudad de Oaxaca, desde Upsala, después de dos días de viaje en tren, avión y taxi. El 27 de mayo del 2000 cumpliría sesenta y tres años y quería estar solo, lejos de su vida en Suecia y de las personas que, sentía, le habían dado la espalda. Nadie envejece por decreto, pero el profesor Björn, bioquímico y doctor en Ciencias, sentía que la etapa solar de su vida había concluido y en su recorrido sólo quedaba una corta exploración de la etapa lunar.

Ese año no había sido cordial con su persona. En enero su relación laboral con la Universidad de Upsala se volvió insostenible. Era verdad que la ley le permitía jubilarse desde los sesenta y un años, pero él no quería retirarse. Desafortunadamente en su caso, la administración del Instituto de Bioquímica fue acotando las opciones para que terminara por desocupar el laboratorio en el que había trabajado desde 1957, cuando el profesor Arne Tiselius aceptó ser su mentor e impulsó su carrera. Era un protector profesional muy influyente, pues fue el primer científico en desarrollar plasma sanguíneo sintético, y por eso ganó el Premio Nobel de Química, en 1948.

Muy joven, Björn se sintió como un retoño intelectual de Tiselius y perfeccionó a tal grado sus experimentos con la técnica de electroforesis que llegó a identificar y reportar en revistas científicas más de doscientas cincuenta proteínas de interés farmacéutico, desconocidas hasta antes de sus trabajos.

A los cuarenta años, David era el investigador vivo más citado de su instituto. Gozaba de prestigio, afecto y autoridad entre la comunidad universitaria y, además, se había casado con Gry Järvinen, una ingeniera química de ascendencia finlandesa, quince años menor que él, de una apacible belleza física, carácter dulce y alegre que llenó de colorido sus días.

En esos años, la imagen que David Björn tenía de sí mismo era la de un genio precoz que, tarde o temprano, debía recibir un reconocimiento importante de la comunidad científica, como había ocurrido a su maestro Arne. Pero la teoría de la Ventana de Johari enseña que es diferente la percepción que alguien tiene de sí mismo, comparada con la manera como otros lo ven y juzgan. Un ser humano puede ser dos personas totalmente diferentes: una frente a sus ojos y otra frente a los de aquellos que lo observan, sobre todo cuando comparten poca información y predomina el filtro de la idiosincrasia.

Para muchas generaciones de colaboradores y alumnos de David, los gestos de empatía del profesor fueron prácticamente inexistentes. Ser estricto fue su sello distintivo a lo largo de cuatro décadas. Él era una máquina de razonamiento; dominante, combativo e inflexible. Siempre quería tener la razón. Había desarrollado decenas de argumentos, sofismas y tretas para imponerse en cualquier clase de debate, laboral o personal. En sus clases, lo primero que escribía con grandes letras, para que todo estudiante lo copiara, era una de las frases más conocidas de su mentor, Tiselius, quien llegó a ser presidente de la Fundación Nobel: «Vivimos en un mundo donde, por desgracia, la distinción entre verdadero y falso parece ser cada vez más borrosa por la manipulación de hechos, por la explotación de mentes no críticas, y por la contaminación de la lengua». Esos tres eran argumentos repetidos en los litigios intelectuales y morales del doctor Björn: «manipulas los hechos», «careces de pensamiento crítico» o «contaminas la lengua». Secretamente, disfrutaba dejar en silencio a sus interlocutores.

De forma paulatina, David se convirtió en una especie de guardián del pensamiento crítico en la Universidad de Upsala, según su propio punto de vista, y en un dolor en el espinazo para quienes lo rodeaban y debían trabajar con él a diario. La mayoría de sus compañeros lo detestaba cordialmente.

Cuando llegó a los sesenta años, edad en la que se alcanza la cúspide de la autoestima, ya nadie se acercaba al doctor Björn por voluntad propia. Y como todos los actos tienen consecuencias, burdas o sutiles, su segregación de la universidad encontró un cauce.

Aunque para febrero del año 2000 sus temas de investigación todavía podían generar más resultados, el sexagenario no pudo seguir adelante porque se adoptó la condición de que todos los nuevos proyectos autorizados por el Instituto de Bioquímica debían contar con financiamiento externo para poder usar los laboratorios. Y nadie quería financiar al veterano experto en proteínas, que había sembrado antipatía, resentimientos y envidias entre todos los líderes del ecosistema de investigación: jefes de empresas, academias y oficinas de gobierno.

Al no obtener recursos económicos para armar proyectos, la administración universitaria le pidió entregar al mando de otro colega el laboratorio que dirigía. David se sintió agotado como para luchar contra el sistema y claudicó. No tendría que preocuparse por dinero, ya que su contrato con la universidad le garantizaba una buena pensión del empleador o *tjäntepension*. Además, tenía otra pensión privada que había adquirido desde joven y había pagado con una fracción de sus ingresos a lo largo de cuarenta años.

Los siguientes tres meses cayó en una espiral de amargura y resentimiento. Se veía despojado, traicionado y abandonado. Incluso sintió que Gry, su principal amiga, aliada y madre de su único hijo, Erik, de sólo ocho años, fue insensible a su dolor y en el momento en que más necesitaba su respaldo se comportó distante y egoísta.

Él se sentía anciano, acabado. En esos días no tenía ojos ni atención para Gry ni para Erik porque, de algún modo, estaba seguro de que ellos hacían un magnífico equipo sin él.

Tras semanas insufribles compartiendo la casa que habían comprado en la zona de Norby, los regaños y groserías se acumularon hasta el momento en que Gry le informó que ella y el niño lo dejaban porque era imposible dialogar o entenderse. Entonces David, lleno de indignación y soberbia, convencido de que era el ser más incomprendido del mundo, dijo que primero se iba él: a viajar por América y a escribir un libro. Así recordaba la forma como llegó a la ciudad de Oaxaca, tres días antes de cumplir sesenta y tres años, con el deseo de visitar el pueblo Santa María del Tule, donde habita el árbol vivo más antiguo de México.

III
El ansia

En la calle, Santiago Juan Casiano buscó su caballo lobero. Con sus botines de tacón recto, espuelas de charro y pantalón de lana vieja, subió a la montura y avanzó hacia el norte, rumbo a su ranchería, llamada Contepec.

Como un hambriento jornalero que trajera comida cocida y aromática en la alforja, el jinete ansiaba estar solo y tranquilo para abrir su beneficio y contar cuántas monedas de oro guardaba la frasca.

Cabalgaba aguantando la carrera, sujetando los pasos mientras cruzaba las calles empedradas del pueblo minero de Tlalpujahua.

Pasó frente al hotel donde, de niño, vio llegar al ejército revolucionario zapatista, con sus pantalones de manta blanca y huaraches; cara redonda y bigotones. No usaban traje de charro ni botas y la dueña del hotel decía: «Ahí vienen esos zapatistas patas rajadas. Les cabe una lagartija en cada rajada de las patas». Luego pasó por la plaza donde, más grande, había visto al general Álvaro Obregón cuando llegó con sus soldados. Ya sólo tenía un brazo, porque el otro lo perdió en la batalla de Celaya, pero hacía bailar a su caballo con las riendas que manejaba con una sola mano.

Pese a la prisa, el domador de potros miraba a la localidad con nuevos ojos. Identificaba diferencias en los materiales de construcción de casas, tiendas y talleres. Distintos tipos de techos, ventanas y puertas eran testimonio de años de esplendor y ocaso; ciclos de bonanza y de miseria, inconstancias herradas en la piel del pueblo a lo largo de cuatro siglos de explotación minera.

Santiago no sabía mucho de metales preciosos, pero su padre, abuela y bisabuela contaban que en Tlalpujahua y el vecino pueblo, El Oro, españoles, franceses y, después ingleses encontraban vetas de oro y plata, las aprovechaban y luego se iban. Cuando una nueva mina abría se construían casonas y se ampliaban templos o mercados; pero la desolación y el abandono regresaban a esas montañas cuando los yacimientos se agotaban.

Hasta esa mañana del 28 de marzo de 1937, el ingreso y sustento del arriero dependía totalmente de las vacas, potros, borregos y puercos, pero sabía que los hombres más respetados de la región vivían de los metales preciosos; algunos eran mexicanos y otros extranjeros. También sabía que Tlalpujahua y El Oro atravesaban entonces un periodo de riqueza. Por fin habían terminado dos grandes guerras mexicanas: la Revolución y la Cristiada, que desde 1910 y por casi veinte años llenaron de sangre pueblos, campos y caminos. Ahora sí, estaba en marcha la explotación de dos vetas famosas encontradas en 1900, pero que hasta 1927 no fueron tocadas: la Veta Verde y la Veta Negra, con oro y plata en abundancia.

Él nunca aceptó trabajar excavando, pues los bajaban al socavón en calzones y hasta la mierda les revisaban al salir, ya que era costumbre de algunos peones comerse las pepitas de plata para después recuperar el metal precioso.

Por primera vez en su vida, Santiago Juan, oriundo de la ranchería Contepec y con treinta años de edad, se hizo preguntas sobre el valor del oro y la forma como puede cambiar la vida de un hombre. ¿Cuántas monedas traería en ese momento en la frasca? No se atrevía a detenerse y contar, pues cruzaba una zona de bosque donde podría espiarlo alguna mirada. Sentía el peso de la alforja y calculaba que era cercano a dos kilos. Respiraba profundo, seguro de que transportaba dinero de oro, puesto que el brillo amarillo satinado de las acuñas que había visto en el mueble de Asunción Alonso no se confunde con el cobre ni con la plata.

¿Cuántas cosas podría comprar ahora? Con una sola moneda de oro le alcanzaba para dos y hasta tres potros ligeros. Sin saber por qué, su boca salivaba mucho y sus labios no dejaban de sonreír, como en señal de triunfo.

Estaba ansioso. Su cuerpo le pedía cigarro y mezcal, quizá por el frío del bosque que iba cruzando y que esa misma mañana estaba a dos grados centígrados cuando salió el sol. Lo que hiciera sólo a él le afectaba porque no tenía encargo, mujer ni hijos.

Su caballo, de colores desvanecidos gris oscuro y rojizo, ascendió su velocidad de caminata a trote. A Santiago le urgía llegar a su jacal para tronar la botella de vidrio y jugar con las monedas frías, sujetándolas y luego dejándolas caer entre sus dedos.

Los sonidos de Tlalpujahua descendieron. A lo lejos escuchó los graves triptongos de las campanas de la iglesia de San Pedro y San Pablo, anunciando la resurrección de Jesucristo, mientras la alegría de ser nuevo rico se le trepó, ya sin control, hasta la punta del sombrero de paisano.

Minutos después ya corría veloz para aniquilar los veintiún kilómetros de distancia que separaban el tendajón y su jacal. Llegó apresurado, con suficiente luz de día. Desmontó, amarró su caballo lobero y, sin lavarse el sudor del camino, se metió a contar cuántas monedas traía la botella.

Aunque tenía caballo y jacal, Santiago Juan era verdaderamente pobre. No poseía tierras y salía de cacería al monte cuando no conseguía trabajo. Por eso, al regresar del pueblo había piernas y costillas de armadillo colgadas de un cable para asolearlas y quitarles el aroma de humedad que acompaña a esa carne. El caparazón y cabeza del animal estaban en otra percha. Eso y unos pocos muebles eran toda la decoración de la casa del arriero, que tenía la estufa de leña afuera, y la letrina más allá, junto a un mogote o montículo de tierra seca donde crecía una enorme planta de nopal. La ranchería Contepec era vecina del bosque, pero no estaba en montaña, sino en un lomerío con mesetas; de clima frío, pero con pocos pinos. En su paisaje predominaban los agaves y cactáceas.

Entró a su casa y sacó la frasca de su alforja. La elevó frente a sus ojos y al mismo tiempo que la giraba comprobó que las monedas eran de oro por el inconfundible amarillo sedoso y brillante. Sin embargo, notó una cosa rara: no tenían el escudo del águila devorando una serpiente, como todo el dinero mexicano. Tenían otros dibujos: de un lado una especie de escudo español con una corona y del otro lado una cruz con cuatro hojas, como laureles. La prisa le hizo azotar el frasco contra el piso para romperlo y poder sostener el dinero entre sus manos. Pero no se quebró.

Al rebotar contra el suelo la frasca liberó el tapón de corcho, soltó un tañido tan grave como el de un tinacal lleno de líquido, al que se sumó otro sonido como de grava, generado por las monedas chocando y reacomodándose dentro del envase. Lo que no hubo fue sonido de vidrio fracturado o de astillas. Santiago se quedó primero con cara de niño asustado y luego soltó una estruendosa carcajada de nervios y burla hacia sí mismo. La escena era ridícula: la frasca yacía tumbada, pero limpia e intacta en su estructura.

Con la mano derecha levantó el contenedor de vidrio. Lo giró frente a sus ojos y no encontró grietas. Se sentó en una silla y miró las monedas atrapadas. Se habían acomodado de forma que podía contar algunas que quedaron alineadas: seis, ocho, diez, once. Había más, si se contaban las desacomodadas. Con una sonrisa irónica, como si estuviera a punto de decirle algo al objeto, pensó: «Esta vida es un camote y el que no la disfruta se pasa de guajolote». Y ¡zas!, la volvió a azotar con todas sus fuerzas contra el piso de tierra, con el mismo resultado: no se rompió. Luego salió y la arrojó con fuerza contra las piedras de la entrada; luego contra otras rocas grandes que estaban junto al mogote de tierra con la nopalera. Chocaba y sonaba la frasca. Lo hizo decenas de veces, dominado por un furor incontrolable en el que creía escucharla chillar y en algunos momentos hasta imaginaba que era una rata gorda gimiendo y pidiendo tregua, pero no se rompía.

Su fuerza de hombre recorrió una curva ascendente y luego descendente en media hora. Golpeó el envase con piedras, palos y hasta con herramientas de metal, pero esa pieza de vidrio transparente no se rompió. Todo parecía una broma, un engaño cruel para él que era tan pobre y que tantas cosas podría hacer con las monedas misteriosas.

IV
Árbol viejo

El ser vivo más antiguo del planeta es un árbol. Tiene 9 958 años de edad y quienes lo cuidan le llaman el Viejo Tjikko. Habita en Suecia, en una estepa montañosa de la provincia de Dalarna. El nombre de ese milenario habitante del planeta le fue dado por el biólogo sueco que lo descubrió, Leif Kulman, en homenaje a un perrito que tenía en aquel entonces. Su sorprendente edad fue calculada con pruebas de radiocarbono 14. En su caso, es correcto decir que las apariencias engañan porque sólo mide cinco metros de altura, aunque su raíz es vasta y longeva. Caso distinto es el del ser vivo más viejo de México, que también es un árbol: el ahuehuete de Santa María del Tule, en Oaxaca. Su edad se calcula entre dos mil y dos mil cuatrocientos años. Mide cuarenta y dos metros de altura y su tronco es tan ancho que serían necesarias treinta personas con las manos entrelazadas para poder abarcarlo.

Al día siguiente de su arribo a la capital estatal de Oaxaca, David Björn pagó un viaje de catorce kilómetros, en una camioneta Combi Volkswagen, hasta el centro del pueblo Santa María del Tule. Hablaba bien español y era funcional en México; a pesar de ser un hombre de lenguaje lacónico.

—¡Buenos días, güero! Yo me llamo Mario Romero. Aquí le traje un cafecito para la bilis —le dijo el chofer de la combi cuando pasó por él al Hotel Maela, en la Calle de la Constitución. Había puesto la bebida caliente entre los dos, en un portavasos.

—Gracias. Yo me llamo David. ¿Qué significa bilis? —le contestó el sueco, grande y fuerte como un oso, al mismo tiempo que se acomodaba en el asiento del copiloto y se ponía el cinturón de seguridad.

—La bilis son los enojos, el estar enojado.

—Pero si yo no estoy enojado, don Mario.

—Ah, pero más vale prevenir que lamentar —le contestó el oaxaqueño sin mirarlo porque ya iba manejando, pero con una sonrisa gigante en la que se notaba un triunfo porque había podido decir su chiste, largamente preparado.

David se dio cuenta del montaje teatral y le siguió el juego:

—Ah... Pues entonces sí me tomo ese café.

Media hora después caminaba solo por la plaza central de Santa María del Tule, frente al Palacio Municipal y el templo de la Asunción, con el deseo de mirar completo el follaje del árbol milenario que quería conocer. Poco a poco se acercó al tronco vivo, rodeado de una reja y asientos de piedra. A la distancia percibía las voces de muchas personas.

La temperatura de mayo en México era muy agradable para él y un aroma a hojas de maíz carbonizadas le hacía sentir que realmente estaba del otro lado del mundo. Experimentó unos segundos de paz. Miró el mercado de fruta, la tienda de nieves de sabores y un negocio de alquiler de computadoras con acceso a internet. Pensó en escribir un correo electrónico a Gry, pero después decidió que buscaría un lugar similar al regresar a la ciudad de Oaxaca.

Con dinero disponible, buena ropa, chofer y sintiéndose muy alto entre los mexicanos, levantó un poco su autoestima. Se sentía observado, aunque no era el único turista extranjero. Rememoró sus días de trabajo como destacado catedrático universitario, pero rápidamente su cadena de pensamientos le hizo retraerse. Él ya nunca podría compararse con su maestro Tiselius. Así lo dijo, dentro de su cabeza, esa voz gobernadora que los psicoanalistas llaman superyó. Luego otra voz interna le preguntó si se sentía acomplejado y como respuesta propioceptiva o defensa inconsciente de su cuerpo, mejoró su postura: enderezó la espalda, sacó el pecho y levantó la barbilla. Dijo para sí mismo: «*Att gå dit näsan pekar*», recitando el viejo proverbio sueco que recomienda avanzar hacia donde la nariz apunta.

Caminó entonces hacia el árbol gigante y viejo, localizado en el atrio de la iglesia de la Virgen de la Asunción. Entró debajo de su sombra y, por segunda ocasión en ese día, sintió paz. Dejó de pensar en sí mismo y escuchó con atención las explicaciones que niños indígenas zapotecos daban a los turistas sobre el árbol. Apuntando con el dedo hacia el tronco señalaban algunas formas que, con imaginación, podían distinguirse: un tiburón, un duende, una cabeza de venado, un delfín, un cocodrilo.

También escuchó leyendas sobre el origen del milenario vegetal: uno dijo que había sido plantado por Pechocha, sacerdote del dios del viento, Ehécatl; otro contó que era uno de cuatro grandes árboles de ahuehuete que fueron plantados por antiguos sabios en diferentes partes del mundo para marcar los puntos cardinales; pero sobre todo escuchó a visitantes y locales decir que el Tule está en un sitio sagrado y por eso su vida ha gozado de larga protección. Todo eso le pareció a David ingenuo y folklórico, pero no quiso poner en marcha su maquinaria de pensamiento crítico.

Se sentó unos minutos en un pequeño muro de piedra. Miraba todo y trataba de entender las conversaciones en español, aunque también distinguía lenguas indígenas. Lo que más le llamó la atención en esa pausa fue una pareja de mexicanos, hombre y mujer, que parecían mayores que él. Les calculó más de setenta años de edad. Sin mirarlos directamente, pero muy concentrado, escuchó decir:

ELLA: Ese pantalón que traes, no sabes cómo te lo quiero tirar.

ÉL: ¿Qué? ¿Mis pantalones? Pero ¿por qué?

ELLA: Pues ¿qué no ves que ya está todo descolorido? Y mira la parte de abajo, ya está bien luida.

ÉL: ¿Y qué? A mí me gustan.

ELLA: Mira nada más atrás: ya no tiene el botón de la bolsa y se te ve todo escurrido... De por sí que ya no te queda nada (y entonces ella le dio una nalgada a su compañero de generación).

ÉL: Ay, viejita canija... Cómo te quiero.

ELLA: Viejito canijo, cómo me gustas. (Ella le pasó la mano por la cabeza y le acarició el cabello).

En eso llegó una mujer más joven que les llamó para acercarse a ver algo del otro lado del árbol. Los tres pasaron caminando frente a David, quien observó al hombre mayor sujetando la mano de su mujer, mirando al piso, sonrió y movió la cabeza como pensando: «No lo puedo creer». Y se fueron.

El sueco extrañó mucho la compañía de Gry y de Erik y el contacto físico con ellos. Sintió añoranza y pensó incorrectamente que ya nadie lo tocaría nunca con afecto. Sacó su cuaderno para comenzar a registrar lo que sentía, pues había dicho que escribiría un libro, pero no pudo expresar con palabras nada sobre su familia. Comenzó por explicar su viaje:

«Llegué a Oaxaca porque en Suecia leí sobre la ruta del conquistador español Hernán Cortés después de vencer a los aztecas en la capital imperial Tenochtitlan. Ese interés me surgió desde que descubrí que en la Biblioteca Carolina Rediviva, de nuestra Universidad de Upsala, está resguardado uno de los mapas más antiguos de la Ciudad de México, hecho en el siglo XVI y que llegó hasta Escandinavia por caminos y capítulos que nadie recuerda. Así comenzó mi interés en el explorador y conquistador Cortés quien, a pesar de derrotar a los aguerridos mexicas o aztecas, no recibió como premio el cargo de virrey de la Nueva España, sino que fue enviado al sur, a seguir conquistas; primero en Quauhnáhuac (que hoy se llama Cuernavaca) y luego en las Hibueras (que hoy es Honduras). El único título que aceptó darle el rey español fue marqués del Valle de Oaxaca, donde esperaba encontrar mucho oro, pero no está claro si alcanzó a llegar hasta aquí antes de regresar a España, donde murió, a los sesenta y dos años de edad».

Cerró su cuaderno y guardó silencio un rato, sintió que había sido efectivo su truco para detener la añoranza de su familia con una breve saturación de datos históricos. Hizo un esfuerzo por volver a conectarse con el presente y, todavía sentado en un pequeño muro, bajo la sombra del gran árbol, miró hacia arriba. Se concentró en hacer un silencio mental para poder guardar en su memoria todo lo que sentía: la temperatura, los colores, el aroma a hoja de maíz quemada, el bullicio en muchas lenguas diferentes. Sabía que en Oaxaca se encontraba el centro de un enjambre multicultural indígena. Sintió que ahí, a través de la convivencia con otros seres humanos muy diferentes, podría encontrar una nueva manera de ver el mundo y de que el mundo lo viera a él mismo.

Desde que se planteó viajar a México, sabía que Oaxaca era uno de los tres estados más pobres del país, junto con Guerrero y Chiapas. Pero esto no minó la poderosa atracción que le causó saber que la tercera parte de la población oaxaqueña todavía estaba constituida por indígenas mesoamericanos puros. Formaban un mosaico cultural diverso, con dieciocho lenguas autóctonas. Todavía en Suecia había leído que, a nivel estrictamente lingüístico, el estado de Oaxaca es comparable a toda Europa, pues en ambos casos hay cinco familias lingüísticas mayores, de las cuales se desprenden dieciséis lenguas robustas y dos variantes.

Había muchos argumentos interesantes para quedarse en la capital oaxaqueña, pero desde su llegada al aeropuerto y en sus primeras horas de estancia David vio que vivían muchos estadounidenses y europeos. Sobre todo, muchos hombres y mujeres de su edad, sexagenarios y septuagenarios. Esto no le atrajo de ninguna forma. Así tuvo la inquietud de retirarse más; hurgar tierra adentro, en busca de un pueblo pequeño, lejos de otros extranjeros y con mayor posibilidad de conocer a la gente mexicana.

V
Una familia

Después de un rato sin poder quebrar la frasca, Santiago Juan se quedó sentado bajo la sombra de la nopalera. Estaba confundido, enojado, pero sobre todo cansado. Sabía que era un hombre fuerte, pero en ese momento se sintió como un niño pequeño y desnutrido. En voz alta repitió un verso de su bisabuela Hipólita:

> Blanco lirio de la presa,
> ¿para qué tanta grandeza?
> Si hasta al mejor licor se le va la fortaleza.

Se quedó mirando a la tierra seca y emergió un recuerdo de su infancia: cuando tenía cinco años, jugaba en ese mismo sitio arrancando del suelo yerbas muertas y sacudiendo sus raíces que salían con grumos de lodo seco. Al jalar una de esas varas, arrastró mucha tierra y se hizo un hueco. Sus ojos de niño vieron una caja de madera enterrada. La tabla de arriba estaba rajada y adentro había monedas de plata.

Corrió hasta la casa, donde estaba su papá cepillando un caballo. Le contó lo que pasó, pero cuando regresaron los dos al montículo de tierra seca, no había hueco ni caja con monedas; sólo encontraron un hormiguero grande con varias salidas. Al final, el niño olvidó la ilusión óptica.

Más de dos décadas después, en 1937, Santiago estaba sentado en el lugar de sus juegos infantiles, pero huérfano. Bajo la sombra de la gigantesca planta de nopales, miró su frasca con monedas de oro; las contó y supo que eran cincuenta. Luego volteó hacia el piso y vio a un enjambre de hormigas trasladando una cucaracha, patas para arriba. Eran cientos de pequeñas hormiguitas negras llevando sobre cuestas a una cucaracha del tamaño de un gajo de limón. En un momento, Santiago se quedó helado al ver que la cucaracha se agitó, como en un último movimiento *post mortem* o en un intento de liberarse de la muchedumbre de hormigas, aunque nada alteró el desplazamiento sobre la ruta ya marcada.

El domador de potros levantó una vez más la botella para verificar que sí tenía monedas y contarlas. Menos de dos minutos después regresó la mirada al lugar de las hormigas y ya no había nada. Se llevaron la cucaracha a un agujero en el gran montículo de tierra y ahí se metieron todas. Quedó impresionado por la faena de equipo y, por asociación libre, se sintió solo.

Entró a su choza de paredes de adobe y techo de paja. Sacó un cigarro, tomó un trago del mezcal que guardaba en una olla de barro y se tiró a dormir en el suelo, sobre un petate de palma tejida y abrazando la frasca.

Mientras se iba quedando dormido, recordó la voz de su abuela Ángela que le decía:

Anoche soñé un sueño,
que me caía de la risa,
soñando que estaba en tus brazos,
y amanecí en la ceniza.

Cayó dormido. Dentro del sueño estaba también en su jacal, recostado. Miró que en el muro había un hueco del tamaño de una caja de zapatos y desde el fondo de ese lugar comenzó a salir una luz azul y vaporosa. Bañados por esa tímida claridad, fueron apareciendo desde el fondo del hueco todos sus cariños de la infancia, en caravana. Entraban al jacal en una especie de procesión. Primero eran pequeños y luego crecían de una forma armónica mientras daban pasos, cargando leña, cazuelas con comida y comales de barro.

Santiago reconoció a su bisabuelita Hipólita, la abuelita Ángela, su papá Bernardino, su mamá Esther, la tía Lolita y los primos niños. Con la mayor naturalidad, caminaban por la casa, conversaban entre sí y salían hacia la estufa de leña, localizada junto a un cobertizo de palma.

La familia estaba reunida y, aunque no era una fiesta, disfrutaba los entretenimientos de un domingo rural de descanso.

Dentro del sueño, el domador de potros sabía que mamá y tía Lolita habían llevado temprano maíz al molino y trajeron masa. Después, en la cocina de humo, que usaba carbón y leña, se pusieron a hacer tortillas de maíz, que iban poniendo en un taxcal. Mientras, la bisabuelita Pole preparaba y vigilaba un guisado, atenta al cambio de color que el fuego induce en los alimentos.

Casi al mismo tiempo, sus primas Lupe y Victoria lavaban y freían unas tripitas de res, que decían que eran de ternera porque estaban muy suaves. Ya después de un ratito Santiago estaba con todos afuera de la casa, limpiando y lavando el lote para sentarse a comer juntos. Los primos mayores iban acomodando unas sillitas pequeñas, hechas con madera y asientos de palma, que su mamá tenía colgadas de unas alcayatas, en la pared de la cocina de humo.

Había muchos primos niños, algunos conocidos y otros desconocidos, por eso no todos alcanzaban silla y entonces la abuelita Ángela descolgaba de la pared unos petates de palma que tenía enredados y los extendía en el piso para que se sentaran los niños.

La bisabuela Pole le hablaba a Santiago, que en el sueño era nuevamente un niño, y le decía: «Tráeme los platos, pero los quiero para ayer, no para mañana». Y lo traía bien cortito, trabajando para la comida. Pero eso sí, cuando el niño Santiago decía: «Abuelita, se me antoja una tortilla». Ella respondía: «Para mi niño, lo que quiera. Pero bien lavado y bien peinado». Y él se sentía listo porque se había bañado en el río ese domingo y andaba peinado de lado. Entonces la bisabuela pedía que hicieran una tortilla de maíz más chiquita y le armaba, con sus manos, un taco con calabacitas, granos de elote y jitomate recién guisados. Era el primer taco que salía de la cazuela y por eso Santiago se sentía como si fuera el festejado.

Más tarde su mamá decía: «Niños, tráiganse las natas». Y sus primos y primas llevaban unos platos con natas de leche que se guardaba dentro del jacal, lejos del sol, y todos comían tortillas de maíz con natas, chiles verdes y sal.

Así se pasaba el domingo, en el sueño, y el almuerzo se volvía comida y la comida merienda. Papá Bernardino ponía una olla con café y tía Lolita iba a comprar pan con una señora a la que le decían la Chocolona. Mamá Esther tomaba a Santiago de las manos y se paraban juntos frente a todos para enseñarles cómo, madre e hijo, bailaban un vals de Oaxaca que ella le había enseñado y cuyas notas musicales vocalizaba con la boca cerrada: «Dios nunca muere».

Emocionado, Santiago se dejaba guiar en ese baile antiguo de balance armónico y giros suaves. Casi sentía que lloraba de éxtasis cuando todos le aplaudían. Su mamá lo abrazaba y le llenaba la mejilla con besos, en la cúspide de un amor sin restricciones.

Luego las manos de su familia, que aplaudían, cambiaban de forma y sonido dentro del sueño y se convertían en pequeñas campanas de cristal, color azul, como la luz azul de la cual habían salido todos. La escena oscurecía y su familia se iba desvaneciendo. Sólo quedaba en el aire el sonido de las campanitas de cristal cuyo volumen descendía inexorablemente.

Todavía dormido, Santiago sintió un vacío tremendo. Sabía que las guerras mexicanas le habían despojado de todos sus parientes. Sus afectos ya no estaban en el patio, ni en el jacal ni en esta vida. En el sueño seguía siendo un niño, pero ahora sentía mucho calor y mucha sed. El fuego de la estufa había subido de intensidad y hacía crujir los leños. Miró alrededor intentando orientarse y distinguió la puerta de su jacal. Entró, pero no había nadie. El hueco del que salió su familia no existía y la pared estaba lisa. Sintió una burbuja en el pecho y se tiró al piso a llorar. Entre lamentos e insultos contra las guerras, decía que no es cierto que Dios nunca muere.

Fue entonces cuando se le apareció el monje.

—¿Por qué lloras, Santiago? ¿Qué cosa te duele?

—Quiero a mi amá y a mi apá y a las abuelitas. No quiero estar solo —dijo el hombre-niño dentro de su sueño y sin sorprenderse por la presencia del monje, aparecido de la nada. Era un anciano, moreno con bigote y barbas blancas.

—Regresar a alguien de la muerte es algo que no puede ser. Después te unirás con tu familia. Yo sé que ahorita sientes dolor y tristeza, pero date cuenta de que una gran fortuna te ha llegado. La frasca que te regalaron encierra un enigma. Cada moneda cumple un deseo. Usa la frasca con sabiduría porque un día tendrás que entregarla a alguien más.

Santiago estaba confundido, no sabía si escuchaba o sentía con el cuerpo lo que explicaba el monje. La impresión que lo dominaba era carecer de fuerza para seguir vivo, después de la aparición y desaparición de su familia. «¿Y si yo nunca hubiera nacido?», se preguntaba y luego sentía que todo alrededor se derretía.

Hacía mucho calor en el jacal. Desde afuera entraba el color rojizo del fuego ardiendo en el fogón de leña. El arriero sintió briznas de carbón encendido volando dentro del cuarto. Cuando unas pequeñas brasas voladoras tocaron su cara, despertó.

Seguía en el piso. Sujetaba la frasca y algunas hormigas rojas se le habían subido a la cara, incluso una caminaba entre su tupido bigote zapatista. Se incorporó y sacudió sin prisa. Había dejado la puerta abierta y estaba oscuro afuera. La estufa estaba apagada porque la fogata sólo fue encendida dentro del sueño. Sintió el sabor terroso del mezcal que había tomado y se paró para encender una vela. Miró la frasca con monedas en el piso y ya no sintió tanta emoción como ese mediodía. La puso sobre la mesa, junto a la vela, y salió a desensillar el caballo, alimentarlo y amarrarlo en un cobertizo. Metió la carne de armadillo y también el caparazón y la cabeza seca.

Había un silencio en su mente. No pensaba con intensidad en nada. Cerró la puerta y se dio cuenta de que no había encendido el cigarro que, en la tarde, había sacado de la cajetilla para fumar mientras tomaba el mezcal. Lo prendió y se sentó junto a la frasca. Inhaló y exhaló hasta terminarse el cilindro de tabaco. A través del vidrio volvió a contar las monedas, pero ahora sólo distinguió cuarenta y nueve.

Pensó que estaba medio dormido o borracho y nuevamente hizo el conteo para concluir dos cosas: faltaba una moneda y el frasco seguía sin romperse. Alumbró el lugar con la vela y vio, con sorpresa, a la moneda cincuenta, brillando junto a su petate. Entonces dejó la vela en la mesa y se acercó por la pieza metálica. Todavía recordaba, vívidamente, los sueños de su familia y el monje. La casa era la misma, la noche parecía igual que la del sueño, pero había ocurrido un cambio importante: ahora tenía una de las monedas en la mano. La miró más cerca. Como había distinguido anteriormente, era una moneda muy vieja. Tenía un escudo español, con letras y una cruz. Cabía en la palma de una mano y era del tamaño de una rodaja de limón grande, pero no como rodaja de naranja. Se sirvió otro mezcal, lo bebió rápido y contempló la moneda largo rato.

Las palabras del monje en el sueño se le habían quedado grabadas, pero en desorden. Le dijo algo de un enigma y de cumplir sus deseos. Él se sentía somnoliento, pero también meditabundo. Se le ocurrió que podía cambiar esa moneda de oro por una víbora de plata, que era como le llamaban a unos cinturones de piel, huecos, que se llenaban con una fila de monedas de plata de cincuenta pesos y usaban los hacendados de antes cuando visitaban las ciudades.

Ése fue el destino que decidió para esa primera moneda de oro, cambiarla por una víbora de plata y así sentirse admirado cuando llegara a un pueblo, al entrar a las tiendas y cantinas.

El cansancio y el mezcal lo fueron venciendo. Al recordar el sueño decidió mover un bloque de adobe, que siempre estuvo flojo en un muro del fondo, para esconder en el hueco sus tesoros. Todavía recordaba lo bonito del sueño en el que su bisabuelita Pole le daba el primer taco y todos aplaudían cuando él y su mamá bailaban el vals oaxaqueño.

Las monedas dejaron de importarle unos minutos. Salió hasta el mogote de tierra seca para orinar y de regreso al jacal se quitó las botas, buscó una cobija y quiso retomar su sueño. Durmió hasta el amanecer, sin nuevas ensoñaciones.

Al despertar, otra vez salió del jacal para orinar cerca del montículo de tierra seca y cuando regresó encendió la vela, movió el bloque de adobe y sacó la frasca con cuarenta y nueve monedas. Siguió tentando en busca de la moneda suelta, pero no la encontró. Pensó que la había tirado por la borrachera, revisó toda la casa y volvió a andar sus pasos hacia el lugar donde había acudido a orinar dos veces.

La primera claridad del nuevo día le hizo sorprenderse al ver un hueco en la tierra y dentro de él una caja de madera rota, a través de la que se distinguían monedas de plata. Se hincó y escarbó. Sacó la caja que se deshacía de vieja y al abrirla contó cincuenta monedas de metal argentino, de cincuenta pesos cada una. También halló en la caja, envuelto en una manta, un cinturón de cuero hueco, para guardar el dinero.

Era madrugada y dudó si estaba dormido o despierto; sobrio o ebrio. Metió todo al jacal y lo puso en la mesa. Ahora tenía a la vista la frasca con cuarenta y nueve monedas de oro y su nueva víbora de plata. Hasta entonces recordó que, según el monje, cada moneda le cumpliría un deseo y conjeturó que la moneda de oro que faltaba le había traído a cambio las monedas de plata y el cinturón de cuero.

«Dios nunca muere», dijo en voz alta Santiago Juan Casiano, quien entendió que tenía en su jacal cuarenta y nueve monedas mágicas. Volvió a pensar en la palabra *deseo* y un sentimiento comenzó a emerger en su corazón: «Yo quiero ser importante».

VI
Yavesía

La misma tarde que David Björn regresó a la ciudad de Oaxaca desde Santa María del Tule, su vida comenzó a orientarse hacia los bosques de la Sierra Juárez, de ese mismo estado. Viajaba en la combi con don Mario, cuando recordó la conversación del matrimonio de mexicanos que miró en la plaza y preguntó: ¿Qué significa la palabra *canijo?*

El chofer le explicó que canijo era alguien malicioso, pero no un delincuente; alguien que se divierte molestando a otras personas, sin darse cuenta de que puede hacer daño. Y así, sin que nadie le preguntara, Mario Romero Rodríguez comenzó a contar su historia, como hacen algunos mexicanos:

—Fíjese lo que me pasó a mí, güero. Yo anduve buscando cuarenta años a un hombre que me golpeaba cuando éramos chamacos allá en el pueblo de Yavesía, en la Sierra Juárez. Ese no era canijo, era recanijo. Yo tenía ocho años y él como trece años, pero cada vez que me veía en un camino me pegaba, me empujaba o me tiraba.

»Una vez le dije: "Esta fue la última vez que me pegaste porque ya no me voy a dejar y cuando crezca tú serás viejo y yo me voy a desquitar". Luego pasó que a él se lo llevaron a vivir lejos del pueblo. Lo trajeron aquí a la capital de Oaxaca y ya no lo volví a ver. Cuando crecí lo vine a buscar porque tenía ese coraje y resentimiento, pero nunca lo hallé. Más de cuarenta años lo busqué y vino a aparecerse en mi casa el día que se casó mi única hija. Él era primo del futuro suegro de mi hija y no sabía que era boda de mi familiar. Cuando me reconoció y vio que yo, Mario, era el que pagó la boda, sólo se agachaba en su silla y ni levantaba la mirada. Y yo todavía le tenía mucho odio y muchas ganas de golpearlo, pero era el día de la boda de mi hija y me tenía que aguantar. Luego lo estuve viendo y él ya estaba muy viejo, calvo, con lentes y ya caminaba muy lento. Y yo pensaba: "Dios, ¿por qué hasta hoy me lo pusiste enfrente?". Y le cuento esto porque en ese momento que tenía todo para maltratarlo y humillarlo me acordé de un libro de metafísica que había leído, sobre perdonar, y por eso fui y hablé con él y le dije cómo me había hecho sentir y cómo me sentía en ese momento.

»Luego le dije que ya lo perdonaba y que ya no quería andarlo cargando en el corazón, como lo había cargado tantos años. Así acabó ese rencor que me nació cuando era niño. Todo empezó en Yavesía, allá cerca del pueblo de San Pablo Guelatao.

A David se le quedaron dando vueltas varias palabras: rencor, metafísica, perdón y también la frase «Todo empezó en Yavesía». Como se acercaba la fecha de su cumpleaños sesenta y tres, quiso visitar el pueblo de don Mario y celebrar su nacimiento ahí, donde nadie lo conocía y nadie lo felicitaría. Por eso le pidió a su compañero de viaje que le ayudara a ir a Yavesía y el oaxaqueño aceptó. Acordaron que el 27 de mayo lo recogería de madrugada en el hotel y así David vería salir el sol allá, en la sierra.

Como se trataba de un lugar en la montaña, Mario ofreció conseguirle una cabaña rentada en el bosque, en un campamento ecológico de la comunidad Trinidad Ixtlán, donde los pinos miden más de quince metros de altura y hay pequeños valles con arroyos, en los que sólo se ven montañas y árboles. Además, ahí también hay muchos animales silvestres, como coyotes, jabalíes y venados que se podrían ver en las caminatas.

El jubilado sueco escuchó la descripción con interés, pero también con incredulidad porque le era difícil pensar en un terreno virgen en México, ya que por todos lados encontraba siempre mucha gente. Esto era notorio por llegar de un país con nueve millones de habitantes a otro con poco más de cien millones. Le dijo a Mario que, si era verdad lo que le contaba, le alquilaba la cabaña por un año. David no lo sabía, pero eso representaba mucho dinero para la comunidad, como el ingreso anual de veinte personas.

Pasaron dos días antes de salir de viaje y David aprovechó para escribir, desde un café-internet, un largo correo electrónico para Gry. Le expresaba su amor a ella y a su hijo; la añoranza de volver a estar juntos, pero también su deseo de no volver a Suecia y, en cambio, iniciar una nueva vida fuera del tejido social que le dio y le quitó tantas cosas.

Le explicó que no había terminado de resolver cómo colocar junto todo lo que amaba y lo que deseaba, pero que trabajaría para crear un espacio en el que todos fueran felices. No recibió respuesta inmediata. Ese fue el contexto en el que, la madrugada del 27 de mayo del 2000, David Björn y Mario Romero iniciaron el viaje a las montañas; por la carretera 175 Oaxaca-Tuxtepec.

Aunque en ningún momento mencionó David su cumpleaños, el día que llegaron a Yavesía la familia de Mario había preparado una comida especial para el visitante. El viaje en combi duró casi tres horas, a velocidad siempre inferior a los cuarenta kilómetros por hora. Coincidió con la llegada de los primeros rayos del sol, por un camino serrano con decenas de curvas, ingresando y saliendo de macizos boscosos de pino y encino. En el viaje, el sueco volvió a extrañar mucho a Gry y a Erik.

Kilómetros antes de entrar a Santa María Yavesía, a David le llamaron la atención dos cosas: una casa de madera con una peluquería de pueblo, delimitada con varas pintadas con colores blanco, rojo y azul. Tenía techo de lámina de cartón, una silla colocada frente a un espejo mediano y un letrero que decía: «SE CORTA EL PELO AL GUSTO. EL CLIENTE ES PRIMERO». También despertó su curiosidad un anuncio que se repetía, pegado en el muro de varias casas, con papel azul y letras negras: «COTIZACIONES MÁGICAS:

Amarres, 900 pesos; Dominio de pareja, 600 pesos; Endulzamiento de pareja, 600 pesos; Gotas sexuales, 250 pesos; Lectura de cartas, 150 pesos; Limpia, 120 pesos. MAESTRA JULIANA».

—¿Quién es la maestra Juliana? —preguntó David a su anfitrión y guía.

—Es una costeña que hace curaciones. Tiene poco tiempo en Yavesía. Acá le dicen yerbera o bruja o nahuala. Tiene un bulto de tela al que le reza para pedirle cosas y una niña chiquita que, según, le hace trabajos mágicos. Son cosas de gente supersticiosa. La verdad, sepa la madre de dónde es. Habla el mixteco, que es más de montaña, pero dicen que llegó de Santa María Colotepec, allá por Puerto Escondido.

David sonrió para sí mismo al pensar en los precios mágicos, en la historia del bulto sagrado y en la idea de que se le podían pedir deseos a un objeto sin forma, personalidad o atributos; algo muy diferente a los cuentos fantásticos y leyendas de Escandinavia. No pensó ni puso atención en el comentario sobre la niña que tenía la costeña. Cosa curiosa, porque esa niña cambiaría el resto de su vida. Pero el sueco no tuvo premonición.

Desde los pensamientos en la curandera brincó a otra idea que le generó una sonrisa muy sincera: el pueblo del que había llegado la maestra Juliana se llama Santa María Colotepec; él acababa de visitar otro pueblo llamado Santa María del Tule, donde está el árbol milenario, y ahora se dirigía hacia Santa María Yavesía.

—Entonces, si vengo a Oaxaca y no quiero que me encuentren sólo digo que vivo en Santa María, ¿verdad, Mario? —dijo empezando a reír al darse cuenta de que posiblemente el nombre de su compañero se debía también al nombre de la Virgen María.

—Uuuuuy, güero. Si no quiere que lo encuentren, en Oaxaca hay quinientos setenta municipios y cincuenta y tres tienen el nombre Santa María. Está Santa María Ipalpa, Santa María Huatulco, Santa María Peñoles, son un chingo. Y hay otros cincuenta y tres municipios que se llaman Santiago, como Santiago Astata, Santiago Jamiltepec, Santiago Nejapilla, Santiago Yosondúa. Ahí donde lo voy a llevar a ver la cabaña se llama Trinidad Ixtlán, pero es parte del municipio de Santiago Xiacuí.

David no entendía bien el porqué de estas cosas, pero tampoco presentaba mucha resistencia o cuestionamiento. Como habían salido de la capital del estado antes de que se viera el sol, miraba con curiosidad todas las cosas que se le iban presentando: tiendas de carretera con cazuelas de barro colgando en la entrada, campos sembrados con maíz, iglesias en colinas y coloridos panteones mexicanos. Se sentía muy estimulado, pues él era un hombre más acostumbrado a los espacios cerrados. Luego, se sorprendió al llegar a la casa de la familia Romero Rodríguez, en Yavesía, pues había mucha gente entrando y saliendo.

Hacía frío de bosque, aproximadamente a dos o tres grados centígrados, y olía a humo de madera. Parecía que preparaban una fiesta y muchos hicieron pausa en sus actividades para acercarse a saludarlo. Era difícil entender bien por qué las mujeres y los hombres dejaban sus tareas para recibirlo y presentarse. Al parecer, sólo por ser extranjero y por su vago interés en rentar la cabaña, en la familia ya era considerado un hombre importante.

Antes de llevarlo a la montaña le ofrecieron un almuerzo en el patio de la casa, donde había muchas sillas acomodadas alrededor. Había varias mujeres trabajando en la cocina y se escuchaban sus risas. Varios jóvenes y niños entraban y salían del patio; se sentaban unos minutos, comían algo y desaparecían del lugar.

David calculó que en esa familia había más de veinte personas, aunque no creía que todos durmieran en ese mismo domicilio. Le dieron café acompañado de unos panes grandes hechos con trigo y dulce de piloncillo, luego un plato hondo con frijoles negros caldosos y carne con salsa de chile rojo «que no pica», según le dijeron... Desde luego que picaba, pues los mexicanos no distinguen bien cuando un alimento pica o no para un extranjero.

El bioquímico comió todo con una sola cuchara para sopa, pues fue el único cubierto que le dieron. Distinguió el fuerte sabor de la hierba epazote en los frijoles negros, pero al comer el guisado sin precaución, sintió cómo el picante le quemaba la boca intensamente desde el primer bocado de carne con chile. Hizo gestos y agitó las manos en el aire, mientras la gente se reía; sobre todo los niños, que hablaban entre ellos en zapoteco serrano desde la puerta que llevaba al interior de la casa.

David se desorientó con el corrosivo sabor del picante y supo que eso sólo lo podría provocar una biomolécula de ácido. Una muchacha le acercó una Coca-Cola fría pero no le quitó el ardor. Por eso Mario tomó una botella de plástico con un líquido transparente y le vació un chorro en el café.

—Es caña, güero. Para que se le quite lo enchilado —le explicó al invitarlo a tomar el destilado de aguardiente. Con eso sí se le pasó el ardor del chile. David pensó: «Es lógico. El chile tiene capsaicina, que es lo que pica, y ésta es liposoluble. Entonces, el alcohol la solubiliza y ayuda a quitar el picor». Así descubrió el bioquímico por qué en muchas cantinas mexicanas sirven alcohol con la comida picante.

Ese día pasaron muchas cosas que hicieron sentir al sueco muy alegre y exaltado. Sólo él sabía que cumplía sesenta y tres años de edad, pero su llegada a Yavesía pareció un gran acontecimiento. Los padres de Mario le dijeron al bioquímico que era bienvenido en la casa y en el pueblo. Le avisaron que varias gentes importantes de Santiago Xacuí vendrían a comer en la tarde para conocerlo y hablar de la cabaña en Ixtlán. Él se sintió muy observado, pero no estaba tenso. Percibía aprecio de sus anfitriones. Además, dos cafés con aguardiente en el almuerzo hicieron su trabajo para desinhibirlo.

Luego David, Mario y otros cuatro hombres que no conocía subieron a la combi y viajaron doce kilómetros más, adentro de la sierra. Llegaron a un paraje de enorme belleza. Era como lo describió el chofer: un pequeño valle rodeado por colinas con miles de pinos y una hondonada plana con pasto fresco, color verde manzana, sobre el que dormitaba media docena de cabañas de madera con chimenea. Un camino de terracería rojiza conectaba el sitio con la carretera asfaltada.

Por ser un campamento ecológico de la comunidad, siempre había cuidadores y una mujer diferente iba hasta el lugar a cocinar cada día para los residentes y guardabosques. El precio de vivir ahí un año, con casa, vigilancia y comida, podría sonar caro para un mexicano, pero para él representaba menos de dos meses de ingreso de su jubilación mixta: alrededor de cien mil coronas suecas.

Estimulado por la belleza del bosque y la perspectiva de días llenos de vitalidad en ese entorno, David decidió regresar a Yavesía para comer y cerrar el trato con las autoridades municipales. Esa tarde hubo gran jolgorio en casa de la familia Romero Rodríguez. Acudió mucha gente que se presentó con el científico de Upsala; algunos eran vecinos y otros parientes. Todos pasaban a comer al patio de la casa.

El sueco ya no comió chile, pero sí probó y disfrutó la cola de res con hongos, en salsa de tomate verde. También le sirvieron varios platos con frijoles negros, queso de cincho, tortillas de maíz, más aguardiente y mezcal. Él hizo el compromiso verbal de contratar la casa por un año y para celebrar probó un poco de pollo cubierto con mole.

Llegó una banda musical de instrumentos de viento, integrada por adolescentes del pueblo dirigidos por un maestro de secundaria. Le presentaron a un sacerdote, a un ingeniero agrónomo, a un médico y a la maestra Juliana, quien le dijo que podía llamarle Costeña porque así le decía mucha gente ahí.

Durante todo el día estuvo cayendo una lluvia muy ligera, de bosque. David sonreía al pensar que le habían hecho una fiesta y no sabían que era su cumpleaños. Durante cuatro o cinco horas escuchó muchas conversaciones sobre los animales de la región: el puma, el tigrillo, la víbora lechera y el águila.

Ya en la tarde, David y don Mario avisaron que regresarían a la capital de Oaxaca para ir al banco y arreglar los pagos del contrato. Al llegar al hotel Maela, el sueco apenas pudo recordar que acababa de cumplir sesenta y tres años. Cayó a su cama y se durmió rápidamente.

Esa noche tuvo un sueño en el que era responsable de atender a cien personas en una comida del pueblo Yavesía y debía servirles pollo con mole y arroz. Tenía que poner una pieza de pollo en cada plato, luego cubrirlo cuidadosamente con la salsa del mole y decorarlo con semillas de ajonjolí tostado. Así repetir el procedimiento cien veces.

En su sueño, las personas estaban tranquilas hasta que algunos pidieron que les pusiera una televisión para ver un partido de futbol «de la Selección» y tuvo que hacer una pausa para cargar una tele y conectarla. Ya estaba bastante complicado cuando llegó un amigo sueco de la infancia que quería hablar de sus problemas matrimoniales porque estaba muy deprimido y lamentaba no haberle invitado a su boda, treinta años antes. David hacía grandes esfuerzos para escucharlo y servir la comida. Mentalmente se quejaba porque sólo tenía platos de unicel y no quería que terminaran contaminando el bosque. En eso estaba cuando alguien le dijo, en español: «¡Doctor, ya despertó su bebé!». Y se dio cuenta de que tenía un niño de pocos días de nacido. El pequeño lloraba, pero no estaba presente su mamá porque, según los pensamientos y ensoñaciones de David, estaba realizando un proyecto muy importante para su carrera.

Entonces, el jubilado sueco levantó al bebé de la cuna, lo abrazó, lo acurrucó contra su pecho con un brazo y logró que quedara dormido. Después siguió sirviendo el pollo con mole, ajonjolí y arroz, usando solamente el brazo libre, hasta que se acabó la comida. Al final del sueño, David estaba cansadísimo, recargado en una pared hecha con tablas mal cortadas, en una casa de madera que parecía la peluquería de pueblo que vio en la carretera, y con el pequeño bebé dormido en brazos. Entonces pensó: «Ya no me va a dar tiempo de escribir mi libro».

A la mañana siguiente volvió a ver a Mario para ir al banco y darle un pago adelantado por la renta de la cabaña. Luego fue al café internet a buscar algún correo de respuesta de Gry. No lo encontró, pero al revisar el buzón había otro correo urgente que sacudió todo su mundo.

Un médico de Upsala le pedía comunicarse por teléfono porque su esposa Gry acababa de ser internada con un cáncer de mama avanzado y requerían su presencia para acompañarla y hacerse cargo de Erik. Ese día sintió que todo colapsaba alrededor y supo lo que significa la expresión *silencio funesto (ödestystnad)*.

Sin deshacer su trato con los comuneros de Yavesía, David regresó a Suecia, donde encontró al pequeño Erik asustado, triste y resentido. Gry le recibió con la sonrisa pura e íntima que le entregó durante veintitrés años, pero tenía tanto dolor que requería altas dosis de morfina y casi no tuvo conciencia de lo que ocurrió en las siguientes semanas, que parecieron eternas.

Ella murió en sus brazos y lo que él miró no lo pudo olvidar nunca. El rostro de la mujer que amaba se transformó, como si fuera una secuencia de fotografías fijas en la que se ve cómo la expresión va cambiando. Así fue perdiendo animación. Sus pupilas se abrieron al máximo y el negro del fondo de sus ojos cambió de color y se volvió verde oscuro. Envuelta en la confusión de la morfina, la madre de Erik intentó sujetarse de David con los mismos ojos que le abrazaron miles de veces en el lecho conyugal, pero el peso del cáncer la arrastró hacia atrás, hacia el viaje superlativo, hacia la muerte.

Gry Järvinen, ingeniera química de cuarenta y ocho años de edad, esposa del profesor David Björn;

el hada de su bosque mental, la luciérnaga de su emocionante recorrido biográfico, murió en sus brazos, en Upsala, el 23 de julio del año 2000, día de santa Brígida, patrona de Europa.

VII
El volador

Sin familia y sin amigos, durante muchos años Santiago Juan Casiano fue como un espectro en la comarca minera de Michoacán.

Cuando descubrió que la frasca con monedas de oro era mágica, ya tenía siete años solo. Una noche de 1929 llegaron al jacal los militares y preguntaron si allí defendían a los curas alzados. Él andaba en el monte, cazando, y ya sólo le quedaban parientas porque a los hombres los fueron matando las balaceras de la revolución agraria y, luego, las escaramuzas de la guerra del gobierno contra los católicos. Su mamá y sus tías no negaron ser creyentes y por eso las mataron.

Despojado de todo afecto, Santiago se volvió como un animal que aparece y desaparece por los campos. Después del sepelio ya nadie le puso atención porque cada familia de la ranchería tenía múltiples problemas propios.

Para tener sustento, el arriero se iba temporadas a los ranchos cercanos donde contrataban hombres fuertes que supieran manejar animales. Con el paso de los años, aprendió a amansar potros y eso le daba a ganar dinero extra.

La mañana que entendió que era dueño de monedas mágicas, pensó en muchas cosas que podría pedir y cada una le encendía hervideros. Sus ideas se encimaban unas sobre otras y las imágenes fantasiosas de futuros posibles lo arrastraban como ríos de extravío. No podía separar lo que anhelaba con urgencia de lo que deseaba para transformar su vida a largo plazo. De pronto se le ocurría que no quería volver a trabajar nunca, pero después ambicionaba montar a caballo por los llanos de una gran propiedad, dirigiendo a muchos trabajadores.

Sintió que tenía algo parecido a una fiebre, aunque su cuerpo no estaba caliente, por eso se repetía a sí mismo que debía serenarse. Además, todavía no entendía cómo sacó la primera moneda de la frasca, que no se quebraba con ningún golpe.

Decidió volver a esconder su dinero y cabalgar hasta los escurrimientos del arroyo Tultenango, que baja desde el río Lerma. Ahí buscó unas hebras de agua clara y templada que se ocultan detrás de un conjunto de rocas y a las que llaman Las Venitas, donde podría meterse a bañar y apaciguarse.

Encuerado, entró a una pequeña poza y se sumergió completo dos segundos. Luego se quedó acostado en la orilla, boca arriba, con el cuerpo cubierto de agua y la cabeza afuera. Le daba risa mirar que su pene parecía esforzarse por flotar y salir a tomar aire. Se sintió tranquilo con los rayos del sol sobre la cara y pensó en antojos para la barriga, como higos, merengues y cervezas.

Disfrutaba mucho al imaginar las caras de gente que conocía y que se quedarían impresionados al verlo con su víbora de cuero, llena de monedas de plata. Pero en el fondo, Santiago sabía que se necesitaba más que dinero para ser importante en Tlalpujahua. Incluso su frasca llena con monedas de oro era insignificante si se comparaba con los grandes cargamentos de metales preciosos que sacaban los ingleses y franceses dueños de la mina Dos Estrellas. Ya para entonces el gobierno decía que de las vetas Verde y Negra habían sacado ciento siete toneladas de oro y mil trescientas sesenta y siete toneladas de plata.

«No. Si la cosa no es gastar a lo pendejo, sino hacer que luzca», se dijo el arriero cuando comenzó a germinar en sus pensamientos la idea de que el mejor modo de ser reconocido era poner la cantina más lujosa de la comarca.

Pensaba todo esto sonriendo, con el cuerpo desnudo sumergido en la poza natural, pero comenzó a sentir hambre. Recordó que no tenía ni un huevo ni unas tortillas de maíz en su choza. Sólo la carne seca de armadillo, que sabe a carne de puerco cuando se cocina, pero es muy escasa.

Podía comprar comida con las monedas de plata, pero las había dejado guardadas. Por eso se paró rápido y, como corría aire frío, se apuró a buscar su ropa. Su mente ya se había adelantado mucho al cuerpo y esta distracción le hizo pisar lodo, resbalar y caer hacia atrás en la orilla del arroyo.

Sufrió el impacto en espalda y cabeza. Sintió simultáneamente dos cosas: un penetrante dolor que lo ensartó desde el ano hasta la nuca y pérdida de aliento, como si le abandonara el alma. Sus ojos quedaron fijos mirando al cielo y sólo una tos le regresó la conciencia. Con dificultad giró hacia un lado para apoyar un brazo y levantarse. Logró vestirse lentamente, pero no pudo montar su caballo lobero, por eso caminó muy despacio hacia su casa. Sabía que el dolor aumentaría cuando se enfriara el cuerpo. Y así fue. Al entrar a la sombra de su casa fue indispensable acostarse boca abajo, en el petate de palma tejida, acomodado en el suelo.

—¡Ay, Diosito!¡Diosito lindo! Me duele un chingo —dijo en voz alta.

La soledad se le acentuó por los dolores y por no tener quien le sobara o le pusiera compresas con vinagre. Además, tenía un hambre ingobernable... y muchas monedas de oro y plata. Irónica carencia en la abundancia.

—Ay. Ya se ve que la salud es lo primero. Cómo quisiera tener mi cuerpo bueno, como para vivir cien años. Pero también tengo hambre. Ya no quiero vivir así, tan miserable, que ni un jarro con agua limpia tengo.

Al escuchar su propia voz Santiago Juan Casiano volvió a llorar como niño pequeño, hasta quedarse dormido.

Poco después lo despertó el sonido de un rebuzno. A veces pasaban por ahí burros manaderos, que eran asnos sin dueño de los que había que cuidarse si andaban en celo, porque tiraban mordiscos y patadas. Un día, cuando era pequeño, tuvo que subir a un árbol para escapar de uno de ellos. Aquella vez hasta quebró una olla de barro que traía con agua.

El burro que ahora escuchaba rebuznar estaba muy cerca. El domador se levantó cautelosamente del petate y salió hasta la puerta. Desde ahí vio a la bestia cargada con dos huacales, que son cajas grandes hechas con varas. Miró por todos lados buscando algún dueño, pero no había nadie. Lo único que descubrió con la mirada fue una gallina, que no era suya, echada entre las hierbas.

Con cuidado amarró al burro y hurgó en los huacales para ver qué traían. Se sorprendió al ver mucha comida y bebidas preparadas para que pudieran durar mucho tiempo: diferentes frascos de vidrio con conservas en salmuera de coles, chiles, jitomates, nopales, cebollas y zanahorias. También había envoltorios de papel de estraza con chuletas de puerco ahumadas y carne de res seca; hojas de palma que envolvían quesos secos; orejones de manzanas, duraznos y peras deshidratadas; chiles secos pasilla, guajillo y cascabel; tortillas de harina de trigo; ates de membrillo y guayaba; dos botellas de tequila de Jalisco y diez botellas de cerveza envueltas en hojas de palma. En el segundo huacal había cacahuates tostados, semillas de calabaza tostadas, nueces, pasas y manzanas frescas.

También había una lata llena de manteca de cerdo para freír alimentos. Eran como sesenta kilos de comida procesada para ser aprovechada en un viaje largo o para ser almacenada durante semanas o meses.

«¿De dónde chingados viene este burro?», se preguntó Santiago buscándole algún herraje en las ancas, pero no traía marca.

Lo que sí le parecía claro es que no era de Michoacán, sino de Jalisco u otro estado más lejano. Eso no era raro porque algunos arrieros transportaban, caminando, cientos de vacas o borregos durante cuatro o cinco días para venderlos en la Ciudad de México, Guadalajara o Morelia. Eran grandes puntas de ganado que, de lejos, se veían como enjambres de insectos.

No le dedicó más pensamientos a justificar la presencia del asno porque ya tenía muchas horas con hambre y porque, de algún modo, sospechaba que esos manjares habían llegado por obra de la frasca con monedas mágicas. Comenzaba a oscurecer nuevamente. El día se había agotado y ya le urgía comer algo. Se puso a encender la estufa de leña y vio que la gallina ya no estaba en el solar, pero había dejado tres huevos.

—¡Gracias, Diosito! —dijo el mestizo bigotón. Se persignó con uno de los huevos de gallina en la mano y llevó todos cerca de la estufa para echarlos al comal de barro con manteca, carne seca y chiles. Abrió un tequila y tomó un trago largo mientras miraba el cambio de forma y color de los huevos con carne y chile sobre el comal, calentado con fuego. Sobre el mismo traste echó tortillas de harina de trigo y al retirarlas se fue armando tacos.

Tenía tanta hambre que sacó cerca del fogón varias cosas de las cajas. En una varilla de hierro ensartó chuletas y las puso cerca de la lumbre. Luego abrió una botella de cerveza y empezó a combinar tequila y cerveza, en el ciclo de «prende y apaga».

Para mirar mejor, encendió una vela dentro del jacal y volvió a buscar sus tesoros del escondite en el muro. Halló dos monedas de oro afuera de la frasca, pero no contó las que seguían encerradas.

«Ora ya salieron dos», pensó y enfocó su atención a la víbora rellena con cincuenta monedas de plata.

Como ya andaba ebrio, vació todas las monedas sobre la mesa donde se confundían con la comida, la bebida y los cigarros que también había sacado. Entró en un estado de frenesí cuando empezó a escuchar el sonido fino de las monedas de plata chocando unas con otras. Las dejaba caer sobre la mesa y las volvía a levantar para que volvieran a sonar. Eran cincuenta monedas de plata y dos de oro, que hacían carrusel de subida y bajada. Siguió bebiendo alcohol hasta entrada la noche, iluminado con dos velas. Salió con la botella de tequila a donde había amarrado a su caballo y al burro y se puso a hablarles. También comenzó a hablar con la cabeza del armadillo que había cazado días antes y que ya estaba deshidratada en una percha.

—Ya sabemos que de la muerte nadie regresa. Por eso te pido perdón porque te maté para comerte. No sé cómo darte algo porque ya te moriste, pero ayúdame a pensar —le decía a la cabeza de armadillo, que era del tamaño de un limón—. Si yo fuera animal, podríamos hablar y podría entenderte. Pero, la verdad, mejor me gustaría ser animal volador.

Cortó su discurso por la fuerte presión de su vejiga para ir a orinar. Dejó todo lo que traía en las manos y corrió hacia el mogote de la nopalera. Ahí se estuvo parado, balanceándose, mientras miraba sus orines salir del cuerpo como si no fueran a terminar nunca. Levantó la mirada y entendió que la luna estaba menguando porque se notaban más estrellas en el cielo y abajo era más difícil distinguir las sombras y siluetas. Al terminar se guardó el pito y se fue de nuevo hasta la estufa de leña que ya sólo tenía ascuas que no se sabía si seguirían encendidas o se apagarían en un suspiro. Se preguntó si realmente quería convivir con más gente. Su conciencia alcoholizada guardó silencio frente a las luces rojas de las últimas brazas en la leña.

—Pero ¡volar sí quiero! —dijo en voz alta el arriero michoacano, como si estuviera pidiendo un plato de comida que ya estuviera en la mesa. Se sirvió más tequila en un jarro de barro y abrió otra botella de cerveza, que estaba en un envase de dos litros. Tomó un trago largo de destilado de agave y después apagó el ardor de garganta con media cerveza que tragó sin respirar.

—¡Aaa Aaaaaa jai jai jai jaiiiiiiiii! —gritó a todo pulmón afuera de su casa. Tambaleándose avanzó hasta el lugar donde empezaba el camino desde su jacal hacia Contepec y apuntó con su índice derecho hacia el pino más alto que tenía a la vista—. ¡Ahí te voy, hijo de la chingada! —volvió a gritar al vacío y tras replegarse unos pasos para tomar vuelo, corrió unos veinte metros y pegó un brinco increíble, veloz y poderoso como látigo de cuero, bien dirigido y con alta concentración, para llegar hasta la punta del árbol. Se agarró de una rama gruesa y apalancó los pies con botas en una horqueta, donde se quedó balanceando como un pájaro pesado.

—¡Vámonos a la chingada! —volvió a decir eufórico por los tequilas y, tras hacer un movimiento parecido a sentadillas gimnásticas para agarrar impulso, se aventó hacia el cielo con las manos estiradas como queriendo agarrar las estrellas. Y no cayó. Voló.

—¡Mírame, amá Esther! ¡Mírame, apá Bernardino! Miren que puedo volar —iba gritando, pero el vértigo le bajó un poco la borrachera al sentir que estaba entrando demasiado rápido a una región más oscura del cielo. Volvió a poner las manos arriba, pero ahora con las palmas hacia el negro cósmico, como si fuera a golpear con un techo celeste. De esa forma fue deteniendo su ascenso. Quedó suspendido sin subir ni bajar y pudo mirar desde arriba las cosas que hay en esa parte de Michoacán que colinda con el Estado de México, Querétaro y Guanajuato.

Para mirar mejor se tiró de panza sobre el aire, con el mismo movimiento que hacía cada noche cuando se tiraba a dormir sobre su petate, en el piso.

Vio la presa de Tuxtepec a donde llegaba a caballo, desde su choza, en veinte minutos. Luego distinguió la Sierra de Puruagua, que estaba como a una hora al norte de su casa. Vio tres manchones con luces eléctricas: eran Maravatío, Tlalpujahua y El Oro. Adivinó por dónde pasaba la vía del tren hacia Ciudad de México.

La tranquilidad de las alturas le indujo un estado mental donde sentía su respiración con serenidad y placer. Disfrutaba el aire entrando por su nariz, llenando los pulmones y luego saliendo caliente. No intentó controlar su aliento, sólo lo sentía.

Instintivamente supo que si quería desplazarse en las alturas tenía que abrir y cerrar los brazos, como las aves mueven sus alas. También descubrió las corrientes de viento suaves y las fuertes que podían trasladarlo por el cielo sin moverse. Sintió que era una bendición mirar tantas cosas desde arriba y entender que, en verdad, la comarca minera era como un hormiguero. Dejó de pensar. Su arroyo de palabras se detuvo después de que se dijo: «dichosos los ojos».

VIII
Insomnio

En septiembre del año 2000 el jubilado sueco regresó a México, pero llegó acompañado de Erik; su único hijo, de ocho años de edad. El chico era delgado, de cabello muy negro, piel clara y ojos café oscuro. Se veía muy pequeño junto a David, pero era de una estatura promedio frente a los niños mexicanos de su edad. Dos meses atrás, después de las horas oscuras del funeral y cremación de Gry, el exprofesor sueco tuvo que tomar dolorosas decisiones sobre el futuro de su niño.

Ambos resintieron el golpe de entrar por primera vez a la casa de Norby, en Upsala, sin la mujer más importante de sus vidas; la angelical esposa y madre dueña de una mirada azul cobalto.

David Björn sentía mucha preocupación por su hijo, pues a su corta edad había vivido una cascada de experiencias traumáticas, asociadas todas con la fragmentación y la ausencia. No había forma de restaurar el refugio emocional que tuvo sus primeros años de vida. Por mucho que el niño hablara con las estrellas nocturnas y pidiera que su familia volviera a estar junta y feliz, esto no sucedió.

En el inconsciente de Erik quedó un apunte, con tinta, para recordar que cuando los deseos no se cumplen duele más que cuando no se deseó nada. Obviamente, su corazón sentía que no era justo porque lo único que pidió fue que sus papás se volvieran a querer: «¿Era eso mucho pedir?». También pensaba que, quizás, desde que él nació todo empezó a estar mal. El niño no entendía que, en realidad, sus padres sí se amaban, pero en la mayoría de los casos no basta el amor para permanecer juntos.

Ahora, los dos hombres de apellido Björn; uno de sesenta y tres años y otro de ocho, estaban solos. La primera noche tras la muerte de Gry, David escuchó al hijo llorar en volumen muy bajo, en su recámara. Sabía que Erik necesitaba un abrazo de adulto para apoyarse emocionalmente porque encaraba un futuro incierto. Sin embargo, el padre no tuvo fuerza para caminar hasta él, sentarse junto a la cama y aportar sostén, consuelo.

El científico era un hombre muy generoso, pero no sabía mostrar afecto. Además, soterradamente, tenía miedo del enojo que pudiera albergar su hijo por haberlo abandonado en días críticos. Únicamente se acercó cuando cesó el sollozo infantil. Desde el umbral de la habitación vio a su hijo dormido. Miró con un poco más de concentración la recámara que Gry le había decorado a lo largo de los años. Se adivinaba mucho amor.

La cama de Erik estaba dentro de una tienda india o *teepee*. Al apagar la lámpara principal una tenue luz verde se encendía y proyectaba sombras de hojas tropicales, como si estuviera en una jungla. Tenía dos mesas pequeñas y dos sillas. Una estaba cerca de la ventana y un letrero decía «Mesa de experimentos». Ahí pudo ver frascos con semillas y unas pequeñas plantas. También tenía muñecos de acción, un gato de peluche y una consola de videojuegos. Lentes oscuros y un póster de un tiburón.

David amaba a Erik, eso era un hecho, pero nadie le enseñó cómo tratar a un pequeño, mucho menos si era su hijo, pues él sólo había recibido órdenes, restricciones y castigos de su propio padre; un pastor de iglesia luterana, estricto y siempre absorto en atender a su comunidad. Lo único que quedó claro a David esa noche fue que no podía seguir pensando en sí mismo como si fuera un anciano al final de su vida, por el hecho de tener sesenta y tres años. No quedaba otra opción: tenía que cuidarse físicamente para vivir mucho más y proteger a Erik hasta que creciera.

Las siguientes jornadas fueron tremendas. Tuvo que decidir entre dos futuros posibles: quedarse a vivir en Suecia, con las ventajas sociales, educativas y económicas que podría gozar su hijo, y la idea de volver a México, un país que representaba muchas desventajas para Erik, comenzando con el idioma, pero donde David sentía que podría sentirse saludable y vivir más años.

Cualquiera que fuera su decisión tenía que explicarle al niño el por qué tomarían una u otra ruta. La respuesta se la dio el propio Erik, una mañana en que

David entró a su cuarto y lo vio, solito, metiendo su ropa a una maleta. Cantaba en volumen muy bajito la canción «Hakuna Matata», de la película *El rey león*.

—¿Qué haces, pequeño?

—Estoy guardando lo que me voy a poner en México. Me quiero ir contigo.

A David se le llenaron de lágrimas los ojos color café, pues pensó que quizás, por un momento, su único familiar vivo había tenido la remota idea de que lo iba a dejar solo... pequeña personita. Pero también sintió que el llanto le embargaba cuando se dio cuenta de la firmeza de carácter con la que Erik estaba dispuesto a dejar toda su vida conocida; incluyendo amigos, escuela, juguetes y casa, para irse atrás de él. Pensó en el amor sin restricciones que implica el seguir a otra persona sin cuestionarla.

El gigante David no pudo contener el llanto. Se arrodilló frente a su hijo y lo abrazó llorando muy fuerte, con esos suspiros que parecen inhalación en tres escalones y lloró al mismo tiempo por todos: por Gry, por Erik y por él mismo. El niño lo sujetó muy fuerte con sus pequeños brazos y juntos lloraron mucho rato. Quien tuviera ojos para ver la realidad desnuda sabría que en esa habitación dos niños huérfanos lloraban abrazados.

—*Pappa, grät inte* (No llores, papá) —dijo el pequeño Erik secando las lágrimas de su progenitor con la mano derecha mientras se quitaba sus propios mocos con el antebrazo izquierdo.

David se sentó en la cama y le dijo que los dos iban a volar hasta un lugar muy lejos, donde había una casa en un bosque, pastos color verde manzana y podrían ver muchos animales, como venados, pumas y jabalíes. Pero no había osos y ellos dos, los Björn, serían los dos osos de ese lejano bosque. Le dijo que todos los días él le iba a cocinar algo sabroso y Erik iba a hacer muchas exploraciones y experimentos. Pero lo más importante: iban a andar siempre juntos.

—¿Y podemos llevar a mamá? —preguntó Erik.

David, comprendiendo que su hijo quería llevar la urna con cenizas, dijo que sí porque ella también tenía que conocer ese bosque, que se llama Yavesía. Se abrazaron un rato largo, en silencio. Cada uno recreaba mentalmente el rostro sonriente de Gry, como si ella los sostuviera unidos con sus brazos femeninos.

El viaje todavía tardó más de un mes en realizarse porque no era fácil salir de Suecia con un niño y una urna funeraria.

Erik pisó por primera vez México al inicio de septiembre del 2000. Llegaron a la capital del país y durmieron varias noches en la zona con más árboles de la metrópoli: el bosque de Chapultepec.

Al niño le llamaron la atención tres cosas principalmente: que toda la ciudad estaba llena de cables eléctricos colgantes, la enorme cantidad de banderas y decoraciones mexicanas colocadas por todos lados y lo mucho que hablaban todas las personas, pues parecía que nunca se callaban.

Su papá lo abrazaba mucho, pero casi no hablaba, era un gran oso de pocas palabras. Cuando comían siempre preguntaba a los meseros: «¿Pica?». Porque cuidaba mucho que Erik no fuera a tener una mala experiencia con el chile.

Visitaron muchos lugares porque el niño despertaba de madrugada, ya que era la primera vez que experimentaba el cambio de horario al estar en otra parte del mundo. Antes de salir del hotel miraba la televisión en español; había muchas series infantiles hechas en Estados Unidos y casi nada mexicano, sólo el Canal Once. Su papá lo llevó a Papalote Museo del Niño; al zoológico, a ver el oso panda y al Zócalo, donde hombres y mujeres bailaban danzas aztecas con vestuarios de plumas y sonajas. Esto le gustó mucho al pequeño explorador. El primer postre mexicano que le encantó fue el hielo raspado con jarabe de guayaba, porque no conocía la fruta guayaba. Además, sabía más dulce con un chorrito de leche condensada marca La Lechera. También le gustó mucho el plátano macho asado, con mermelada de fresa y Lechera.

Las experiencias nuevas amortiguaban un poco la tristeza del niño de Upsala. Todos los días Erik extrañaba a su mamá. La necesitaba mucho, pero no lloraba cuando estaba su papá porque sentía que él tenía que cuidar a David, quien también se veía muy triste. En el hotel le gustaba meterse a la tina que le preparaba su papá y quedarse acostado un rato largo en el agua tibia, pensando qué superpoder le gustaría tener si fuera un héroe. Antes de dormir se acercaba a la urna con cenizas y hablaba con su mamá un rato para contarle lo que había visto ese día y decirle que la amaba.

Extrañaba hablar con otros niños de su edad. Sólo platicó, en inglés, con unos chicos de Estados Unidos en un parque donde había una fuente grande y algunos llevaban barcos pequeños de control remoto. Le dijeron que los mexicanos eran muy sucios, que no comiera en la calle porque se iba a enfermar. También le dijeron que si tenía cosas caras no las enseñara porque se las podían robar. A Erik le pareció que eso que le estaban diciendo no era correcto. Estaba mal. Era como si esos niños pensaran que todos los pobres necesariamente fueran sucios o peligrosos. Él sólo decía, en inglés: «Bueno, eeeeeeh. No conozco. No he estado antes».

Sí sabía que la Ciudad de México era tremendamente grande y que perderse podría ser peligroso. También vio rápidamente que en México había unos pocos ricos y muchos muchos pobres. Pero le pasaba algo muy raro porque la gente le saludaba y sonreía, aunque no lo conociera. Ponían mucha atención cuando veían que quería decir algo o que quería pedir algo y trataban de comunicarse con señas, pantomimas o gestos hasta que él asentía con la cabeza. No sabía bien si se comportaban así con él por su edad o porque era extranjero. Le parecía que la gente lo trataba con cariño; algunas señoras hasta le acariciaban el cabello o la cara.

Fueron a visitar el Museo de Antropología y a Erik se le grabaron en la memoria dos maquetas, la de unos hombres cazando un mamut, con flechas, y la de un mercado indígena donde se vendían frutas y animales. Vio maquetas de las pirámides y le preguntó a su papá si ahí enterraban a sus muertos. David le dijo que algunas veces, solamente.

Volaron a Oaxaca antes del Día de la Independencia mexicana y la llegada a ese lugar también fue muy impresionante para el niño. Ahí se sintió realmente lejos de donde había nacido, en un lugar totalmente exótico. La gente se vestía con telas y tejidos de colores, además había muchísimos niños. Su papá le había dicho que al día siguiente subirían al bosque para que conociera su cabaña, pero aprovechó el día en la ciudad de Oaxaca para llevarlo al Museo de Santo Domingo y enseñarle unas piezas de oro indígena que habían rescatado hacía muchos años de una tumba, a la que llaman la Tumba 7 de Monte Albán. En una tienda de artesanías, Erik le pidió a su papá que le comprara una máscara de madera con el rostro de un jaguar.

Al mismo tiempo, David Björn sentía que sus pensamientos le jugaban tretas. La voz interior que siempre lo regañaba y le decía lo que debía hacer, el superyó, le interrogaba si había sido prudente sacar a Erik de Suecia a México; un país con caótica e impredecible dinámica social. Pero esa autoflagelación mental se sumaba a otro problema más difícil de enunciar con palabras: tras la muerte de Gry perdió un bloque gigantesco de su narrativa biográfica; se abrió un boquete gigante en su identidad y sentido.

Su esposa, su compañera, incluso su juez, maestra y admiradora ya no estaba más y él carecía de un guion para el capítulo siguiente. Salvo la clara idea de criar a Erik, carecía de germen para nuevos porvenires. En su nueva vida de viudo las cosas se juntaban y separaban sin aparente lógica. No era una caminata donde él pudiera descansar ni conciliar el sueño. Pasó muchas noches sin dormir bien y eso intensificó añejos dolores físicos. En esas condiciones volvió a encontrarse con Mario Romero, el chofer de la combi que lo había llevado a la sierra, quien para este nuevo encuentro le había comprado a Erik, como regalo, un sombrero de charro mexicano y unos bigotes de juguete. El niño sonrió y se dejó disfrazar antes de subir a la combi.

—Ora di: «¡Viva México, cabrones!» —le dijo Mario, apretando los puños y levantándolos en son de broma. El niño no entendía, pero sonreía frente a tantas pantomimas y miraba a su papá para que le hiciera algún gesto.

—¡Viva México! —dijo el papá.

—¡Viva México! —dijo, en español, el pequeño migrante escandinavo.

Subieron a la sierra hasta la cabaña en Trinidad Ixtlán, en medio de un frondoso bosque de pinos de más de quince metros de altura. Por el camino vieron muchas cosas y Mario se detuvo dos veces. En la primera escala compró ciruelas rojas que le regaló al niño, y en la segunda compró un pan de pulque, del tamaño de una *pizza*, que también le dio al pequeño explorador. Erik guardó todo para cuando llegaran a la casa.

Ese año no vio cómo era la fiesta de la Independencia de México, que es conocida como El Grito, pero por cada pueblo que cruzaron observó decoraciones en colores verde, blanco y rojo. También identificó una enorme cantidad de niños mexicanos jugando en las calles y en patios. Pensó que había muchísimos chicos, por todos lados, algunos de ellos con bigotes de juguete, como los suyos.

Llegaron a la cabaña y la gente del campamento había hecho muchos arreglos para que se sintieran cómodos. Los dos dormirían en la misma recámara, que era muy grande. En el baño, con regadera, tenían agua caliente. Además, había una chimenea con leña, una pequeña estufa con gas y un refrigerador. No había televisión, eso era lo malo; pero sí había un equipo para tocar CD de música, y escuchar radio, eso era lo bueno. Comenzaron a acomodarse. La urna con las cenizas de Gry fue colocada en un buró de madera, dentro de la recámara, y embellecida con flores que en ese mismo momento salieron a cortar al bosque las mujeres de Ixtlán que les habían recibido. Erik fue probando alimentos que su papá preparaba o seleccionaba. Le gustó el pan de dulce, la fruta, el tasajo, las tortillas de maíz y los frijoles. También comía mucho queso. A David le ofrecieron un perro para el niño y él pensó que era buena idea para que lo cuidara de las víboras si caminaba por el campo. Eso alegró mucho al chico, que ya quería conocer a su cachorro.

La migración del niño comenzaba a ser exitosa. Su padre, en cambio, acumulaba desvelos. No podía dormir bien en ningún lugar y en ninguna cama. Pasaba horas recostado y cambiando de posición, pensando en Gry con mucha culpa y elaborando cosas que hubiera deseado decirle. A veces la soñaba muy alegre, bailando sola e invitándolo a bailar; pero incluso en sueños, él siempre se resistía al baile. Se sentía torpe, feo y tonto. Ahora ya no había posibilidad de abrazarla y bailar. Algunas veces se sentía muy enojado consigo mismo; otras muy triste y otras con un gran vacío, sin saber qué hacer para vivir el futuro. Se sentía sin fuerzas y con dolores físicos nuevos.

Muchas personas en Trinidad Ixtlán le dijeron que le podría ayudar a dormir la maestra Juliana, la Costeña. Le explicaban que no sólo leía las cartas de buena fortuna. Sus habilidades y trabajos eran muchos. Curar un insomnio, empacho o susto era una de las cosas más fáciles que ella podía arreglar. A lo mejor le daba un té o alguna hierba de olor para que pusiera en su cabaña. No perdía nada con preguntar.

David sabía bien de quién le hablaban; la había conocido en la comida que le hicieron, el día de su cumpleaños, sin saber que era su cumpleaños. Además, por todos lados había letreros de sus cotizaciones mágicas.

IX
El teporocho

En la mañana, después del vuelo nocturno, Santiago estaba tendido en su petate cubierto con un gabán de lana. Despertó muy lúcido. Sabía dónde estaba, qué había comido, bebido y hecho la noche anterior. Su primera preocupación fue recordar que antes de dormir no había guardado las acuñas. Metió todo al escondite y dejó afuera diez monedas de plata.

Le quedaban cuarenta y seis monedas de oro. Dentro de la frasca había cuarenta y cinco y una más estaba afuera. No recordaba bien en qué gastó cuatro deseos. Había pedido el cinturón con monedas de plata, que nunca le faltara comida y poder volar. Según sus cuentas, sólo llevaba tres deseos. Olvidó que había implorado salud después de la dolorosa caída en el arroyo.

No terminó su recapitulación. Mejor se apuró a guardar la frasca mágica y la víbora de plata. Temía que alguien llegara a reclamar el burro de los huacales y descubriera su fortuna secreta. El dinero que necesitaba a la mano lo puso en una talega de cuero y lo amarró con una agujeta.

Un poco más tranquilo agarró carne asada que quedó la noche anterior y abrió un frasco con jitomates en conserva. Se puso a pensar en por qué quería ser respetado en la comarca. Había vivido como una sombra y le dolía la indiferencia. Sin embargo, no era tonto. Sabía que no podía aparecerse por el pueblo, de un día para otro, con grandes cantidades de dinero para abrir una cantina de lujo. Debía armar un plan.

Con el dinero y la frasca iría a conocer la Ciudad de México; pues había escuchado muchas cosas de la capital del país. Allá se organizaría bien. Podría contratar ayudantes y comprar lo necesario para su nuevo negocio. Algunas cosas se aclaraban en su mente, pero quedaban cabos sueltos en el plan, pues no quería arriesgarse a que le robaran en la Ciudad ni dejar abandonado el jacal donde había nacido. Así concluyó que sería indispensable tener un ayudante; una persona leal, honesta y sin malicia. Eso también serviría para mejorar su ánimo porque tendría a alguien con quien platicar, en lugar de hablar con el caballo y el burro. Al terminar sus alimentos de la mañana decidió que pediría como deseo encontrar a un ayudante y cuidador. Dudó si debía persignarse cada vez que hiciera una petición porque no le quedaba claro si las cosas mágicas eran cosas de Dios. Eso nunca se lo había explicado nadie.

«Mientras no haga el mal, no creo que se enoje el Altísimo», pensó Santiago y pidió hallar un mandadero.

No pasó nada de inmediato. La moneda de oro número cuarenta y seis y las diez monedas de plata seguían en la talega. Supuso que hay deseos más tardados de cumplir, así que mejor se fue a darle de comer a sus animales de carga. Removió el carbón de la estufa y guardó las conservas que no había abierto. Miró la cabeza y el caparazón del armadillo y decidió que los enterraría en el monte cuando fuera por leña.

A media mañana se fue al bosque con el caballo, el burro y los restos del armadillo en un pequeño costal de yute. Se alejó poco de la casa, pero llevaba los dos animales para cargar toda la leña que pudiera. En la orilla del camino los amarró y se internó un poco al monte para hacer un hoyo, en una parte sin raíces. Ahí iba a enterrar los restos del armadillo, pero en ese momento se dio cuenta de que no llevaba herramienta para cavar. Regresó al caballo y agarró un hacha corta. Después volvió al lugar donde estaba el costal con el armadillo y empezó a dar unos golpes de hacha en la tierra para aflojarla. Luego picó el suelo con un palo y comenzó a sacar la tierra con las manos. Realizaba su complicada tarea sintiendo dificultad y torpeza.

—Así se le va a hacer de noche y no va a acabar el hoyo, amigo —le gritó una voz ronca que le sorprendió porque no fue precedida por pasos ni por otro ruido.

Santiago se sentó en el piso, a la defensiva, sujetando el hacha y buscando el origen de la voz. Encontró a un hombre flaco, bigotón, de piel colorada, perchado en una piedra grande y con una sonrisa como la de quien sabe que hizo una travesura que le salió perfecta.

—¡Ah, chingá! ¿Y a usté quién lo trajo o por qué se hace el aparecido? —Fueron las primeras palabras de Santiago, que al mismo tiempo revisaba si el recién llegado traía pistola o escopeta. Al comprobar que estaba desarmado le preguntó desde qué hora lo estaba vigilando.

—Vigilando, vigilando, no tanto. Aquí duermo y usté fue el que llegó. Tengo una pala, ¿no quiere acabar más rápido el agujero? Fui minero y yo le hago el hoyo si me da comida.

—Y con quién estoy hablando, cuando menos dígame.

—Ah, pues yo me llamo Trinidad Santana. Soy de aquí del rancho de Contepec, pero criado en Tlalpujahua. Excapataz de la mina Dos Estrellas, para servirle.

—¿Por qué excapataz?

—Bueno, ¿quiere la pala y el hoyo o no los quiere?

—Pues de querer sí los quiero, pero ¿cómo sé qué no es un ratero cacomixtle?

—Pues yo se lo juro por la Virgen de Guadalupe, pero si tiene pendiente siga usted con su faena —le respondió Trinidad con cara de aburrido. Luego empezó a otear el viento y a mirar para otros lados, mientras Santiago seguía sentado, sujetando fuerte el hacha pequeña.

—Pues yo le doy comida si me presta la pala y me dice la verdad de por qué duerme aquí.

—Pérese tantito. Ahorita le voy contando. Al fin, no tengo nada que hacer y así me gano el pan de este día —le respondió el hombre de la roca mientras giraba el cuerpo, bajaba de su atalaya y desaparecía entre los arbustos por un rato.

«Padre santísimo, no vayas a dejar que este hombre me dé un mal golpe. Que no sea un alma del demonio o un matón prófugo», estuvo rezando unos segundos el domador de potros, que ya se había puesto de pie y procuraba tener a la vista a sus animales de carga.

—Le voy a contar mis penas, así como me fueron pasando y verá que soy hombre cabal, aunque sí soy vicioso. La botella no me deja —comenzó a contarle Trinidad cuando volvió a salir al claro, de entre las yerbas, cargando su pala—. ¿Qué va a enterrar?

—Esto —Le enseñó Santiago.

—¿Es un animalito? Uno le agarra amor a los animales, ¿verdá? —opinó el minero y, sin esperar explicación, empezó a hacer el agujero mientras contaba su pasado reciente—. Mi segundo apellido es Torres. Me llamo Trinidad Santana Torres. Hace como tres años me casé con la niña hermosa Estela Rosales. Yo ya tenía tiempo andando atrás de ella. La conocí en la capilla de Contepec y la anduve enamorando cada vez que regresaba de la mina, a donde me metió a trabajar mi padrino. Nos casamos bien, pero poquito después ella conoció mi defecto. El trago me gusta un chingo. Parece que bebo leones y me siento bien pantera con el que se me ponga enfrente.

»Yo ganaba buen dinero en la Mina Dos Estrellas. Revisaba que los peones no se robaran las pepitas de plata entre los dientes o en los calzones. A veces hasta se las tragaban y si los patrones sospechaban tenía que detenerlos para revisarles más tarde la cagada. Como los jefes me tenían confianza me pagaban con plata de ley. Llegué a tener mi víbora de monedas de plata y pagaba muchos tragos a los que me decían don Trinidad.

»Me casé con Estela un 10 de diciembre y el problema feo fue apenas por marzo. Un día me pidió que la llevara al mercado de Tlalpujahua. Teníamos caballo y mula. Yo la llevé y le dije que la esperaba en la cantina. Así empecé a perder porque me puse bien pedo y se me fue el tiempo. Mi señora me mandó a llamar con un propio y no le hice caso al principio, pero la segunda vez salí como fiera y la vi sentada en la banqueta, con las canastas, comiendo unos higos. No me aguanté y le grité que no era naiden para andarme mandando a sacar de la cantina. Que yo era el hombre y que aprendiera que el hombre es el que lleva pantalones.

»Ella se indignó. Agarró la canasta más chica y se echó a caminar para el camino a Contepec. Yo cargué la otra canasta y la amarré en la mula. Me subí al caballo y la fui siguiendo diciéndole: "Súbete, Estela. Ya súbete a la mula. ¿Qué no ves que nada más pareces ridícula?". Pero entonces no sabía que escogí a la mujer más orgullosa de Contepec porque ella seguía caminando con su canasta y ni me miraba ni se detenía. Yo sabía que no se podía ir caminando los veinte kilómetros hasta la ranchería, con la canasta, y ya no le dirigí la palabra. Como andaba alegre por el trago, saqué mi reata y me puse a jugar floreándola, como había aprendido de chamaco.

»De pronto, en la borrachera, que le aviento el lazo a mi mujer y que la atrapo con la cuerda como si fuera ganado. A ella se le soltó la canasta y se cayó de rodillas en el camino. Yo me di cuenta de que se había quedado llorando, me espanté y me bajé del caballo. Me iba a acercar a ella cuando vi que se quitó la cuerda. Estaba llorando, pero no de tristeza sino de coraje. Estaba toda colorada y antes de que yo la tocara o le ayudara a levantarse agarró una piedra del piso, como del tamaño de un pan de dulce y se empezó a pegar ella sola con la piedra, primero en las piernas, luego en el pecho, en los hombros y en la cara. A mí se me bajó la borrachera al ver tantísimo daño que se estaba haciendo mi Estelita y me iba a acercar a detenerla cuando empezó a gritar bien fuerte: "¡Déjame, desgraciado! ¡Déjame! ¡Ya no me pegues, bruto desalmado!". Y tiró la piedra a un lado y la gente de las orillas de Tlalpujahua comenzó a salir de sus casas. Unas mujeres gritaban que fueran por la policía y unos hombres me agarraron por la fuerza para que, según, ya no le volviera a pegar a mi mujercita santa.

»Así me refundió en la cárcel mi esposa amada. La gente de la mina ya no quiso volver a escuchar mi nombre. Los amigos que antes me llamaban don

Trinidad, ahora me gritaban por las rejas diciendo: "Pinche Trini". Y es que a nadie le gusta que los hombres les peguen a las mujeres. Así estuve seis meses en la cárcel y le mandaba recados a mi Estela de que ya me perdonara, pero ella no me contestaba. Es muy orgullosa. Después de medio año supe que pagó la multa, pero mandándome a decir que no quería verme cerca del rancho. Por eso me quedé en Tlalpujahua haciendo los peores mandados para ganar dinero, limpiando chiqueros, letrinas, casi puros trabajos con la mierda. Fue entonces cuando me compré mi pala. Lo malo de todo eso fue que saliendo de la cárcel me agarró más fuerte el trago y ando rodando desde entonces.

»A veces el único dinero que me llega son diez centavos y me compro un té con alcohol. El té cuesta cinco centavos y con alcohol vale ocho, por eso a los que tomamos eso nos dicen teporochos. Ya llevo tiempo de teporocho. A veces ya quisiera cerrar mis ojos y descansar para siempre, pero no dejo de pensar en mi Estela. Luego veo señales y ahora una señal me dijo que ya tenía que venirme para Contepec... Mire. Ya quedó el hoyo. Ya ponga adentro su animal difunto. —Señaló Trinidad, haciéndose para atrás y exhibiendo la oquedad que había hecho sin aparente esfuerzo.

Mirándolo con desconfianza, Santiago se acercó y colocó en el hueco el costal con los restos de armadillo. Quería decirle alguna despedida al pequeño mamífero, pero le dio vergüenza porque el teporocho lo estaba viendo. Sólo se despidió mentalmente.

—¿Y qué señales ve usté, amigo? —le preguntó el arriero a quien había cavado el hoyo. Después dio un paso atrás para que echara tierra sobre el costalito.

—Pues, en veces, el alcohol o la falta de alcohol te hace mirar animales que te siguen o espíritus que te hablan. Son apariciones. Lo que pasó ahora fue que llevaba muchas horas sin conseguir alcohol. Todo el cuerpo me temblaba y el frío del bosque parecía el frío de la muerte que ya venía por mí. Pero no me morí y tuve que levantarme del lugar donde me había tirado porque necesitaba vomitar. Estaba cerca del mercado de Tlalpujahua y me fui temblando a unas jardineras. Todo el cuerpo se me sacudía y cuando estaba echando para afuera lo que traía en la panza, vi a un hombre alto, rubio y muy limpio. Se acercó a mí y me puso la mano en la espalda. Era una mano grande, muy tibia. Me di cuenta porque yo tenía mucho frío y temblores. Entonces me dijo: «¿Ya terminaste, niño?». Y yo ya no seguí vomitando. Me espantó, pero luego me puso todo el brazo alrededor del hombro y me llevó caminando a una parte de la plaza donde había sol. Era muy alto y sí parecía yo un niño junto a él. Le pregunté: «¿Tú quién eres?». Y sólo me miraba y sonreía. Luego sacó una bolsa de papel grueso, como las que dan con el pan, y me la regaló. Yo agarré la bolsa con las dos manos y sentí que estaba muy pesada. Entonces me fijé con más cuidado y no estaba llena de pan sino de monedas, de muchos pesos, y monedas de diez y de veinte centavos. Yo dije: «Hijo de tu pinche madre... Ah, no. Perdón, Gracias

Dios mío». Y el hombre güero nada más sonreía. No me dijo ninguna palabra más. Sólo se fue. Entonces yo volví a temblar. Agarré mi bolsa con monedas y me fui a buscar a otro amigo teporocho, que estaba dormido entre unos trapos. Le dije que fuéramos a comer un caldo a La Candelaria. ¿Conoce La Candelaria? Está cerca del convento. Ahí nos dan caldo caliente. Llegamos y yo venía tan tembloroso que al abrir la bolsa se me caían las monedas. La niña del negocio me ayudó a recogerlas y las contó. Eran cuarenta y cinco pesos. Yo por eso creo que era un ángel. Ese día comimos caldo mi amigo y yo. Luego, ya tumbado en el sol, pensé que, si venía a buscar a mi mujer con dinero, quizá me recibiera y me diera una última oportunidad. Pero lo malo fue que de camino me compré una olla con mezcal y ya no llegué con Estela. Entonces me metí aquí al monte, a dormir en el campo y hablar con los animales, pensando qué hacer y cada vez con más hambre.

Santiago se quedó pensando un rato en silencio. El desconocido ya había tapado el agujero. Se acordó que esa mañana había deseado tener un ayudante y eso no se parecía a lo que él se imaginaba, pero quizá sí era lo que su solicitud le trajo porque tampoco había sido muy claro con sus peticiones.

—Oiga, Trinidad. Yo le propongo un trato. Trabaje para mí unos días y yo le doy techo, comida y hasta chupe. Nada más no quiero que se ande usted cayendo de borracho. Ya juró por la Virgen de Guadalupe que es usté hombre honesto y los castigos divinos son muy crueles. Yo le doy trabajo, pero no tiene que ser ratero ni violento. Eso es lo único que le pido.

—Le digo que todo esto son señales, amigo. ¿Cómo se llama usted? —preguntó el minero sintiendo que algo grande estaba por pasar en su vida.

—Me llamo Santiago Juan Casiano, soy domador de potros y arriero del pueblo de Contepec. No soy rico, pero tengo mis ahorros.

—¡Ah qué mi amigo! ¿Usted sabe cómo se llama la capilla de Contepec donde conocí a mi Estela? Pues es la capilla de Santiago, ahí me bautizaron.

Trinidad soltó la carcajada y le estiró la mano: —Pues aquí tiene a su mandadero teporocho —le dijo con una sonrisa que hizo que las puntas de sus bigotes se levantaran y que se vieran más grandes sus mejillas rojas—. ¿Quiere que le corte leña, ya que estamos aquí?

Los dos se pusieron a cortar leña y regresaron al jacal, con el caballo y el burro cargados. Ambos llegaron con mucha hambre y, también, mucha sed. Santiago revisó su talega y vio que estaban las diez monedas de plata, pero ya no estaba su moneda de oro número cuarenta y seis. Así supo que se le había concedido su quinto deseo: encontrar un ayudante leal.

X
Amarres

Con el paso de las noches sin dormir, la acumulación del desvelo y el arroyo de pensamientos inquietantes, el doctor Björn reunió argumentos suficientes para convencerse a sí mismo y visitar a la curandera del pueblo Santa María Yavesía.

Llegó con Erik porque no le gustaba que su hijo se quedara solo en el campamento. La maestra Juliana, también conocida como la Costeña, los recibió en el patio de piso de cemento, enfrente de su casa, donde tenía muchas sillas como si fuera sala de espera de consultorio médico de pueblo. Les ofreció a los dos café y pan. Como andaba suelta una gallina con pollitos, la mujer le preguntó a Erik si le gustaban los animales. Él no le entendió, pero ella tomó un pollo pequeño y esponjado, se sentó y lo puso en su propio regazo, donde empezó a acariciarlo. El niño miraba con curiosidad y entonces ella se levantó y se lo puso entre las dos manos, donde el ave se quedó quieta, piando muy poco, cada ciertos segundos.

Los adultos comenzaron a hablar y Erik vio que desde adentro de la casa lo miraba una niña chica. Él se sorprendió al principio y luego hizo como si estuviera muy concentrado cuidando al pollo. Ella asomó toda la cabeza por la puerta y la maestra Juliana le dijo: «Ándate para adentro, que estoy platicando con el doctor güero». La niña se tapó la boca, porque se estaba riendo, y corrió descalza para adentro de la casa.

La Costeña le dijo a David que era fácil ayudarlo a dormir; sólo necesitaba que le trajera unas hierbas: ruda, tila y pasiflora. Él las podía comprar en el tianguis, frente al Palacio Municipal, pero se iba a tener que dormir un rato ahí, en una hamaca que tenía en el patio de atrás de la casa. No debía preocuparse porque ella le iba a cuidar el sueño, pero era mejor que cuando fuera a comprar las hierbas, le buscara también unos carritos de juguete o una pelota al niño para que se entretuviera un rato en el patio porque seguramente se iba a aburrir rápido de cuidar a los pollos.

David había llevado un Game Boy que usaba Erik para entretenerse con videojuegos cuando él hacía trámites del banco o del gobierno, pero le pareció buena idea explicarle que se iba a tomar una medicina para el sueño y que le iba a comprar unos juguetes para pasar el tiempo.

Fueron al mercado y Erik aceptó que le regalara tres carritos de metal, pero lo que más le llamaba la atención a esa edad eran los muñecos de acción y, como vendían unos enmascarados de lucha libre, a los que no se les movían la cabeza ni los brazos pero tenían un ring, le pidió a su papá que le comprara unos «para iniciar una colección».

El científico también compró pan de dulce, que le pusieron en una bolsa de papel, para que merendaran en la noche. Así regresaron con la maestra Juliana y se pasaron al patio de atrás, que tenía piso de tierra.

—Entonces, usted no es un doctor de la salud, ¿verdad, güero? —le preguntó la mujer oaxaqueña al bioquímico jubilado de la Universidad de Upsala.

—No. Yo soy doctor en Química, trabajo en laboratorio con sustancias y electricidad —explicaba el extranjero al mismo tiempo que echaba una mirada por el lugar al que habían entrado.

—Ah. Es como un científico loco, pues —le soltó, maliciosa, la Costeña, aunque David no le puso mucha atención. Sólo sonrió para simular que la había escuchado.

Estaban en ese momento en un patio con piso de tierra. Tenía algunos montículos de grava y arena, que seguramente se usarían en alguna construcción que estaba en proceso. Había una pileta con agua y un lavadero. Cajas de plástico con envases de vidrio para refrescos, un fogón para cocinar con leña, una planta grande de bugambilia con flores blancas y varias cubetas de pintura marca Comex con diferentes plantas sembradas: azáleas, geranios y rosales. También había muchas sillas y en el fondo una especie de choza con la puerta abierta donde estaba la hamaca de hilo azul y en la que, le dijo la yerbera, le iba a curar el insomnio.

—El niño puede estar aquí en el patio, cerca de usted. Le traemos fruta y que juegue con las sillas o en la grava. Ustedes váyanse acomodando mientras yo pongo a hervir las yerbas.

Juliana entró a la casa y entonces salió la niña al patio. Era chiquita, tenía cuatro años. Medía unos noventa centímetros de altura, con piel morena, un poco manchada por resequedad. Su cabello era negro, muy largo y traía un vestido de tela popelina, con flores amarillas estampadas, algo viejo. Andaba sin zapatos y salió caminando muy coqueta, sonriente, sujetándose el cabello con una liga y fue directo a hablar con David.

—¿Tú eres el doctor güero? —preguntó mostrando sus dientes chiquitos, de leche.

—Sí. ¿Tú, cómo te llamas?

—Niña.

—Pero ¿cuál es tu nombre?

—No sé. Todos me dicen la niña. ¿Él es tu hijo? —dijo apuntando con el dedo a Erik, que se sintió agredido y se paró un poco más cerca de David, para certificar que venían juntos, pero además adoptó una postura muy formal, como de un hombre grande con mucho aplomo.

—Sí. Él es mi hijo Erik. ¿Y Juliana es tu mamá?

—No. Es la señora que me cuida. Mis papás me cambiaron porque somos muy pobres. Entonces ella les dio animales y a mí ahora me cuida y me da de comer. Por eso aquí vivo. Yo ya sé barrer y le ayudo a doblar la ropa.

—Ah. ¿Y qué quieres ser cuando seas grande?

—Cocinera o maestra.

—Ah, ¿y por qué?

—Para hacer comida muy rica y darle de comer a los demás. Y también para enseñarle a los niños todas las palabras.

Fue mucha la ternura que la niña despertó en David. Erik no entendía los detalles de la conversación, pero miraba a la pequeña y le parecía muy frágil. No traía zapatos ni suéter y hacía frío.

—Papá. ¿Le dices que si quiere un suéter? Toma éste —dijo en sueco Erik y se quitó uno que traía puesto. Debajo vestía otras dos prendas y en la mano sujetaba una chamarra. Su papá, que ese momento sostenía la bolsa con pan en un brazo, no dijo nada. El lenguaje corporal de Erik era muy comprensible. David sólo tomó el suéter del niño, color amarillo canario, y se lo entregó a la niña. Ella lo agarró con las dos manos, con mucho cuidado, como si le hubieran entregado la flor más delicada. David dejó su bolsa de papel en una silla, se puso en cuclillas y ayudó a la pequeña a ponerse el suéter. La niña sintió muy bonito porque estos gestos tan pequeños encierran sentimientos muy grandes. Para ella, el regalo venía lleno de cariño y protección. Abrió los brazos, todo lo que pudo, y brincó para abrazar al pequeño Erik.

—¡Gracias! ¡Gracias! ¡Gracias! Está rebonito. —Con su abrazo, la cara de la pequeña llegaba a la altura del pecho de Erik, quien sonrió, pero nervioso volteaba a ver a su papá.

Luego la niña soltó a Erik y también abrazó a David muy fuerte, agradeciendo el suéter nuevo que le quedaba como vestido, sobre el vestido. Los soltó y entró corriendo, descalza, a la casa. Regresó rápido con regalos. Eran dos muñequitos hechos con cañas de maíz seco. En una primera impresión lucían bastante toscos, pero cuando se miraban con detenimiento, tenían su tronco, piernas, brazos, cabeza y cada uno un sombrero. Parecía que la niña había hecho sus formas raspándolos con sus propias uñas infantiles, pues no estaban cortados sino lijados. Cada uno medía la mitad de la mano de un adulto. Ella le dio uno a Erik, otro a David, y de nuevo corrió adentro de la casa, tan alegre que a veces avanzaba brincando en un solo pie. Ambos miraron las artesanías y el papá ofreció guardarlas en su chamarra de muchas bolsas.

—Ya les anda dando lata la chamaquita, ¿verdad? Es que no para, es muy inquieta. —La Costeña salió de la casa con un pocillo de peltre grande y un jarro de barro negro también grande—. Mire, doctor güero, le voy a servir aquí la tila con pasiflora. La yerba ruda la puse en esta funda de almohada y va a ver que cuando se acueste en la hamaca lo relaja. Deje que se enfríe el té antes de tomarlo. ¿Quiere miel para endulzarlo?

—No, pero ¿cuánto me voy a quedar dormido?

—Como una hora, pero usted va a sentir que durmió días —le dijo Juliana sonriéndole sin degradar su autoridad procesal.

David le enseñó el té a Erik y le dijo que se lo iba a tomar para dormirse un rato pero que iba a estar en la hamaca y lo podía despertar si lo necesitaba. El pequeño estaba a gusto, tranquilo. Le dijo que no se

94

preocupara y mostró todas las cosas que traía en una mochila para entretenerse: el Game Boy, los carros de metal, los luchadores enmascarados de plástico y el ring que habían comprado en el mercado.

El proceso avanzó tersamente. David bebió el té caliente, que tenía un sabor dulce muy sutil. Juliana le ayudó a acomodarse en la hamaca y a descansar su cabeza sobre la pequeña almohada en la que colocó hojas de ruda. Olía muy fuerte y era algo desagradable, pero la sensación de su cuerpo suspendido fue relajando al científico europeo.

La mujer se alejó y David vio a Erik que se sentaba en el montículo de arena y sacaba sus carros y luchadores enmascarados de plástico de la mochila. También vio que la niña salió de la casa, vestida con el suéter que le habían regalado, cargando una cazuela pequeña de barro en la que llevaba manzanas criollas y chabacanos. Se acercó a Erik y le ofreció frutas. Él tomó un chabacano. Toda la imagen hizo sentir a David muy tranquilo. Mirar a los niños jugando le relajaba.

Durmió. Sintió los párpados muy pesados y sus respiraciones se fueron haciendo cada vez más largas y profundas, saturando sus pulmones con el oxígeno del bosque.

Era un hombre grande, de cien kilogramos de peso, y la hamaca donde estaba era grande también. Su mente curiosa se enfocó primero en los sonidos del pueblo, en los que se mezclaban aves cortejándose entre los árboles con motores de camiones viejos. Oía a una mujer, a lo lejos, gritar a su marido que no se olvidara de traer pan del mercado. Por un momento se preguntó dónde había puesto su bolsa de papel estraza llena de pan de dulce mexicano. Luego escuchó un sonido que no provenía del ambiente externo sino de su imaginación: un grupo de monedas tintineaba al caer una sobre otra y luego oyó su propia voz diciendo, en español: «¿Ya terminaste, niño?». Intentó retrotraer lo que dijo y ¡pum!, se quedó profundamente dormido.

Una hora después, cuando abrió los ojos, tardó un poco en recordar dónde estaba. Dormir en una hamaca, suspendido en el aire, era algo poco común en su vida, pero al ver a Erik jugando en la grava junto a la niña, recordó dónde estaba y qué pasaba. El olor de la hierba ruda, dentro de la almohada, era muy fuerte, pero nada lo apuraba. Se sintió muy descansado, no hizo intento alguno por recordar si había soñado. Verdaderamente fue como si hubiera dormido muchos días.

Pensó en Gry y tuvo la sensación de que acababan de estar juntos en un bosque de oyameles, rodeados de mariposas anaranjadas. Tiró un beso al aire, como si estuviera tocando el rostro tibio de su amada esposa de ojos azules. No hizo ruido para no distraer a los niños. Al contemplarlos identificó que cada uno hablaba su propio idioma, pero la mímica hacía ver que la pequeña jugaba a la comidita y el niño hacía un camino para los carros y los muñecos hacia la parte alta del montículo, como si fuera una montaña. Los dos tomaban fruta de la cazuela de barro y la comían.

De vez en cuando, volteaban para ver si el otro y la otra seguían en su propio juego. No se entendían, pero se acompañaban.

Por la tarde, David se dio cuenta de que había olvidado la bolsa de papel llena con pan de dulce. No le molestó porque encontró en su chamarra de muchas bolsas los dos muñequitos hechos con caña que les regaló la niña. Tenían una belleza primitiva pero ingeniosa. Los colocó en una repisa especial de la cabaña donde Erik y él pudieran verlos. Ésa fue la primera noche que el científico pudo dormir bien en la cabaña del bosque.

El día siguiente llegó a visitarles la señora Amada Chávez, quien acudía diariamente o mandaba a sus hijas para ayudar a preparar comida en el campamento. Mientras ella y David cocinaban juntos, el sueco le contó sobre su visita a la maestra Juliana, incluyendo detalles sobre los tés y plantas de la yerbera, así como los juegos de la niña, de quien se despidieron con abrazos, padre e hijo.

—Es la niña de los amarres. Dicen que la Costeña la compró en un pueblo porque vio que es mágica. También dicen que el bulto de yute al que le reza la bruja le dijo dónde hallarla. Y ahí la tiene trabajando. Cuando las mujeres o los hombres quieren que alguien sea su pareja le piden el trabajo a la Costeña y ella pone a la niña a hacer amarres de amor. Dicen que la chiquita juega a que le hace boda a los muñequitos; viste a la novia y al novio, les reza, les canta, los baila, dice sus discursos de boda en la lengua esa que habla ella. No es zapoteco ni náhuatl porque la chiquita no es de por aquí. Luego los amarra con listones de colores y los mete a dormir a una cajita, quesque es su casa.

»Lo que hace la maestra Juliana es pedirle a los que quieren la magia que le lleven prendas o cabello de los dos que quieren juntar. Con eso viste los muñequitos y pone a la niña a jugar a la boda. Y sí funciona. No se sabe cómo, pero en secreto cuentan que sí funciona. Tampoco nadie sabe cómo aprendió la niña a hacer nudos porque está muy chiquita y quién sabe quién le habrá enseñado todas esas cosas mágicas que hace.

David no se interesó en las cosas mágicas que con tanta elocuencia exponía doña Amada sino en lo triste que era el que la hubieran comprado a sus padres por ser muy pobres, como si se tratara de una esclava. Tampoco podía concebir que en pleno siglo XXI tuvieran a una pequeña trabajando y, peor aún, que ni siquiera tuviera nombre. La Costeña le había dicho que podía ir a su casa cuantas veces quisiera hasta curar su insomnio y la verdad era que David sí había alcanzado las fases más profundas del sueño en la hamaca al fondo del patio con piso de tierra.

En las siguientes semanas fue dos veces más a Yavesía, con Erik, a la casa de la yerbera y después de una larga reflexión decidió conversar con su hijo sobre la niña. Le dijo que no tenía a sus papás ni tenía nombre; que aunque la cuidaba bien la maestra Juliana, no era su mamá y la tenía como una trabajadora. Por eso había pensado David que, si Erik estaba de acuerdo, podían pedirle a la Costeña que les dejara adoptarla. Así Erik tendría una hermana pequeña con quien jugar y hasta podría ayudarle a aprender español.

—¿Entonces ella también sería tu hija? —interrogó, con celos, el pequeño migrante.

—Tú eres mi hijo único. Ella sería como mi hija adoptiva, la cuidaríamos tú y yo, pero sólo vivimos dos osos en este bosque; Erik Björn y David Björn. No pienses que te voy a querer menos. Además, si no estás de acuerdo no hacemos nada.

Erik aceptó porque amaba a su papá y pensaba que así podría ayudarle para que no estuviera tan triste. La niña era muy pobre y muy chiquita. No se veía que la cuidaran muy bien y siempre andaba descalza. En realidad, Erik sólo le veía un defecto muy grande que nadie le podía quitar: era niña.

XI
Las Prodigiosas

La cantina se llamó Las Prodigiosas. Así le decían a unas bebidas con alcohol que tomaban en la casa de Santiago Juan cuando era niño. Las mujeres las preparaban con un té de hierba prodigiosa al que añadían licor de anís. Mientras que los hombres bebían un destilado hecho con aguardiente de caña y la misma hierba, famosa por desinflamar, reducir el azúcar en la sangre y proteger los riñones. En memoria del padre de Santiago, el negocio abrió sus puertas el 20 de mayo de 1937, día de San Bernardino.

El local era muy bonito y lleno de cosas de interés. Estaba en la colonia Chiches Bravas. Se pensó en los hombres y las mujeres. Era un terreno rectangular con dos construcciones y un patio al centro. Los edificios eran de piedra gris por fuera, pero revestidos por dentro con madera. Ambos tenían techos con tejas de barro rojo.

En el lado oriente estaba el salón, pensado principalmente para atender a las damas. Tenía sillones con tapices cálidos, una chimenea, baños con muebles italianos, tres vajillas de porcelana diferente que cambiaban en la mañana, tarde y noche, además de una cabina privada con teléfono gratuito para llamar a cualquier parte de México y el mundo. Las llamadas telefónicas gratuitas eran un servicio exclusivo para mujeres.

En el lado poniente estaba propiamente la cantina; es decir, la parte del local donde había un gran mueble de madera tallada, de doce metros de largo, con repisas, cajones, espejos y óvalos de cerámica con pinturas de las nueve musas griegas. En este gran exhibidor de bebidas, copas y tarros se podían contar más de quinientas botellas de los licores más extravagantes y de diferentes colores. Éstos llegaron al pueblo de Tlalpujahua en una caravana de cien mulas, que caminó desde la estación de trenes de Maravatío con las bebidas finas y ciento cincuenta cajas de cervezas alemanas, envueltas en palma tejida. Enfrente se encontraba la barra del mostrador, también hecha con madera tallada. Ahí se podían mirar ocho bombas o despachadores de cerveza nacional de barril, marca Carta Blanca, hechas en Monterrey, así como todo el menaje para atender a los parroquianos. En esa sección había quince mesas para cuatro personas cada una. Para los clientes más exigentes, se construyeron cinco gabinetes de madera con mesa cuadrada al centro y asientos corridos, tapizados con terciopelo rojo.

Había dos cocinas, dos bodegas y once sanitarios individuales con lavamanos y espejo. En el patio central, que ocupaba la mitad del área del terreno, se colocó un pequeño escenario y una zona para músicos.

Ahí cabían veinte mesas para seis personas, pero podían retirarse y recibir a trescientos visitantes o más, sentados con sillas y bancas. El piso del resto del patio estaba cubierto con fina grava roja de tezontle. En un segundo piso del edificio de la cantina había tres habitaciones, una de las cuales era para el dueño, la otra para el abogado y la tercera para la organizadora.

Dos días antes de abrir el negocio Santiago regresó a la comarca minera, después de cuarenta días en la Ciudad de México. Llegó a la estación de trenes de Maravatío, donde lo recibieron las tres personas que le ayudaron a conseguir todo lo necesario para la gran apertura de Las Prodigiosas: el joven abogado Diego Muñoz Pérez Negrón, a quien contrató en la capital del país y que se adelantó para hacer compras y supervisar la remodelación del local; la organizadora de las fiestas y actividades, Teoría Konikos Mantilla, a quien también contrató en el Distrito Federal para arreglar las decoraciones, alimentos y actividades que se ofrecerían y, por último, su mandadero Trinidad Santana Torres, el excapataz minero que contrató dos días después de recibir la frasca con monedas mágicas.

En la estación de trenes revisaron los pendientes y luego Diego y Teoría se fueron a Tlalpujahua en el automóvil Ford Coupé 1937 que el domador de potros había comprado en la ciudad, por un precio de tres mil pesos y que mandó por carretera a Michoacán, un día antes de que él mismo llegara en tren.

Santiago y Trinidad no fueron directamente a Tlalpujahua, pues había un pendiente previo que debían revisar. Cabalgaron juntos hacia la ranchería Contepec, pues el arriero de las monedas mágicas quería acudir a las tumbas de sus familiares antes de inaugurar su negocio.

Cuando Trini lo vio bajar del vagón de pasajeros, le pareció que su patrón era una persona muy diferente de la que se había ido a la capital; incluso se veía un poco más alto que cuando lo dejó en la misma estación de trenes. Esta sutileza que percibió el teporocho era verdad, pues uno de los cuatro deseos que pidió Santiago estando en la metrópoli mexicana fue aumentar su estatura quince centímetros. Esta aspiración fisiológica se fue cumpliendo milimétricamente por las noches, cuando sus piernas, tronco y brazos se fueron alargando.

Hasta el día que regresó en tren a la comarca minera, el dueño de la nueva cantina había pedido trece deseos: cinco antes de conocer a Trinidad Santana; después otros cuatro antes de viajar al Distrito Federal y cuatro deseos más en la capital del país. Le quedaban todavía treinta y siete monedas mágicas.

Mientras recorrían a caballo los cuarenta kilómetros que separan Maravatío de Contepec, Trinidad informó al domador de potros que se había cumplido el encargo de reunir en el panteón de la ranchería a todos sus familiares difuntos, cuyos cuerpos localizó en camposantos de cuatro pueblos. Para cumplir este objetivo el excapataz minero gastó casi cuatro mil pesos, lo que era insignificante si se pensaba la cadena de obstáculos que debió superar para localizar todos los cuerpos, entre tanta tumba dispersa que dejaron las guerras. Lo bueno era que, al fin, los quince familiares más cercanos de Santiago ya reposaban en el mismo cementerio.

—Muchas gracias, Trini. Es una cosa muy grande la que hiciste. Que Dios te la pague con muchas alegrías y muchas bendiciones. ¿Y cómo te fue con tu segundo encargo? —le preguntó el jinete del caballo lobero.

—¡Mesmamente, al pie de la letra fue cumplido, patrón! —le respondió el exminero con su sonrisa pícara que levantaba las puntas de su bigote tupido, mientras cabalgaba un caballo castaño, joven, con crin muy negra.

El teporocho tenía la orden de tomar copas en todas las cantinas de la región para contar que ahora trabajaba para un ranchero de Contepec que había encontrado un tesoro enterrado en su jacal y que iba a abrir la mejor cantina de la comarca, en Tlalpujahua. Pasó cuarenta días de farra, anunciando la próxima apertura de Las Prodigiosas, y le narró a su jefe un resumen con el que ambos se rieron varias veces.

Después guardaron silencio un rato y avanzaron rumbo a Contepec escuchando únicamente el sonido de los cascos de sus caballos al caminar por el terregal. En esa pausa larga de la conversación, Santiago recapituló brevemente la catarata de vivencias que experimentó en su primer viaje al Distrito Federal.

Una de las cosas que más sacudió al domador de potros, en la capital de la República, fue mirarse por primera vez desnudo ante el espejo de un cuarto de baño. Cuando lo dejaron solo en la suite 141, del Hotel Regis, de la Ciudad de México, se quitó toda la ropa para meterse al agua de una tina que le habían preparado a lo largo de casi media hora. Antes, había permanecido junto a la ventana mirando el movimiento de personas y automóviles desde el séptimo piso del hotel, localizado a unos pasos de la Alameda Central. Cuando lo dejaron solo abrió su maleta con ropa y sacó la frasca mágica. Llevó el envase consigo al baño y se encerró. Adentro todo le pareció tan limpio como un plato para comida. Ahí, el pueblerino se desvistió completamente y vio de frente lo que normalmente sólo conocía desde arriba. Le pareció que miraba a un animal contrahecho y vulnerable. Sintió vergüenza y revisó el cuarto de baño para asegurarse de que nadie lo miraba. Hizo un segundo recorrido visual por su desnudez y no le gustó.

Con cierta incomodidad se acercó a la tina llena de agua caliente y entró con el cuidado de un depredador nocturno. Ya sentado, miró a la frasca. Al llegar a ese hotel capitalino quedaban cuarenta y una monedas de oro.

Desde el domingo de resurrección había pedido deseos nuevos cada día o cada dos días. Encontró un proceso extraño para sacar las monedas del envase que nunca se quebraba. Cuando tenía claro lo que quería, primero se encomendaba a Dios, rezando un padre nuestro, y luego se sentaba cerca de la frasca. Cerraba los ojos y mentalmente se preguntaba: «¿Cómo sería todo si yo no hubiera nacido?». Entonces sentía algo muy raro que él describiría como una muerte chiquita: primero era un mareo y luego un desgarre invisible en la parte baja de la panza por donde parecía que su vida se fugaba. Para no vaciarse, Santiago abría los ojos apretando su ombligo en posición fetal y encontraba una moneda suelta. Sólo él supo cómo elaboró el ritual y únicamente con él funcionó de esa manera.

Después de conocer al teporocho, Santiago sacó otra moneda y deseó reunir en un solo panteón a sus muertos más queridos. Luego sacó tres monedas más y las usó para pedir cien mil pesos en billetes; la mejor construcción de Tlalpujahua para una cantina y protección para no ser robado en la Ciudad de México.

La mañana de su llegada a la capital del país fue agitada. Desde la madrugada de ese jueves 8 de abril, cuando salió de la estación del tren en Maravatío, hasta el momento en que se hundió en la bañera, decenas de cosas nuevas y desconocidas se le fueron presentando en una sucesión vertiginosa: máquinas, construcciones, ropa, transporte.

Las personas que encontró en el camino no le dedicaron mucha atención, aunque mostraron aceptación pasiva a todas sus peticiones. Él actuaba con calma y ocultaba sus titubeos de provinciano detrás del dominado gesto de ojos entrecerrados, que adicionalmente evitaba que pareciera ignorante. Quizá el cambio kinestésico más notorio fue que sus movimientos se volvieron lentos y largos. La ropa para ciudad que compró antes de viajar le hizo sentir cómodo.

Cuando llegó a la estación de trenes del Distrito Federal, en Buenavista, buscó un carro que lo llevara al Hotel Regis, pero no consideró que ya sólo había servicio de automóviles, pues las carretas con caballos ya tenían prohibido circular por el Centro Histórico. Entonces abordó un taxi y mantuvo su concentración en el objetivo de llegar seguro a un hospedaje y guardar la maleta con billetes que llevaba consigo.

Arribó al hotel vestido con un traje de casimir color tabaco, sombrero Fedora y zapatos de cuero sin costuras, que compró antes del viaje en las tiendas con aparadores de Tlalpujahua, donde se vestían los ingleses y franceses de la mina Dos Estrellas. Además, traía su cinturón de cuero lleno con monedas de plata, que le aportaban confianza.

En la recepción pidió rentar un cuarto durante un mes y dijo que necesitaba contratar a un licenciado para que le atendiera varios asuntos. El gerente, que se llamaba Prisco Montes, lo recibió y escuchó con atención cuando el personal le informó que un ranchero de Michoacán quería guardar en la caja fuerte del establecimiento una maleta con muchos billetes. No era raro que a ese edificio neoclásico del Centro Histórico llegaran prohombres nacionales. Se sabía que gente de Sonora y Sinaloa tenían al restaurante y bar del hotel como sede de sus encuentros y conspiraciones políticas. Además, en ese momento era presidente de México el general michoacano Lázaro Cárdenas, y no era raro que un ranchero michoacano se apareciera por ahí con una maleta llena de billetes.

Prisco Montes preguntó a Santiago cuántos días permanecería en el hotel y éste le dijo que serían cuarenta noches. El gerente apretó sutilmente los labios para no importunar con la sonrisa que la respuesta le generó, por ser tan bíblica. Explicó al nuevo huésped que el precio de la suite era de diez dólares americanos por noche, que correspondía a 45.70 pesos mexicanos, pero como iba a permanecer más de un mes recibiría un descuento especial para pagar sólo veinticinco pesos por noche. Su dinero estaría seguro en la caja fuerte del hotel y podría retirar cada mañana la cantidad que necesitara.

—Hoy por la tarde le espero en esta misma oficina para presentarle algún licenciado competente y honorable que pueda ayudarle en sus asuntos, don Santiago, si usted me lo permite.

—Así sea —dijo Santiago depositando la maleta de cuero, llena con dinero, sobre el escritorio.

—Son cincuenta mil pesos, se los entrego cerrados.

—No se hable más, querido amigo. Bienvenido al Hotel Regis —le dijo Prisco, quien parecía tener años de experiencia en recibir y entregar grandes sumas de dinero. En cambio, para Santiago, todo lo que le ocurría hubiera sido imposible doce días antes.

Después de bañarse en la tina se vistió y fue al restaurante Don Quijote, donde pidió consomé de pollo con verduras, chilaquiles verdes con carne asada, agua de sandía y, como postre, fresas con crema. Luego subió a la oficina del gerente, donde le presentaron a Diego Muñoz Pérez Negrón: «Es un abogado joven e inteligente. Ha ganado competencias de boxeo y de debates», le dijo Prisco Montes, en privado.

Santiago saludó al licenciado Diego y acordaron ir a tomar unas copas. El exarriero explicó que quería abrir una cantina de lujo en el pueblo de donde venía. Aclaró que no era una comunidad cualquiera, pues había una mina de oro gigantesca y muchos franceses, ingleses y mexicanos acaudalados. Quería ofrecerles las mejores bebidas y comida. Por eso quería conocer buenas cantinas en la Ciudad.

Diego le respondió que en ese momento los bares eran más visitados que las cantinas por las personas más adineradas en la capital del país, pero podría tratarse de una moda. Según su opinión, el secreto para tener una cantina de alto nivel eran las bebidas, desde luego, pero sobre todo tener muy buena cocina. La cantina, propiamente, era el mueble de madera detrás de la barra y si era un mueble espectacular, con espejos, la clientela siempre buscaba las mesas cerca de la barra. Le dijo que la mejor cantina de la Ciudad de México era La Ópera, en la avenida 5 de Mayo, cerca del Palacio de Bellas Artes. La más antigua era El Nivel, cerca de la Catedral, y otra que tenía un mueble digno de mirarse era la cantina Tío Pepe, cerca de la calle Dolores.

Acordaron un pago de tres mil pesos de honorarios, más un bono equivalente al terminar sus encargos, e hicieron una cita para empezar su recorrido el día siguiente.

XII
Juliana

—Usted no cree en la magia, ¿verdad, doctor güero? —dijo la Costeña el día que David Björn acudió a su casa para hablar sobre la niña.

Era una mujer que parecía cincuentona, aunque sólo tenía treinta y tres años de edad. Era gorda pero podía moverse con gran agilidad: trepar árboles o muros; pescar insectos voladores con rápidos zarpazos y usar con habilidad herramientas de trabajo que transportaba por su casa dentro de un bote de aluminio, que originalmente sirvió para guardar leche en polvo marca Nido.

El bioquímico sueco le contestó sin mirarla, porque frotaba contra su camisa una manzana criolla que había tomado de la cazuela de barro con fruta, que la misma maestra Juliana había sacado para ofrecerle a su visitante.

—No creo en la magia porque soy científico. Pero no piense que juzgo las creencias de otras personas. Lo que pasa es que yo prefiero saber cómo funcionan las cosas. Mi papá fue religioso y rezaba mucho. Algunas veces sí se arreglaban los problemas, pero muchas veces no —contestó el viudo recién migrado a esa sierra oaxaqueña.

—Eso que dice es muy importante. Escuche esto: pero dese cuenta que le hablo como profesora, aunque usted me vea como curandera de pueblo —le explicó la mujer que medía poco más de metro y medio de estatura y se acomodó en una silla con las dos manos libres—. No es lo mismo religión que magia. Incluso, la magia y la ciencia se parecen más que la religión y la magia. En la religión las personas necesitan favores de algo o alguien que está afuera. El creyente reza, suplica y luego tiene que esperar. Nunca sabe si lo que pide le será concedido. ¿Sí me sigue la idea? —interrogó la maestra.

El jubilado de la Universidad de Upsala la miraba con curiosidad, pues nunca la había escuchado hablar con afán didáctico. Sin asentir con la cabeza, le hizo un gesto con la mano para que continuara hablando, mientras él masticaba manzana. Estaban en el patio de entrada a la casa, con suelo de cemento y diez sillas vacías recargadas contra los muros, como sala de espera médica.

—La magia no es como la religión, doctor güero. Los que no se conforman con pedir y esperar buscan manejar la naturaleza. Todos los pueblos tienen conocimiento más viejo que la ciencia. La magia usa mucho las palabras, las preparaciones, movimientos del cuerpo y movimientos del pensamiento. Si le rompes a la gente su punto de vista, por ahí entra la magia.

112

En ese momento la mujer cortó el contacto visual y se levantó de la silla para después colocarla debajo del lugar donde colgaba una lámpara eléctrica. Se paró sobre el asiento, con un desarmador en la mano, para cambiar un *socket*.

Era un lunes y todo el fin de semana David había preparado ese encuentro, con la compleja misión de pedirle la custodia de la pequeña niña, famosa en la región por hacer rituales para unir a enamorados. Como consideró que la conversación con la Costeña no sería rápida ni fácil, se organizó para pasar a desayunar a Santa María Yavesía con sus amigos de la familia Romero Rodríguez y pedirles como un favor que su hijo, Erik, se quedara un rato para jugar con sus nietos. Ellos aceptaron y los chicos de la casa se emocionaron porque el niño sueco llevaba sus muñecos enmascarados de lucha libre y monedas para jugar con las maquinitas de videojuegos, en la tienda vecina.

La maestra Juliana recibió a David a pesar de que él no le había pedido cita para atender su conocido insomnio. Ella sabía que iba por otra cosa y le propuso hablar en el patio de la entrada, mientras hacía una reparación eléctrica.

—Entonces, ¿su papá era cura? ¿A poco le dejaron tener hijos? —le preguntó la mujer con un tono de voz en el que había desaparecido todo rastro de reflexión ontológica. David ya había terminado su manzana y asumió también un estándar de plática muy coloquial, que disolvía la solemnidad intelectual que acababan de cruzar.

—No era cura como los de aquí. Era pastor luterano, allá en Suecia, y ellos sí pueden casarse y tener hijos.

—Pero ¿sí creen en la Virgen y en nuestro señor Jesucristo?

—Sí. Es casi lo mismo, pero sí pueden casarse.

—¿Y luego? ¿Por qué no fue usted cura, también? —soltó la Costeña con una risa abierta que mostró diez piezas dentales superiores y reveló que ella lo estaba imaginando con sotana y capuche de fraile.

—No. Como le decía, yo escogí la ciencia desde la secundaria. Luego me fui a la universidad y aprendí química de proteínas.

Tras la respuesta de David hubo unos segundos de silencio. La mujer se concentró en la maniobra que realizaba con la lámpara y David la miraba atento para recibir y responder la siguiente pregunta, como si fuera un tenista o voleibolista que espera un saque desde el otro lado de la red. Pero cuando Juliana habló no empezó con una pregunta. Bajó de la silla y por segunda vez se sentó en ella, de frente al visitante, y le dijo:

—Bueno. Yo ya sé a qué viene. Usted quiere llevarse a la niña, ¿verdad? Desde que me dieron a la chamaquita yo sabía que estaría poco tiempo conmigo. Déjeme platicarle cómo la encontré y por qué está aquí. Se lo voy a decir nada más por una cosa; porque al final le voy a decir mi respuesta que será que sí, pero a lo mejor no le gustan las condiciones. Si no le doy la explicación, David, usted va a pensar que es pura maldad lo que me domina, pero no es así.

Fue la primera vez que la Costeña se refirió a David por su nombre. Luego, como hacen muchos mexicanos, comenzó a contar su vida sin esperar a que el sueco le dijera si quería escucharla o no.

—Yo soy de la región mixteca, que ocupa una parte de Puebla y una parte de Oaxaca. Donde yo nací se llama Santiago Tilantongo, que en mi lengua significa «Lugar Negro-Templo del Cielo» —comenzó a narrar Juliana y entonces David recordó que le habían hablado sobre los cincuenta y tres municipios de Oaxaca cuyo nombre empezaba con la palabra Santiago—. Antes de que llegaran los españoles, Tilantongo fue capital de la Mixteca. Está en la punta de una cadena de montañas a la que llaman nudo mixteco. Ahora hay muchos temazcales que son como baños de vapor donde la gente se encierra para sudar y aspirar vapores de yerbas curativas. Si un día vas, visita la piedra donde está grabada una mano con seis dedos. La leyenda dice que es la mano del rey Ocoñaña, que hizo túneles para que llegara hasta ahí agua subterránea. Allá mi mamá me llevó, desde chamaca, a trabajar en la iglesia haciendo limpieza y mandados. Ella decía que eso también servía para que el padre Porfirio me enseñara a leer, escribir y conocer el catecismo. Yo sentía que había algo de mentira en esa insistencia de mi mamá y ahora que soy vieja veo en el espejo que en realidad el padre Porfirio fue mi papá. Pero los curas católicos no tienen permitido tener hijos, como los curas de allá de donde eres tú, güero. Lo bueno fue que, por eso, siempre recibí cuidados del padrecito, pero nunca un beso. Su mayor muestra de cariño era que me estiraba la mano para que yo besara su anillo de católico y me acariciaba un poco mi cabello de niña. Mi mamá siempre hablaba de él con mucha admiración y respeto, como si fuera un santo vivo. Le llevaba regalos de lo mejor que se levantaba cada cosecha, en canastos de carrizo tejido que hacía con sus propias manos.

»De una u otra forma, yo me pude ayudar mucho cuando aprendí a leer y a escribir en la iglesia. Estudiaba todo lo que me daban ahí pero también leía todos los papeles que me prestaban otros chamacos y chamacas que eran hijos de personas con educación. Ya desde esa época sentía la rebeldía de negarme a solamente suplicar y esperar. Además, cambió mucho la imagen que yo tenía de los padres porque había diferencias entre lo que decían y lo que hacían. Cuando me tocaba limpiar en las tardes, llegué a ver borrachos a curas que iban de visita a la parroquia. Los miré cayéndose de tanto vino y luego, otro día, portándose con la gente como santos que van perdonando vidas. Yo sigo siendo católica bautizada, pero algo me dijo que no eran ciertas sus explicaciones. A fin de cuentas, todas las personas hacen tejidos en sus cabezas y cuentan las cosas como les conviene. Ellos también.

»Ya más grande estudié en la Escuela Normal para Maestros y me mandaron a trabajar a la costa de Oaxaca. A los diecisiete años llegué a dar clases a niños de primaria en el municipio San Pedro Tututepec, en un lugar que se llama Cerro de los Pájaros.

La comunidad es muy pobre y es difícil llegar. Yo pasaba hambres porque los primeros meses no llegaba mi pago ni conseguía mucha comida. Algunas veces, las mamás de los niños me ayudaban, pero eran muy pobres, no tenían mucho que compartir. Así conocí a la mujer que muchos años después me orientó para encontrar a la niña. Era una curandera de la comunidad, que se llamaba Nueva Flor. Ella llegó a buscarme a la escuela donde trabajaba y vivía. Dijo que le habían contado de mí y que me iba a enseñar a ya no pasar hambres. Me enseñó mi primer juego para romper mi punto de vista.

»Para empezar, me hizo comer las últimas reservas de comida hasta que no quedara nada. Acabé con las tortillas de maíz, chile y frijoles, que era lo que hacía rendir al máximo. Luego nos sentamos juntas y me dijo que a partir de ese momento iba a aprender la diferencia entre hambre y ayuno, porque son dos cosas diferentes. Nueva Flor me explicó que el hambre se impone de afuera y el ayuno se elige desde adentro. Ese era un truco fácil, pero muy poderoso, según me convenció.

»Para ayudarme a entender que cada quien teje al mundo como le conviene, me puso a recitar en mixteco las cosas que yo había vivido, pero contadas para atrás: desde ese día en el que estábamos hasta mi recuerdo más antiguo. Me aclaró que ella no sabía mi vida, así que yo podía construir para sus oídos la historia como yo quisiera. Si mentía, ella lo podría descubrir, pero principalmente porque yo misma no creería mis palabras. Así que empecé a decir en voz alta recuerdos reales y a callar otras cosas, también reales. Después de un rato me di cuenta de que sólo yo decidía qué contaba y qué quitaba, pues en ese cuento sólo salía lo que yo quisiera que cruzara por mí.

»Nueva Flor me mantuvo hablando de alegrías y tristezas toda la noche hasta que al salir el sol los músculos de mi lengua estaban muy cansados y algunas palabras que traía mi mente ya sólo se sentían como piedras, pero sin significado. Entonces esa mujer me dijo que mi ayuno de alimento y de palabras apenas empezaba. A partir de ese momento debería guardar silencio. Yo me tiré en una hamaca, pero no me dormí, tampoco tuve pensamientos: escuchaba todo alrededor y sentía todo, entendiendo que las cosas eran como las estaba percibiendo y que así serán después de que yo muera y así serían, aunque yo nunca hubiera nacido. En el silencio entendí que todo lo que estaba alrededor era necesario para que yo existiera, pero que al mismo tiempo yo era necesaria para que todo existiera como era en ese momento.

»Mi primer ayuno sólo duró veinticuatro horas. Antes de que terminara llegó dinero y comida a la escuela donde yo vivía. No comí inmediatamente, pues sentía en todo mi cuerpo el poder de cambiar mi punto de vista con el ayuno. Y así me volví la protegida de Nueva Flor. Desde los diecisiete hasta los treinta y un años trabajé como maestra de escuela en la costa de Oaxaca, principalmente en San Pedro

Tututepec y Santa María Colotepec. Todo ese tiempo recibí visitas de Nueva Flor. Hice muchos ayunos, conocí plantas, aprendí movimientos y canciones. Practiqué muchos ritos, despierta y dormida. Yo no lo pedí, pero ya estaba escrito que me volviera voladora de la noche y hechicera del conocimiento oscuro.

»A la gente le gusta la magia y piensa que sirve para perseguir cualquier deseo sin obstáculos, pero la verdad es que al mismo tiempo que me hice fuerte me convertí en alimento para otros brujos. Los más poderosos detectan rápido cuando alguien nuevo se está haciendo fuerte y se lo quieren comer. Con el paso de los años supe que tenía noventa y cuatro enemigos diferentes en Oaxaca: los que se convierten en mono y los que se convierten en pájaro; los que avientan a la gente tabaco ardiendo y los que hacen daño arañando a escondidas para que salga sangre.

»Nueva Flor me dijo que su tiempo conmigo había terminado. Me protegió catorce años, pero ya había llegado el momento de abandonar la costa y ocultarme en la sierra dos años, antes de intentar regresar a mi pueblo Tiltantongo, donde nadie podría atacarme porque mi fuerza sería demasiada. Antes de conseguir esa meta me quedaban pendientes dos tareas: viajar a Cholula, Puebla, por un bulto mágico hecho con yute y manta, y buscar a una niña mágica que vivía en Santa María Ixcatlán, en las faldas de la Sierra Juárez. Esa niña no es mixteca, es la más chica de las últimas veintiuna personas que hablan la lengua ixcateca. Cuando habla y canta en lengua agita un mundo que se está esfumando. Todo lo que pronuncia en ixcateco está en la rayita entre ser y ya no ser.

La mujer guardó silencio y volvió a subir los pies para pararse sobre el asiento de la silla y alcanzar con las manos la lámpara que estaba reparando.

David escuchó toda la historia con escepticismo y pensamiento crítico. Varias veces recordó la definición de la palabra delirio: confusión mental caracterizada por alucinaciones, pensamientos absurdos e incoherencias. Desechó toda la narración metafísica, pero identificó algo importante y grave en la información sobre los últimos veintiún hablantes de lengua ixcateca. Percibió, aunque superficialmente, el tremendo empobrecimiento que significaba la inminente extinción de una lengua. Sería la aniquilación de una mirada original de la experiencia humana. No pudo reflexionar más sobre ese hecho porque las siguientes palabras de la maestra Juliana lo pusieron en guardia.

—Quiero ciento setenta y cinco mil dólares norteamericanos y tu compromiso de que puedo ver a la niña cuando quiera —dijo la Costeña y luego concentró totalmente su atención hacia la lámpara que maniobraba por encima de su cabeza.

David escuchó y entró en confusión por la cifra, pero luego lo dominó una furia moral porque la mujer planteaba algo inaceptable desde cualquier punto de vista: la compra-venta de un ser humano. Eso era un escándalo. Además, aunque él venía de un país con mucho mejores ingresos económicos que los mexicanos, lo que ella demandaba era equivalente a pagar ocho o diez años de renta y alimentos para tres personas en la cabaña del bosque, en Trinidad Ixtlán. Su ira iba creciendo. Se sentía ultrajado. Todo ese tiempo había procurado escuchar con paciencia la narración de la curandera. Ella seguía parada sobre la silla en el centro del patio frontal de su casa, lo que colocaba su cabeza un metro por encima que la de él, que estaba sentado.

—¡Eres una malvada! ¡Usas a la niña como esclava y estoy seguro que eso es ilegal! —dijo David Björn poniéndose de pie rápidamente—. ¡Te voy a denunciar ante la ley por usar a la niña como esclava y vas a ir a la cárcel!

Entonces, la agilidad física de la costeña hizo que David cayera hacia atrás, hasta dar con las nalgas sobre el piso sin que ella lo tocara. En sólo dos segundos la mujer brincó desde la silla, al frente, hasta el suelo. Al mismo tiempo que iba cayendo hizo hacia atrás su brazo derecho y desde ahí arrojó, por encima de su cabeza y hacia adelante, el desarmador plano que traía en la mano. La herramienta hizo un recorrido circular por el aire, similar al de las manecillas de un reloj, y cayó al frente, en la palma de la mano derecha de la bruja, donde quedó sujeto por el puño femenino, con la punta más afilada en dirección a la garganta del visitante sueco. Le herramienta amenazaba, pero estaba a medio metro de distancia.

—¡Quédate quieto, animal! —le gritó a todo volumen la Costeña, con un alarido agudo que causó terror a David, al pensar que todos en la calle podían escucharla y creer que él intentaba abusar de ella.

La pirueta fue sorpresiva, la circunstancia dio un vuelco y el científico no lo vio venir. El hilo lógico del encuentro se había quebrado. De algún modo, tirado en el piso, supo que ya había perdido.

—¡No te hagas pendejo, pinche güero! La niña vale tanto para ti como para mí. Yo ya te expuse mis razones y tú ni siquiera entiendes las tuyas. ¿Crees que eres generoso? ¿Crees que eres superior por venir del extranjero y que tú le puedes dar una vida mejor que yo? ¡Estás pero bien pendejo! ¡Mírate! Andas por la vida con la cola cagada por el dolor que le provocaste a tu esposa y que ya no puedes arreglar. La culpa te está carcomiendo y sólo se te ocurre decirte a ti mismo que eres buena gente porque vas a ayudar a una indita. Eso quisieras: que curarte fuera tan fácil como decir que fue muy bueno venir a México, a la sierra, para ayudar a los indios. Qué primitivo.

Juliana abrió el puño y dejó que el desarmador cayera al piso. Con un gesto de desprecio y movimientos largos giró su cuerpo, sujetó la silla de madera que tenía en medio del patio y la colocó recargada junto a la puerta de su casa.

—Haz lo que tu corazón te diga, güero. Yo ya te dije. Te va a costar ciento setenta y cinco mil dólares norteamericanos y me vas a dar permiso de verla si tengo necesidad. —Entró a su casa y no se habló más. Hasta ese momento David se dio cuenta de que todo el tiempo ella estuvo descalza.

XIII
Los enigmas

Por la mañana, después de dormir la primera noche en el Hotel Regis, Santiago se volvió a mirar desnudo frente al espejo de cuerpo completo. Vio que sus piernas tenían la curvatura de los jinetes y su barriga parecía un nudo. Deseó enderezarse y aumentar su estatura. En ese momento medía ciento sesenta y cinco centímetros, pero deseó crecer al menos una palma más. Luego olvidó todo y se preparó para su recorrido por cantinas capitalinas.

Su primer fin de semana en la Ciudad fue apabullante. El arriero y el abogado Muñoz Pérez Negrón caminaron, bebieron y hablaron mucho. Comenzaron comiendo sopa de tortilla y machitos fritos en la cantina La Ópera. Bebieron copas en El Salón Luz, El Gallo de Oro, La Peninsular y el Bar Mancera. Una noche cenaron caldo tlalpeño en El Taquito, y otra noche, tamales en el Café de Tacuba. Viajaron en auto, al sur de la ciudad, para beber en dos cantinas: La Guadalupana, de Coyoacán, y La Jalisciense, de Tlalpan. Tres noches terminaron borrachos cerca de Bellas Artes, tomando tequilas y cantando con mariachis en el Salón Tenampa, de Plaza Garibaldi. Al final de esa juerga de tres días, Santiago pidió el deseo de poder beber cuanto quisiera sin emborracharse, hacer el ridículo o buscar bronca a cualquiera. En la parranda, Santiago Juan Casiano le pidió ayuda al abogado para que alguien organizara una gran fiesta para la apertura de su cantina, que duraría varios días y sería gratuita para los clientes. Éste le ofreció presentarle a la mejor organizadora de fiestas para políticos: la hija de un griego que se llamaba Teoría Konikos Mantilla, a quien visitaron el lunes en su oficina del Edificio Jardín, en la calle Isabel la Católica, número 30.

Los tres lograron buen entendimiento, lubricado siempre por los billetes que de manera ordenada retiraba Santiago de la caja fuerte de Prisco Montes y por las bebidas espirituosas que los tres compartían diariamente, a partir de la hora de la comida. En el día veinte de la estancia de Santiago en la capital, los dos jóvenes contratados viajaron a Michoacán con órdenes, consejos y treinta mil pesos para gastos de trámites, amueblado e inventario de la futura cantina. Santiago no tuvo reparo en darles el dinero, pues se sentía protegido por la buena ventura y confiaba en que no lo engañarían. Además, si lo estafaban podría volver a empezar desde el principio, pues tenía la frasca en la que todos los demás veían hormigas. Antes de separarse, Diego ya había ayudado a su jefe a comprar un automóvil Ford y a contratar un chofer temporal.

Con magia o sin magia, la primera visita a la Ciudad de México de Santiago Juan Casiano fue una experiencia transformadora. Días después, cuando regresó a la ranchería de Contepec y llegó a la puerta del panteón montando el caballo lobero que tenía desde que era pobre, pidió a su ayudante Trinidad Santana que lo dejara solo, con las tumbas de sus parientes, porque quería rezarles y platicar con ellos. El teporocho le mostró el lugar donde había reunido a sus antepasados y, con respeto y afecto, lo dejó en compañía de sus difuntos.

Cuando estuvo seguro de que ya nadie lo miraba ni escuchaba, Santiago se arrodilló frente a las tumbas de su papá Bernardino y su mamá Esther. Se persignó, rezó un padre nuestro y les soltó la gran noticia:

—Apá. Amá. Ya sé leer.

Sintió que un escalofrío le recorría todo el cuerpo y era una alegría que nunca había vivido al expresar por primera vez en voz alta el cambio sustancial que ningún ser vivo había notado hasta ese momento. Su visita a la Ciudad de México lo modificó en una dimensión intangible pero superior. Había pedido como deseo la habilidad de poder leer. Ahora podía interpretar código.

Se acercó a la lápida de su mamá Esther Casiano Acuña y besó cada letra grabada por los trabajadores que contrató su ayudante. Luego hizo lo mismo, lleno de amor, besando cada letra del nombre de Bernardino Juan Olguín. Abrazaba las piedras como si fueran la piel suave y tibia de sus sagrados progenitores. Luego corrió a saludar y a besar el nombre de su abuelita Ángela, de su bisabuelita Hipólita y de cada uno de sus quince familiares finados y ahora reunidos por una bendición alcanzada a través de una moneda mágica. Estuvo un par de horas hablando con sus muertos y contándoles todo lo que había vivido desde el domingo de resurrección, cuando miró la frasca con monedas en la tienda de Asunción Alonso. Les contó sobre la cantina Las Prodigiosas y les dijo que tenía una deuda muy grande con el teporocho Trinidad Santana.

El sonido del viento, sin palabras, le indicó que ya debía despedirse y él les prometió que les llevaría flores mientras estuviera vivo. Luego fue a buscar a su amigo y cabalgaron hacia el jacal.

En la noche, junto a la estufa de leña, Santiago agradeció a Trinidad el trabajo que había hecho para localizar y trasladar los cuerpos de sus parientes y le regaló una botella especial de tequila Centenario, de Jalisco, que le había comprado en la Ciudad de México. Sacó de la casa unas chuletas ahumadas, chiles, tortillas y queso para cenar mientras le contaba algunas cosas que había vivido. Le habló sobre las cantinas, las peluquerías, un baño de vapor, una alberca y el edificio de correos, que es como un palacio.

También le contó cómo eran las salas de cine, donde vio cuatro películas: *¡Vámonos con Pancho Villa!*, *Tiempos modernos*, *Redes* y *Allá en el Rancho Grande*. Pero en lo que más se entretuvo fue en contarle del invento del radio. Muchos días se quedó encerrado en su cuarto de hotel escuchando música que llegaba a ese aparato eléctrico y también escuchando noticias de lo que pasaba en México y otros países. Ahí supo que Inglaterra quería romper su amistad con México, por causa de la Ley de Expropiación Petrolera. También oyó que el presidente Cárdenas iba a expropiar los ferrocarriles por esos días. Supo que Alemania e Italia bombardearon a España, donde estaba empezando una guerra entre hermanos, y que muchos refugiados de ese país estaban llegando a México.

Trinidad le preguntó si había conocido a alguna «chatita hermosa» para entregarle el corazón y Santiago le respondió que sí, pero que era un amor imposible, por eso prefería no hablar del tema.

En realidad, el nuevo rico sacó una moneda mágica y pidió conocer a la mujer que pudiera ser su amor, maestra y consuelo. El resultado de su petición fue confuso e inexplicable. El arriero recordó, en silencio, que cuando él y el abogado Muñoz fueron al Edificio Jardín a contratar a Teoría Konikos, los tres cruzaron la calle Isabel la Católica para comer en el Casino Español de la Ciudad de México y, sin saber cómo, empezaron a hablar de fantasmas.

—¿Sabe quién vivió en el Edificio Jardín? —le preguntó Teoría a Santiago—. Los condes de Miravalle. Hace siglos encontraron oro en Nayarit y fueron dueños de los terrenos donde ahora están construyendo las colonias Roma, Hipódromo y Condesa. Hay vigilantes que dicen que por las noches ven a los condes caminar por los pasillos.

—¡Ah! Volver de la muerte es algo que no puede ser —dijo solemnemente Santiago en su mesa del Casino Español, pero antes de que expusiera su argumento lo interrumpió la voz de una mujer joven que se acercó acompañada de un grupo de tres o cuatro personas y le dijo:

—Pero escuchar a los muertos sí se puede, gracias a lo que nos dejaron escrito.

Era la mujer más elegante y atractiva que Santiago había visto en toda su vida. Tenía alrededor de veinticinco años de edad. Vestía con falda blanca y zapatos blancos de tacón; blusa roja de manga larga, cabello negro, largo, quebrado y suelto. Sus ojos eran oscuros y sus pestañas grandes; su boca era suculenta; la nariz pequeña y la barbilla fina, desafiante. Él se puso de pie ante su llegada. Lo mismo hicieron el licenciado Diego y Teoría. El abogado intervino para formalizar el encuentro.

—Don Santiago, le presento a la maestra Beatriz Rodríguez, estudiosa y promotora de la literatura mexicana antigua. Maestra, mi jefe Santiago Juan es un hombre de negocios michoacano que nos visita unos días —indicó el licenciado.

—Es un placer recibirlo, don Santiago. ¿De qué parte de Michoacán es usted?

—De Tlalpujahua.

—Ah. Es un lugar importante. Su convento franciscano es del siglo XVII y en la iglesia de San Pedro y San Pablo se casaron los insurgentes Leona Vicario y Andrés Quintana Roo. Qué alegría conocerlo, Santiago. Me acerqué para invitarlos a las tertulias que tendremos aquí, diez sábados, porque acabamos de recibir copias de un texto perdido y fascinante: los veinte *Enigmas a la discreta inteligencia* que escribió nuestra mejor poetisa, sor Juana Inés de la Cruz. A diferencia de una adivinanza, un enigma no tiene una respuesta única, sino diferentes respuestas según el pensamiento de la persona que interpreta la pregunta. Entonces, Sor Juana hizo veinte enigmas que regaló a monjas portuguesas, por una petición especial, y esos enigmas y otros poemas de Sor Juana se copiaron muchísimas veces a mano, para ser compartidos, en el siglo XVII, aunque ahora es muy difícil encontrar copias de ellos. Los invitamos para que nos digan sus respuestas a cada enigma y bueno, si lo desean, también pueden hacer algún donativo para el rescate de la obra de esta escritora única. —Así habló la maestra y después sólo se despidió de mano del visitante michoacano.

Diego indicó que ella era hija de un expresidente de México y el pueblerino comenzó a pensar en Beatriz con insistencia. Su mente exageraba el breve gesto de atención que la señorita le obsequió. Por eso, no se perdió ninguna de las sesiones sobre enigmas que ocurrieron los cinco fines de semana que le quedaban en la Ciudad de México. En cada ocasión escuchó dos enigmas de la monja y poetisa, así como las diferentes respuestas que hombres y mujeres aventuraban:

¿Cuál es aquella homicida que, piadosamente ingrata, siempre en cuanto vive mata y muere cuando da vida?

Así abrió la ronda de enigmas, que después de ser leídos desataban reflexiones: «Puede ser la pasión», decían unos. «Pero también pueden ser los celos», explicaban otros. En cada cita literaria circulaban sentimientos y valores, explicados en voz alta a partir de cada poema: verdad, angustia, seducción, sabiduría, desprecio, odio, pecado, silencio, lágrimas, ira, imprudencia. Pero para Santiago Juan Casiano la respuesta a todos los enigmas era la misma palabra: amor.

> ¿Cuál será aquella aflicción que es, con igual tiranía,
> el callarla cobardía, decirla desatención?

La caricia de la palabra hablada, unida a la polisemia poética que abre caminos nuevos, hicieron a Santiago sentir que tocaba texturas cada vez que escuchaba un enigma, aunque físicamente no tocaba nada.

Así fue como deseó aprender a leer, cosa que no había imaginado un mes antes. El deseo se fue cumpliendo con la misma velocidad que germina una semilla. Aunque cada hora comprendía mejor los textos, no tuvo valor de acercarse a hablar con la maestra Beatriz. Le imponía mucho su prestancia y se sentaba apartado para escucharla. Discretamente hizo un donativo de mil pesos para la causa que ella impulsaba. La veía exageradamente inalcanzable; no por ser hija de un expresidente, sino por todo lo que habitaba en su mente cultivada.

—Si escuchamos el lenguaje de las personas comunes de la actualidad no sorprende que encontremos que usan cotidianamente un promedio de trescientas palabras. Esto les genera limitaciones porque entonces las personas no son capaces de formular verbalmente o por escrito lo que les pasa, lo que sienten, cómo viven. Y si no somos capaces de contarle al otro cómo estamos, no tenemos contacto real con el otro —explicó la maestra en uno de los sábados literarios.

La atracción hacia ella se sublimó en admiración hacia sor Juana Inés de la Cruz, a la que llamaban la Décima Musa y por quien se esforzó para poder leer cada vez mejor, acompañado siempre con un diccionario e imaginando la voz de Beatriz, que le recitaba los textos.

Al principio, la decodificación de letras le hacía sentir un latigazo de luz en la cabeza, luego la sensación cambió a la de pequeñas luces que circulaban armónicamente detrás de sus ojos. Se compró todos los libros de Sor Juana que encontró y los llevó consigo a Michoacán, incluyendo *Primero sueño, Poesía amorosa* e *Inundación castálida,* además de dos obras teatrales: *La segunda Celestina* y *Los empeños de una casa.*

—Conocí a la mujer perfecta para mí, Trini. Pero es imposible cortejarla. Yo prefiero no hablar de eso y brindar por tu salud.

—Así sea, patrón. Pero pidamos salud para los dos.

—Salud —dijo en voz alta Santiago, quien no mencionó que ya leía, porque era algo que quería sólo para él, que era tan solitario. Así siguieron hablando del cine, el radio, el Zócalo, la Catedral, las carpas y el boxeo, hasta que cada uno cayó dormido en un petate, cansado.

Esa noche Santiago soñó con su abuela Angelita. Ella echaba sobre el comal de barro unas memelas de masa de maíz. Les daba vueltas y hablaba con su nieto, quien sabía que estaban en un sueño.

—Abuelita, ¿me voy a quedar solo para siempre?

—No te preocupes, mi muchachito. Las almas se separan por ratitos y se vuelven a juntar más adelante. Viajamos como racimos de uvas. Ya lo vas a entender —le tranquilizaba dentro del sueño su abuelita, quien le pidió por favor que cantara «Varita de nardo», la canción más famosa del año en que ella murió. Esa fue la última noche que Santiago durmió en su jacal de Contepec.

XIV
Ololi

Después de la discusión con la curandera de Yavesía, el científico nórdico, que era tan grande, se sintió muy pequeño. La Costeña le había lastimado moral, intelectual y emocionalmente. Su terrible juez interior, el superyó, le reprochaba por haber amenazado a la mujer que le había curado el insomnio.

En ese momento le costaba trabajo todo: pensar, hablar, retirarse.

Cerró los ojos y con dos dedos apretó fuerte la parte alta de su nariz. Se incorporó lentamente del piso. Salió de la casa como un ebrio, pero pudo asegurarse de que en la calle la tranquilidad no se había alterado con los gritos de Juliana. El sonido de aves y autos se combinaba con otros gritos de personas haciendo faenas domésticas. Caminó unos minutos hacia el mercado antes de dirigirse a recoger a Erik, quien jugaba videojuegos en la maquinita de monedas de la tienda, junto con tres nietos de la familia Romero. Hablaban diferentes idiomas, pero compartían algunas expresiones frente al videojuego. Cuando se acercaba al grupo de chiquillos, David escuchó a su hijo decir: «¡Ay güeeey!», mientras movía una palanca y apretaba velozmente botones, igual que otro niño de su edad. Después, Erik vio a su papá y con una sonrisa infantil muy luminosa dijo, en español: «¡Adiós!», a los chicos y con la mano hizo un gesto circular para decir que se veían luego. Los otros niños se quedaron en los videojuegos.

David entró a dar gracias a la familia Romero y ellos le pidieron un taxi para que los llevara a la cabaña en Ixtlán. En el auto sintió cómo Erik se recargó en su cuerpo mientras le preguntaba en sueco:

—Papá, si nos regalan un perro, ¿qué va a comer?

—Ah. Qué buena pregunta. Pues tenemos que comprar alimento para perros. Hay tiendas de alimento para animales en Yavesía y en Santiago Xiacuí. Tenemos que preguntar.

—Te pregunté porque yo pienso que si nos dan un perro puede comer lo que comamos nosotros. Yo vi que a unos perros les dan caldo de pollo y tortillas. Creo que sí les gusta. Pero también pienso que con un perro vamos a necesitar comprar también una camioneta para que vaya con nosotros si no se puede subir al taxi.

—Son buenas ideas, hijo querido. Creo que sí necesitamos una camioneta y nuestro perro. Vamos a tener que ir a la ciudad de Oaxaca para hablar con alguien de un banco y que nos ayude a organizar.

—¡Jalo! —dijo en español Erik, en una expresión que David nunca había escuchado. El niño se le quedó viendo con una sonrisa de triunfo.

—¿Qué significa *jalo*? —preguntó su papá en sueco.

—Así dicen los niños y creo que significa algo como *O. K.* —explicó sin borrar la sonrisa de su cara.

—Eres mi joven maestro de español.

—Sí. ¿Sabes, papá? Me siento orgulloso de mí.

David Björn lo rodeó con el brazo y mientras el taxi entraba a la zona más verde del bosque tuvo la esperanza de que sí podría llegar a ser buen padre. Ya en casa, después de comer, volvió a pensar en la maestra Juliana. El enojo volvió a encenderse y mentalmente regresaba a la discusión de esa tarde, pero en su imaginación él ganaba. Le gritaba, en español, los argumentos que normalmente esgrimía en sus batallas científicas: «tú manipulas los hechos», «contaminas la lengua». Pero eran escenas de discusión que se evaporaban, pues sentía que las palabras de ella le habían hecho una cortada invisible. Pensaba en la Costeña y sentía miedo, tristeza e intriga, pues ella había dicho que él necesitaba a la niña tanto como ella. «¿Tanto como para hacer algo inmoral e ilegal? ¿Tanto como para pagar lo mismo que ocho años de casa y sustento en este campamento?», se cuestionaba a sí mismo.

Luego la corriente de sus pensamientos le llevaba a calcular la equivalencia de ese dinero, que era un poco superior a un año de su doble jubilación sueca. La única posibilidad que tenía para disponer de esa cantidad rápidamente era vender su casa de Norby. Con eso incluso podría comprar una casa mexicana y una camioneta.

Esa noche tuvo un sueño. Acompañado de Erik regresaba a su casa a las afueras de Upsala. Dentro del sueño, su hijo tenía cuatro años y corría con alegría hacia su habitación donde había una decena de juguetes que podían abrazarse, principalmente animales de peluche. David caminó hacia su propia habitación y la miró abandonada. Todos los colores de la escena donde estaba su lecho conyugal eran gris, azul marino y blanco. Vio en el suelo una cortina de tela que debería vestir un gran ventanal corredizo de vidrio, que era el acceso a una terraza con piso de madera. Dio media vuelta para salir de esa habitación cuando escuchó golpes desde el otro lado del vidrio. Volteó y vio a la niña, vestida sólo con ropa interior de un niño (truza y camiseta), con la cara manchada con tierra y pidiendo que le abriera para entrar. Afuera hacía frío. Él la dejó pasar y le llamó la atención que no lloraba. Tenía un gesto que mostraba alivio, pero se le veían marcas de cuerdas en las manos, pies y piernas. Su cuerpo era muy pequeño, pero transmitía la impresión de que era una guerrera indígena salida del bosque. Sus ojos mostraban un estado de alerta y era claro que huía de alguien. Dentro de esta escena onírica David sentía que no había lugar más seguro que su casa y llevó a la niña al cuarto de Erik, quien estaba sentado en la alfombra, con la espalda recargada en la cama. El profesor jubilado sentó a la pequeña en la alfombra y cubrió a cada chico con mantas en la espalda. Una voz interior le susurró que con los menores juntos tenía una nueva oportunidad de proteger bien a dos seres humanos muy importantes para el mundo.

Despertó y estaba en la cabaña del campamento en Trinidad Ixtlán, en la misma habitación que compartía con Erik. Era de noche. Salió a la estancia sin hacer ruido y miró por el vidrio hacia el bosque. Quizá tuvo buena fortuna porque vio un felino silvestre, un poco más grande que un gato, que le miró directo a los ojos y brincó rápido hacia la espesura de la vegetación. Este contacto visual duró un segundo solamente. Al recrear después la silueta del animal, en su memoria, le pareció ágil pero gordo. La duermevela y la asociación libre le hicieron pensar en la gorda maestra Juliana. Un escalofrío recorrió su cuerpo y pensó que, aunque no creía en brujerías, era mejor como amiga que como enemiga. Concluyó que sí vendería la casa en Norby y rescataría a la niña de la vida delirante con la Costeña.

Frenó su reflexión porque se dio cuenta de que, en su mente, había articulado la palabra *rescate: rädda*. Encontró un sentido. Se sintió el adulto capaz de proteger a los dos niños hasta verlos fuertes y autosuficientes. No tuvo duda de que lo haría. Parado frente a la ventana vivió un momento propioceptivo, atento a su estatura de casi dos metros, su cuerpo fuerte con piernas, brazos, espalda y cuello como de oso, su mirada y oídos impecables. Era el mismo hombre de sesenta y tres años de edad que antes se sentía al final de su vida, pero un propósito claro le había rejuvenecido. En sentido figurado, había quebrado su anterior punto de vista.

La niña sí tenía nombre, se llamaba Ololiuqui, que en lengua náhuatl significa «flor de la mañana» o «gloria de la mañana». La maestra Juliana la llamó así cuando la presentó en el registro civil de la capital oaxaqueña como su propia hija, días después de que se la entregaron sus padres en una de las modestas casas de Santa María Ixcatlán, que es una comunidad árida de la región mixteca de Oaxaca rodeada de cactus y palmas. La Costeña había acudido ahí, a la fiesta patronal del Señor de las Tres Caídas, como le habían indicado los signos que interpretaba del bulto de yute que recibió en Cholula y al que ella le hacía consultas. Llegó por el camino de Coixtlahuaca, que en tiempos remotos fue la capital de un estado multiétnico y pacífico, donde el conquistador español Hernán Cortés entró sin necesidad de combatir. Ésa era la localidad más grande para tomar un camión hacia Ixcatlán, que no tenía una sola calle pavimentada, pero en cuya plaza principal se reunían a comerciar indígenas que hablan siete lenguas diferentes: zapoteco, mixteco, mazateco, ixcateco, popoloca, chocho y náhuatl.

En la plazoleta, frente a la iglesia, Juliana Álvarez Viejo vio a la niña con su familia, sentada en el piso tejiendo sombreros de palma. Era muy pequeña y muy hábil para tener sólo tres años. Evidentemente eran muy pobres. La maestra se acercó con prudencia y después de una larga plática sobre temas sueltos sembró en los padres la idea de que ella podría adoptar a la niña y ayudar a su familia. Les prometió dos animales de trabajo, dinero y el compromiso de que la pequeña tendría una vida mejor, pues con ella no pasaría hambre. Una semana después consiguió lo que buscaba.

Para el mes de octubre, del año 2000, la curandera había ofrecido la custodia de la niña a David Björn con condiciones más que exigentes. A pesar del arrebato de ira que el hombre tuvo al enterarse de su respuesta, Juliana anticipó que, con el paso de los días, el sueco aceptaría su trato y preparó la entrega de la niña para que se hiciera cargo de ella el bioquímico jubilado. Hizo un expediente en el que colocó el acta de nacimiento con el nombre completo que ella le había asignado: Ololiuqui Álvarez Viejo. También incluyó una copia del acta de nacimiento de la propia Juliana y una carta poder que otorgaba la custodia al doctor David Björn.

Pasó octubre y antes del Día de los Muertos se volvieron a encontrar David y Juliana en la plaza principal de Yavesía, cuando todos fueron a comprar flores anaranjadas de cempasúchil, calaveras de azúcar con dibujos de colores y pan de muerto, para esa celebración. Era el primer año que el padre y el hijo vivirían esa conmemoración en México, pero todas las personas que conocían les hablaban de ella y quisieron observar algunas cosas. Además, bajaron al pueblo porque ya tenían una camioneta combi nueva y un cachorro de perro, así que debían buscar una tienda de alimentos.

Erirk se sentía muy contento con su nuevo compañero canino, de tres meses de edad, que no era de raza pura sino mestizo o «corriente cruzado con callejero», como le dijeron en broma al jubilado cuando se lo llevaron a la casa del bosque. El niño cumpliría nueve años el 8 de noviembre y sentía que el perrito era su primer regalo.

David vio desde lejos a la Costeña, entre los puestos improvisados de la plaza. Ella iba con la niña y el científico se acercó a saludar, antes de que la curandera lo abordara a él. Vivían en un pueblo muy chico como para fingir no mirarse o conocerse.

—¿Cómo está, maestra?

—¿Cómo le va, doctor güero? ¿Le van a poner altarcito a su esposa?

—Le vamos a llevar flores y las otras cosas son para nosotros. Vamos a probar el pan y el dulce de camote.

La niña se alegró al ver a David y a Erik y también de conocer al perro, que se llamaba Tapper. Ese nombre, en español, significa «valiente».

—Parece señor, porque tiene bigotes —dijo la pequeña cuando se agachó para acariciarlo y el cachorro se tiró para que le rascara la panza.

El sueco le comentó brevemente a la Costeña que había pensado mucho y aceptaba lo que ella propuso, pero que necesitaban hablar más para que todo saliera bien. Esos días se reunieron muchas veces, en el campamento del bosque y en el pueblo. Los niños jugaban a los exploradores; salían a buscar objetos que les parecían raros, como hojas, piedras, plantas o animales muertos. Ella siempre traía semillas del bosque en su manita. A él le gustaban mucho más los insectos. Se entendían con gestos como de circo y algunas palabras

140

que compartían, mientras que el cachorro los seguía a todos lados y creaba sus propios retos y combates caninos con ramas y ranas que encontraba.

—¡Tus zapatos! —le decía Erik, en español, a la chiquita.

—No. Así descalza voy contigo —respondía ella, que siempre tiraba los huaraches o sandalias cuando llegaban al claro de bosque donde estaba la cabaña. Ahí estaba el pasto suave y fresco, color verde manzana.

Entonces el chico encogía los hombros y buscaba lugares despejados para que jugaran sin que ella se cortara o picara.

Mientras, los adultos hablaban de la niña, su personalidad y costumbres.

—Le voy a decir por adelantado dos cosas, doctor güero. La niña es muy devota de la Virgen de Guadalupe. Tiene una estampita y le reza cuando se despierta y cuando se duerme. Es algo que le enseñaron sus papás y ella solita lo hace, no creo que le pida ayuda ni nada. La segunda cosa es que, a veces, ella solita hace ayunos. Yo no le enseñé eso, a mí me sorprendió mucho cuando me di cuenta de que lo hacía. Le digo que es una niña especial. Cuando pase eso, usted decidirá qué hacer, pero se lo adelanto para que no piense que está enferma. Cuando ayuna sólo dice: «Hoy no quiero comer, mejor mañana». Y anda todo el día como si nada. Sólo toma agua —le fue explicando Juliana Álvarez en una conversación que intercaló entre otros temas del bosque y el pueblo.

El día del cumpleaños de Erik compartieron un pastel con velas y el niño recibió como regalo una bicicleta que usó mucho dentro del campamento, además de nuevos luchadores enmascarados de plástico, para su colección.

Cuando los adultos estuvieron solos, David informó a la Costeña que con mucho pesar aceptaba pagar la cantidad de dinero que ella pidió, pero aclaró que tardaría varios meses en completar el trato. Su pena era más moral que económica, pues sentía incongruencia en su conducta. Incluso temía estarse exponiendo a un grave problema legal. Ella no tuvo inconveniente en los plazos. Le dijo que con el tiempo vería que no actuaba con maldad y le entregó los papeles de identidad de la niña porque estaba cien por ciento segura de que él cumpliría. Al parecer, en sus creencias, sabía que alguien más se haría cargo de criar a la niña mágica.

Para Juliana, localizar a Ololiuqui en Ixcatlán sólo era un requisito para alcanzar el objetivo mayor de regresar a su pueblo, Santiago Tilantongo. Allá, decía, viviría hasta vieja sin preocupación ni amenazas. Pensó que la instrucción que había recibido del bulto de yute era para mirar las destrezas de la niña, aprender amarres y, eventualmente, protegerla o protegerse juntas.

Acordaron que Ololi se iría a vivir al bosque con ellos en diciembre y así lo platicaron con los niños; primero por separado y luego juntos, para que fuera más suave el cambio. A los chicos les pareció que los adultos hacían todo muy complicado, pero les seguían la corriente. En ese periodo David y Juliana comenzaron a llamarle a la pequeña por su nombre.

—En este papel dice que tú te llamas Ololiuqui, por eso te vamos a decir, de cariño, Ololi —le dijo David enseñándole el acta de nacimiento. Desde luego la niña no sabía leer, pero mirar el documento, con el escudo mexicano del águila devorando a una serpiente, le dio mucho simbolismo a esa plática. El hecho parecería insignificante, pero fue un bautizo civil.

Escuchar su nombre alegró tremendamente a la niña, que pensó que le habían dado el nombre más bonito de todas las niñas del mundo. Muchos días salía al pasto o a la tierra y jugaba a dar vueltas, con los brazos abiertos, y mirando al cielo diciendo su nombre: «Ololi... Ololi... Ololi...».

David arregló la habitación de la cabaña para que vivieran tres personas hasta que los chicos estuvieran un poco más grandes. Cuando David y Erik le enseñaron a la niña la urna con las cenizas de Gry, ya habían colocado frente a la cajita una foto donde se veía el hermoso rostro de la mujer que tanto extrañaban ambos. Sin instrucciones, la pequeña Ololi llevaba todos los días florecitas del bosque que le daba a Erik para su «mamá bonita». Ella también guardaba algunas florecitas «para su colección», en una cajita de madera sólo para flores.

Los demás pobladores de Yavesía no mostraron sorpresa con el acuerdo entre David y la Costeña, principalmente porque él era un hombre que consideraban próspero, recto y un buen padre. El consenso era que la pequeña estaría mejor con él, pues lo respetaban.

Antes de que comenzaran las fiestas de fin de año, Ololi ya vivía en el campamento del bosque de Trinidad Ixtlán. El periodo de integración tuvo muchos capítulos, que a lo largo de los años recordarían David, Erik y Ololi con muchas anécdotas, confusiones y equivocaciones, desde la selección de palabras que los tres entendieran, pasando por la organización para usar el baño compartido, hasta el descubrimiento de nuevos alimentos que ninguno de los tres conocía. Pero el tejido afectivo entre ellos, incluyendo al cachorro Tapper, se constituyó con mucha fuerza. El padre sembró en ellos una ética laica muy humanista basada en cuatro pilares: no lastimar físicamente a las personas, no dividir ni herir con palabras y no odiar.

El doctor Björn tuvo que vender la casa en Upsala y canceló la posibilidad de regresar a Suecia a una residencia propia, como cuando el conquistador español Hernán Cortés hundió sus barcos en Veracruz para no volver a Cuba hasta colonizar lo que hoy es México. A cambio, el bioquímico clarificó cuál era el sentido del resto de sus días: recorrer conscientemente el complejo camino de la paternidad.

XV
La cantina

En la mañana, antes de salir rumbo a Tlalpujahua, Santiago y Trinidad se fueron a bañar, por separado, a las venitas del arroyo Tultenango. De regreso ocurrió algo muy perturbador para el domador de potros. Había decidido mudarse al pueblo, sólo con dos maletas con ropa y objetos de valor sentimental. Antes de cerrar la última bolsa decidió volver a contar el contenido de la frasca, sentado frente a su única mesa. Sintió abundancia al constatar que quedaban treinta y siete deseos, pero un escalofrío lo recorrió cuando escuchó la voz del teporocho preguntar:

—¿Cómo le hizo para meter esas monedas de oro dentro de la frasca? —al mismo tiempo que sus ojos vidriosos auscultaban con curiosidad, desde la puerta, el envase que su patrón tenía en las manos. Había llegado discretamente después de asearse y ensillar los caballos.

Santiago se quedó paralizado al escuchar la interrogante de Trini. Era la primera persona que podía ver sus monedas mágicas desde que las recibió en la tienda de Asunción Alonso, un domingo de resurrección.

¿Significaba eso que debía entregar la frasca al ex-capataz minero que ahora le observaba? El monje del sueño le dijo que un día tendría que dar el envase a otra persona, pero ¿debía ser ahora? ¿Justo en ese día que planeó con tanto detalle? Y, sobre todo, ¿por qué le correspondería recibirla a Trinidad Santana?

El ayudante soltó una carcajada al ver la cara es-tupefacta que puso su patrón cuando le hizo la pre-gunta. Se imaginó que era la cara que pondría si lo hubiera agarrado con los pantalones abajo y en cu-clillas, cagando.

—Ni me diga, jefe. Son sus cosas. No es mi asunto, pero ya vámonos o nos vamos a asolear —fue la ma-nera como Santana Torres concluyó el incidente. Le daba igual cómo se hacía para meter monedas grandes a través de un cuello de botella angosto, pero sí se quedó pensando en que su jefe pareció enojarse con él porque anduvo muy serio el resto del día. Decidió que al llegar a Las Prodigiosas mejor se pasaría las horas en la cocina. De todas formas, por ahí también podría conseguir bebida.

Llegaron cabalgando al pueblo minero que olía a pan dulce y atole de guayabas, pero no se entretuvie-ron a desayunar. Fueron directo al lugar de la canti-na, en la colonia Chiches Bravas. Al día siguiente era la apertura y se habían enviado invitaciones de papel opalina con textura, que diseñó Teoría. En ellas se indicaba que todos los consumos durante los días de apertura serían cortesía de la casa. La revisión del local dejó muy impresionado a Santiago. Había comprado la casa a principios de abril, como un cascarón de piedra y teja. Para el 19 de mayo ya era un lugar donde se desea estar.

Diego Muñoz y Teoría Konikos le presentaron a casi treinta personas que trabajarían en la cocina y el servicio. Todos andaban muy apurados y el patrón procuró no distraerlos, sólo llamó a Muñoz Pérez Negrón y Konikos Mantilla a la habitación principal del edificio de la cantina para entregarles, en dos sobres cerrados, una gratificación de tres mil pesos adicionales a sus honorarios para cada uno. Tenía un tercer sobre con una cantidad similar para Trinidad Santana Torres, por su exitoso trabajo para reunir los cuerpos de sus familiares en el panteón de Contepec, pero la sombra de una duda le detuvo y decidió dárselos más adelante. Además, pensó con cierta suspicacia que antes de irse a la Ciudad de México le dejó seis mil pesos para localizar los restos de sus parientes, trasladarlos a la ranchería y tomarse copas por toda la comarca para anunciar la apertura de Las Prodigiosas.

La inauguración cayó en jueves. No hubo corte de listón. Media hora antes de la cita que señalaba la invitación se abrió el portón del patio central donde una orquesta con instrumentos de viento, cuerdas y percusiones ya alegraba el ambiente. Teoría organizó una bienvenida individualizada, con Santiago Juan Casiano parado en la puerta para recibir a cada hombre, mujer y pareja convidados. Después eran acomodados en mesas del patio, que estaban decoradas con flores de bosque, de diferentes colores. Ahí les ofrecían cerveza, vino blanco y aguas de frutas, con y sin alcohol. La curiosidad convocó a trescientas personas influyentes: el alcalde, los directivos de la mina Dos Estrellas, el comandante militar de zona, hacendados, ingenieros, abogados, médicos y sacerdotes. Había extranjeros, principalmente ingleses, franceses y españoles.

Los dos profesionistas citadinos contratados por Juan Casiano actuaban como anfitriones y guías. Mostraban el salón y la cantina, en recorridos donde bromeaban y contestaban preguntas de las visitas. Los tres espacios de Las Prodigiosas se llenaron paulatinamente de personas, conversaciones y risas. Santiago se paseaba entre las mesas saludando y sonriendo, aunque esto era muy exigente para él pues, a pesar de haber estilizado sus modales, su temperamento tendía a ser hosco. Era visto por primera vez por muchos y reconocido, con dificultad, por otros. Algún hacendado comentó, en voz baja, que recordaba haberlo contratado alguna vez, pero en aquel entonces le parecía más chaparro y nervioso.

El oriundo de Contepec comenzó a recibir en bandeja algunos satisfactores emocionales de los que careció por décadas: atención, halagos, validación, trato preferente, pequeñas confidencias y tener la razón en controversias frívolas. Simultáneamente, una corriente sensual inundó el patio gracias al adherente invisible que es la música. El momento de mayor esplendor en la fase de aperitivos ocurrió cuando un tenor con voz como la seda, interpretó la canción cumbre de la compositora mexicana María Grever: «Júrame».

> Bésame, con un beso enamorado,
> como nadie me ha besado,
> desde el día en que nací.
> Quiéreme, quiéreme hasta la locura,
> así sabrás la amargura,
> que estoy sufriendo por ti...

La música, acompañada con las bebidas, jamones, quesos e higos que había en cada mesa animaron la convivencia e hicieron que los invitados se sintieran tan bien que todas las personas hablaban unas con otras, de una mesa a otra. Se levantaban y estrechaban la mano o intercambiaban a distancia sonrisas y brindis, poco después se sirvieron trescientas porciones de sopa de papa en caldo de jitomate, pato con arroz blanco y, al final, pastelillos de chocolate y tres leches y café. Ya animados, los comensales cantaron con los músicos: «Granada», «Piensa en mí» y «Por la vereda tropical».

Santiago bebía destilado de prodigiosa y brindaba con todos. No se embriagaba, pero el éxtasis de alegría que transitaba le hizo sentir como si las luciérnagas de un bosque se hubieran convertido en hadas y le cantaran suavemente al oído. Para los días de apertura, se contrataron dos orquestas, tres cantantes y un pianista muy animado, que todo el primer día se presentaron en el patio. Después se repartían turnos en la cantina y el salón.

El dueño subió al escenario cuando los postres habían concluido y agradeció a los invitados haber aceptado conocer su negocio. Explicó los servicios de cada uno de los tres espacios, antes de despedirse con las palabras: «¡Bienvenidos y bienvenidas!». Luego hubo una ronda de música festiva que combinó el mambo, pasodoble, tangos y boleros. Inició un baile festivo en el patio, acompañado del torrente de risas y palabras que envuelve a la alegría compartida.

La gente siguió tomando copas, sin la restricción que impone el autocontrol de gastos. Al caer el sol, borrachos todos, se arrebataban la palabra para pronunciar discursos fraternales que exaltaban tanto los sentimientos religiosos como el orgullo nacional mexicano; elogiaban a las culturas de los indígenas muertos y la fecundante belleza de la lengua española.

Por usos y costumbres, las autoridades se retiraron cerca de las siete de la noche, pero dos terceras partes de los visitantes, hombres y mujeres, se quedaron para aprovechar las bebidas y cena gratis, consistente en tacos dorados con pollo deshebrado, guacamole y queso.

La primera jornada terminó la madrugada del viernes, con un par de pleitos a golpes y botellazos que hicieron preguntarse a Santiago por qué sería incapaz la gente de llevar la borrachera con dignidad. Un cúmulo de experiencias de ese primer día le demostraba que no se puede confiar en nadie cuando se trata de beber hasta el fondo de la botella. Hubo quienes se robaron los cubiertos; un hacendado le pidió traer putas y una mujer casada lo encerró en un baño del salón forcejeando para bajarle la bragueta. Pudo salir airoso en cada caso, pero todo eso le hizo experimentar una tremenda soledad y terminó por refugiarse en su habitación del segundo piso, donde encendió una lámpara eléctrica y revisó sus libros de sor Juana Inés de la Cruz. Así releyó el enigma siete:

¿Cuál será aquella pasión que no merece piedad,
pues peligra en necedad por ser toda obstinación?

«El odio», le dijo una voz interior. Aunque días antes había respondido: «El amor», cuando escuchó el mismo enigma pronunciado por Beatriz Rodríguez en el Casino Español de la Ciudad de México.

Al despertar el día siguiente y bajar a la cantina miró la sonrisa con la que lo saludó Teoría. Al no encontrar rastros de reproche concluyó que la inauguración salió bien. Nadie cometió crimen o pecado de gran magnitud.

La fiesta de apertura se planeó para cuatro días y debería concluir el domingo, pero por diferentes circunstancias se extendió más allá. Además de músicos, Teoría mandó a contratar cómicos, actores y bailarines. Las dos cocinas trabajaban a todo fuego desde temprano. Siempre había cantidad suficiente de una sopa de verduras con diversos cereales, que era muy pedida por los comensales en las mañanas y tardes frías. Cada día se sacrificaban para el menú de esta cantina borregos, puercos, una vaca, gallinas, patos y se llevaban truchas.

Desde el viernes, hombres y mujeres organizaron todo tipo de concursos. Entre ellos se armó un torneo de bebedores. El ganador recibiría una guirnalda de laurel y un *whisky* que regaló un inglés. El primer vencedor fue Trinidad Santana, por cierto.

Otros concursos fueron para exhibir fortaleza física y resistencia. Entre las mujeres asistentes al salón de té y licores se organizaron concursos de canto y piano; de declamación y comedia; retos de moda y belleza. Desde las diez de la mañana se abría el área de sillones tapizados, donde señoritas y señoras esperaban su turno para hacer llamadas telefónicas. Esto era muy socorrido, pues en todo el pueblo sólo había dos teléfonos más, que estaban en la presidencia municipal. De este modo, el salón se volvió rápidamente un lugar de encuentro, donde además bebían té de prodigiosas con licor de anís, comían pasteles y postres.

Por la tarde y noche la concurrencia en el negocio era predominantemente masculina. Fumaban, bebían, cantaban y discutían de política en la cantina y el patio. Apostaban en juegos de cartas y dados, pero también en concursos donde comparaban las mayores cicatrices y las deformidades físicas más raras. La noche del sábado fue muy esperada entre los bebedores, porque se hizo una competencia donde ganaría quien presentara a la persona con la cabeza más extraña. Y otra vez ganó Trinidad Santana, al presentar a su amigo teporocho con microcefalia, que era con el que tomaba caldo en La Candelaria. Los dos compartieron juntos la botella de tequila del premio y terminaron borrachos, dormidos, afuera del mercado.

El domingo por la tarde ocurrió un incidente inquietante: un joven llegó a contarle a Santiago, Diego y Teoría que las mujeres de Contepec habían matado al maestro rural, quien había estado todo el sábado bebiendo en Las Prodigiosas.

El profesor rural siempre decía en voz alta que la religión era para ignorantes, que embrutecía al pueblo y servía para que los curas controlaran las mentes. A la gente no le gustaba escuchar sus discursos, pero no le decían nada porque era el único maestro en la comunidad. Pero ese domingo, el profe salió tan borracho de la cantina que cabalgó medio dormido hasta Contepec y se fue directo a la capilla. Sacó su pistola y disparó a todas las imágenes de los santos. Las mujeres se enteraron y se pusieron como locas. Se fueron juntando en el camino hasta que ya eran casi treinta. Empezaron a gritarle cosas y a correr atrás del borracho, arrojándole piedras. Antes de que llegara al río, una mujer que floreaba bien la reata le lanzó una cuerda a los pies y lo hizo trastabillarse. Cuando cayó, las otras mujeres lo golpearon con piedras en el suelo hasta que, triste su calavera, murió definitivamente.

Todas esas cosas causaron una gran conmoción en el rancho. Los hombres jóvenes y los viejos se preguntaban unos a otros qué hacer, pero antes de dar aviso a los oficiales de Tlalpujahua una señora joven, que sabía de leyes y era respetada, dijo que mejor había que enterrar al difunto para que no se llevaran a la cárcel a tantas mujeres. Así lo hicieron y quedaron de acuerdo en decir que se fue y ya no regresó.

El dueño de la cantina, el abogado y la organizadora de festejos le dieron al joven unas monedas de plata y ordenaron que se le diera de cenar sopa de tortilla de maíz y pollo frito, en el salón del teléfono. Luego, como los demás, no volvieron a hablar del tema.

Para Santiago, la muerte del profe constató que la noche del sábado circulaba algo oscuro en el ambiente. En un momento, cuando se acercó a la barra de la cantina, un militar ebrio lo agarró del saco y le puso una pistola bajo la barbilla diciendo:

—El profesional de la guerra tiene que aprender dos cosas desde el primer día de servicio: obedecer una orden sin cuestionar y sentir miedo sin temblar. —Luego lo soltó mientras todos se reían de su cara porque casi se orina del miedo. El exarriero de ganado sentía que era digno de respeto, pero a la vez notaba que a su espalda se burlaban de él por regalar comida y bebida.

XVI
Guelaguetza

Uno de los días previos a la navidad del año 2000 ocurrió una cosa que, a la larga, resultó ser muy importante. Por el camino de tierra que conducía desde la carretera hacia el campamento en el bosque de Trinidad Ixtlán llegó caminando un hombre solo. Los guardabosques lo saludaron cordialmente y se dirigió a la cabaña de David, donde los dos niños hacían dibujos de unas ranas que habían visto en un arroyo y que tenían hocico en forma de punta. El visitante se presentó con David y le dijo que era el profesor Teófilo Mastache, de la primaria de Santa María Yavesía. Se habían conocido brevemente, en mayo, en la comida en casa de la familia Romero Rodríguez, pero no hablaron mucho. Le contó que iba a visitarlo porque le habían dicho que tenía un niño de ocho años pero que no iba a la escuela.

El universitario sueco le invitó a tomar café para contarle quiénes eran ellos y por qué estaban ahí, aclarando que su hijo Erik acababa de cumplir nueve años en noviembre y casi no hablaba español, aunque dominaba sueco e inglés. En su país había cursado preescolar y primero de primaria por lo que sabía leer bien y hacer operaciones aritméticas.

El profesor entendió lo que le explicaba y sintió confianza para contarle al doctor Björn que el trabajo de los profesores de los pueblos no es como en las ciudades y parte de su tiempo lo dedican a ir a las casas de las familias para convencerlos de que sus hijos vayan a la escuela. Por eso, el profesor Mastache pasaba parte del día dando clases y parte del día visitando familias para que los niños acudieran al aula. Él contó que muchos de los padres de familia sí lo apoyaban para que los chicos tuvieran estudios, pero otros eran verdaderos problemas: violentos o revoltosos y agredían a los maestros que los visitaban.

—Aquí en la región hay muchos padres y madres que abandonan a sus hijos para irse a Estados Unidos y no regresan. Otros tienen vicios. En cada caso el trabajo del profesor para que los niños vayan a clases es mucho y no siempre funciona.

—Pero hay que trabajar con esperanza —le dijo David al profesor, tratando de llevar hasta la mesa una luz de optimismo.

—Claro que sí —respondió Teófilo Mastache—. Lo que para nosotros ha sido algo sorprendente es que empezamos a formar talleres de danza y artes plásticas para que pasaran más tiempo los niños y los muchachos en la escuela. Usted se impresionaría de ver el cambio. Ellos bailan un poco cosas modernas que escogen y poco a poco les hemos enseñado algo de danza regional. De verdad que van con gusto y no

156

faltan. Además, la pintura y dibujo también les gustan mucho a los niños, los muchachos y los papás. Eso me da entusiasmo. Lo único malo es que ya me dijeron que en junio me van a cambiar del pueblo y me van a mandar a otro lugar que no sé dónde será. Es lo malo y eso nos pasa mucho a los maestros en Oaxaca, casi nunca vemos cómo terminó lo que empezamos, ni con los proyectos, ni con la vida de los niños que formamos. Sólo nos queda pensar que lo que formamos terminará bien.

David le prometió que, en enero, iría con los niños a conocer los talleres de danza y dibujo. Esa noche, el padre habló en sueco con el pequeño Erik y su respuesta volvió a ser en español coloquial: «Jalo». El profesor universitario sonrió y le dio un abrazo. Se dio cuenta de que había abrazado a su hijo mucho desde julio. Las cosas que habían vivido a partir de la muerte de Gry eran numerosas e inesperadas, como también lo eran sus cambios internos, aunque no estaba seguro de cuántos ni qué tan permanentes serían.

Algunas noches cepillaba el cabello de Ololi y la escuchaba hablar con mucha seriedad sobre cosas como la conducta del cachorro Tapper o los ruidos que le daban miedo, de día, cuando los escuchaba en el bosque. A veces la niña le contaba cómo se decían algunas palabras en lengua ixcateca, a la que ella llamaba xuani.

—*Iglesia* se dice *nungu*. *Cueva* se dice *schu*, pero *bonito* se dice *schñú* ¿Ves? Es casi igual, pero la *u* la dices con la nariz, como *eñe* —le decía la niña con una sonrisa muy grande ya que nadie le preguntaba nunca sobre xuani, que le había enseñado su abuela porque sus papás no querían hablarla—. *Florecita* se dice *Illyu*, pero lo tienes que decir rápido porque si lo dices lento significa *cerca*, ¿ves? —seguía diciendo la pequeña muy solemne mientras el doctor de tamaño de oso la peinaba y Erik los escuchaba un poco disimulado porque entendía sólo partes de lo que hablaban en español.

Antes de dormir, la niña se hincaba y le rezaba en volumen muy bajo a una estampa pequeña de la Virgen de Guadalupe. Era algo que David y Erik no estaban acostumbrados a ver, pero no la interrumpían. Al final, el profesor jubilado tapaba a la niña con cobijas suaves que ella sujetaba fuerte, revelando emoción.

—Yo quería seguir viviendo con mi mamá, pero ni modo. Cuando tenga mi hija yo no voy a hacer lo mismo. Yo no la voy a cambiar —le dijo una noche Ololi a David.

Siguieron unos segundos de silencio en los que él no supo cómo decirle algo positivo. Una voz peregrina dentro de su mente le preguntó si no debería ir a buscar a sus padres y devolverla al seno familiar.

—Pero aquí sí soy muy feliz —añadió la voz infantil de la niña antes de cerrar los ojos y quedarse dormida profundamente, como siempre ocurría, pues no despertaba ni una vez en las noches. Ésa fue la única ocasión que David le escuchó decir algo sobre su mamá. A las dudas siguió nuevamente la ternura hacia esa niña que le parecía extremadamente vulnerable.

Por su parte, Erik vivía otra fase de su proceso personal de duelo. Poco después del Día de los Muertos había cumplido nueve años y fue la primera vez que no celebró con su mamá. La extrañaba enormemente. Sentía un vacío que lo debilitaba y lo hacía llorar a escondidas. Hablaba con la urna de cenizas de Gry cuando estaba solo en la cabaña y le ponía las florecitas del bosque que conseguían él y Ololi. A partir de su cumpleaños pensaba con frecuencia en que todo lo que estaba viviendo en México no eran unas vacaciones sino su vida real para siempre. Ya tenía medio año sin ir a la escuela y aunque le gustaba el país estaba agotado de no entender tantas cosas; no sólo la lengua, sino muchas maneras de comportarse.

Con diciembre llegaron las mañanas heladas en la sierra, pero no había nieve ni juegos de nieve. Su papá, que era ateo, no había comprado decoraciones de Navidad y ya había pasado el 13 de diciembre, día de santa Lucía, cuando se realizaba uno de los festejos familiares más bellos de Suecia.

Como bien recordaba Erik, la tradición de santa Lucía empieza en la madrugada, en la oscuridad, cuando se hacen las procesiones a la santa venerada por luteranos, católicos y protestantes. Las niñas se visten de blanco, pero también los niños, que además se ponen un cucurucho blanco adornado de estrellas doradas y también en la mano portan una estrella dorada. En la procesión hay una niña principal que personifica a la santa y a ella le adornan con una corona de pequeñas velas en la cabeza y un listón rojo en la cintura. Todos portan velas en las manos. Los niños puede ser que vayan a despertar a sus papás cantando la típica canción de Lucía, pero lo más común es que se organicen las procesiones en las escuelas primarias y los papás van a ver a los niños con sus compañeritos cantar juntos en coro y luego se sirvan café o *glögg*, que es una bebida caliente típicamente navideña que se prepara con pasitas y almendras, además de pan de dulce amarillo con azafrán y pasitas y galletas *pepparkakor*, que se comparten con todos los presentes. También se organizan procesiones de adultos de coros que van visitando a diferentes oficinas, hospitales y otros lugares de trabajo. Gry le había contado a su pequeño hijo que en muchas ciudades suecas se organizan competencias para que el pueblo vote por la chica más guapa para que sea ella la santa Lucía de la ciudad de ese año.

Así comenzaba la navidad en Suecia. Por eso Erik añoraba en México las coronas con velitas, los adornos de paja, los gorros tejidos con borlas, las banderitas suecas azul con amarillo, las galletas de jengibre, canela y otras especias, llamadas *pepparkakor*, y el arbolito decorado tradicionalmente con una estrella en la punta.

Algunas tardes, Erik se sentaba en la sala de la cabaña y prendía el radio que había en casa donde sintonizaba el 88.3 de FM y escuchaba la música en español, zapoteco, chinanteco y mixe de la estación que se llama La Voz de la Sierra Mixteca, desde San Pablo Guelatao. Así lo encontró su papá una tarde,

160

acariciando al cachorro Tapper y, como si alguien hubiera preparado la escena, comenzó a sonar en el radio un coro de mujeres que cantaba, en zapoteco, villancicos europeos de navidad.

El padre se quedó paralizado, fueron demasiados estímulos que lo abordaron en dos segundos: Navidad, Gry, Erik, los villancicos, las lenguas indígenas, Ololi, la cabaña, el frío, la chimenea encendida, la vida, su lugar en el mundo... y Tapper, que lo veía con cara de «¿Vamos a jugar?».

—Tenemos que poner un árbol de Navidad, ¿verdad, hijo? —le dijo David a Erik como si fuera un mayordomo de un príncipe muy poderoso esperando instrucciones.

Y la sonrisa de Erik iluminó el día de David.

—Sí. Le podemos enseñar a Ololi cómo es Navidad porque no creo que ella sepa —respondió el niño recién estrenado en su noveno año de vida.

Comenzaron a decir cosas padre e hijo. Hacían listas y se arrebataban la palabra. Sin mencionarlo, los dos sentían la presencia invisible de Gry que les iba dictando: esto sí, esto no; esto está fuera de moda, esto sería bellísimo. En una burbuja imaginaria, que los dos compartían sin decirlo, estaban David, Erik y Gry, planeando celebrar una Navidad sueca en México, para alegrarse los tres y alegrar a la pequeña Ololi y a Tapper, que eran sus nuevos familiares.

Al fondo, en el radio, seguían sonando villancicos en zapoteco que alguien ajeno no hubiera considerado posible. Las estudiantes de la facultad de lenguas de la Universidad Autónoma Benito Juárez de Oaxaca cantaban «El niño del tambor», «Noche de paz» y «Campana sobre campana». Ololi entró a la sala y los vio un poco exaltados. Como siempre, lo primero que hizo fue sonreír. Luego caminó, descalza, hasta una canasta donde tomó una manzana y los dejó en la sala con Tapper. Salió de la habitación cantando, en bajo volumen, una de las canciones que se sabía en su lengua ixcateca. Decía que era su canción sobre cómo volar.

Aquella Navidad la cabaña fue decorada con un pino al cual colocaron moños azules y amarillos, como la bandera de Suecia. Además, le colgaron casi cien esferas de vidrio transparentes y doradas, que les vendieron en el mercado de Yavesía; ahí les explicaron que eran fabricadas en el pueblo de Tlalpujahua, Michoacán, donde cientos de personas fabricaban esferas artesanales.

Compraron velas de colores y flores de Nochebuena, que abundaban en los mercados de la sierra. Aunque no había galletas de jengibre, compraron dulces mexicanos y españoles de la época, como tejocotes en almíbar, ciruelas pasas, almendras, nueces, colación y un turrón.

La señora Amada Chávez y sus hijas ayudaron a David a cocinar una pierna de cerdo al horno, que esa noche cenaron acompañados de los guardias del campamento y sus familias, que tenían permiso de las autoridades para ocupar las cabañas vecinas. Todos elogiaron la decoración que Erik y David imaginaron y elaboraron.

David les compartió a los adultos una bebida de origen sueco que él preparaba con vino tinto caliente, azúcar, rodajas de naranja y especias. En realidad, era una versión muy personal, pues en su país no era común que usaran rodajas de naranja para esta preparación. Cuando sirvió su receta a los visitantes hubo mucho consenso en que era una bebida deliciosa. El exprofesor les contó que en su casa preparaban otra receta en la que se hierve la bebida *glögg* tradicional de Navidad con cáscara de naranja en combinación con las demás especias: «Tradicionalmente se toma el *glögg* acompañado por galletas *pepparkakor,* que tienen sabor de especias navideñas. Muchas veces son las mismas que se usan para la bebida», les contó con muy buen ánimo y orgullo cultural.

Como en Oaxaca es muy arraigado el ritual de recibir y dar, las mujeres visitantes llevaron ponche navideño mexicano, caliente, con manzana, caña de azúcar, tejocotes, ciruelas pasas y guayabas. Los niños y jóvenes quebraron una piñata, afuera, en el claro entre cabañas. Aunque no había nieve, todos disfrutaban cuando podían hacer pausas cerca de la chimenea de la familia Björn.

—Entonces, doctor güero, ¿qué significa su apellido Björn? —le preguntaron en la fiesta los comuneros.

—En mi país significa «oso».

—Ah. Es como aquí los que se apellidan Osorio, ¿no, tú? —se decían unos a otros—. Entonces, si le dicen doctor Osorio no está mal, ¿verdad, doctor?

—No. No está mal. Pero quizá se me olvide —dijo esa noche David, alegre por el vino caliente, por los alimentos, las visitas, pero sobre todo por los rostros de los dos niños que eran su mundo y su familia. Pensó que Gry habría aprobado todo lo que habían logrado para sentirla cerca, estando tan lejos. Se comprometió mentalmente a que el siguiente año los dos empezarían a ir a la escuela. Como todo padre, sentía que sus dos niños eran genios.

El 6 de enero, David y los niños fueron a comer rosca de Reyes y beber atole de chocolate con la familia Romero Rodríguez, en Yavesía. Todos los chicos andaban emocionados, con juguetes nuevos que encontraron en sus casas esa mañana, al despertar. Ahí volvió a saludar David, con afecto, a su primer anfitrión mexicano: don Mario. Se veía muy delgado y le comunicó personalmente la mala noticia de que había quedado viudo. Su esposa, María Consuelo, falleció días antes de Navidad por enfermedad renal crónica. Fue su compañera de lecho durante treinta y cuatro años y todavía estaba muy impactado, aunque comenzaba a reorganizar su vida. Estaba por cumplir sesenta y un años de edad. Seguía trabajando como chofer. Hacía un poco de carga y transporte de productos en su combi, desde las cinco de la mañana, luego hacía algunos viajes con pasajeros, pero terminaba sus labores a las doce. Se iba a su casa y ya no salía hasta el día siguiente.

—Me levanto a las cuatro, hago treinta y cinco minutos de tai chi; luego me baño, tomo un té y salgo a trabajar. El tai chi me ha ayudado mucho; comencé a hacerlo en noviembre, antes de las semanas más difíciles. Ya los riñones no le funcionaban a mi Mariquita, que tenía diabetes desde hace muchos años. Yo resentí muchísimo todo su sufrimiento. Era tan grande su dolor que yo le pedía a Dios mejor morirme o que me llevara con ella. Así estuve y no sabía ya ni qué pasaba. Después pensé que por algo seguía vivo y le dije a mi hija, que es doctora: «Si no me debo ir de aquí, entonces te pido que me ayudes para estar muy bien de salud». Ella se puso a investigar y me consiguió dietas y así fue como me dio a conocer el tai chi. Comencé a practicarlo y me ha hecho sentir un poco mejor. Cada mañana lo hago y salgo a trabajar mis siete horas de chofer, regreso y paso toda la tarde haciendo jardinería en la casa. Tengo un árbol de limón, uno de higos y muchas plantas con flores, que mi esposa amaba. Es muy diferente mi vida. Este año voy a aprender computación y quiero juntarme con unos vecinos para hacer labores públicas. Y a las 8:30 de la noche, como gallina, otra vez a dormir. Así es mi vida y así son mis terapias —le dijo don Mario a David, quien sabía que su amigo apenas comenzaba un camino muy largo y con muchas etapas de avance y recaída.

El sueco tenía poco más de cinco meses viudo y todavía sentía abierta la herida, aunque le había colocado varias capas de tareas y misiones para poder vivir. Se sintió torpe al no poder dar mucho consuelo a su amigo mexicano. Sólo le puso una de sus manos grandes sobre el hombro y don Mario dijo una de sus frases en broma:

—Pero ya empieza un año nuevo y hay que darle vuelo a la hilacha en esta furia musical —dijo y levantó al aire su jarro con atole de chocolate.

David le acercó su propio jarro con atole e hicieron un brindis en medio del frío de la Sierra Juárez.

La segunda semana del año empezaron los talleres de danza en Yavesía. David llegó a conocer las actividades con sus dos niños y le pareció que era una minifiesta del pueblo. Se reunían bastantes mujeres y hombres con niños y jóvenes. Un maestro de la secundaria ensayaba con sus estudiantes música de banda de viento, mientras el profesor Teófilo Mastache y otra maestra a la que llamaban Juanita practicaban unos pasos de baile con los niños y las niñas de primaria.

Algunas jovencitas de alrededor de quince años auxiliaban como maestras de los más chicos. Les mostraban cómo pararse, enderezar la espalda y mover las manos. El ambiente era alegre. Como siempre, los mexicanos organizaban rápido conversaciones ruidosas. Algunos llevaban semillas tostadas y otros, fruta para compartir. Había madres dando pecho a sus hijos más pequeños y niños que comenzaban a caminar.

Al maestro Teófilo le dio gusto ver a David con los niños. Entendía que Erik no hablaba español y con amabilidad le explicaba cosas, con muchos gestos y apuntando con el dedo a cada cosa. Trataba de decirle que ellos bailaban la Guelaguetza.

—Por favor dígale al niño, doctor, que la Guelaguetza tiene bailes indígenas de las ocho regiones de Oaxaca y para nosotros significa compartir y también significa disfrutar juntos la naturaleza y la vida. No sé cómo decírselo de manera muy clara, pero para nosotros Guelaguetza no sólo es un baile, sino una forma de ser; es la cualidad de cooperar con el prójimo.

El papá de Erik le explicó estas cosas a su hijo, enfatizando que «ellos piensan», «ellos sienten», «ellos creen». Y todas esas explicaciones hacían que el niño pusiera una expresión de hombre muy interesado. Había bailes suaves con balance muy lento, como hoja al viento, y otros energéticos, con zapateados fuertes, giros y latigazos. Ololi no tardó en imitar pasos, desde su lugar de observación. Erik fue un poco más cauteloso el primer día, pero los dos quisieron regresar. Las cosas eran como el profesor dijo. Los chicos ponían primero música moderna, de moda, y luego ensayaban la Guelaguetza.

Aunque Erik no hablaba español congenió con niños y niñas. La mímica, miradas y risas ayudaban. Además, sentía bonito cuando tocaba las manos de las jovencitas auxiliares de los maestros. Manos de mujer, tan diferentes. Todo era envuelto por la música, esa fuerza invisible y misteriosa que mueve los cuerpos sin tocarlos.

—¿Eso es un vals? —preguntó David al profesor Mastache al escuchar una canción que interpretaban los adolescentes de la banda de viento.

—Sí. Es de aquí, de Oaxaca, se llama «Dios nunca muere».

XVII
Despilfarro

El sábado por la noche, en la soledad de su habitación, Santiago Juan Casiano gastó tres deseos más en la búsqueda de aprecio público. Ansiaba reconocimiento del pueblo, de la Iglesia y del gobierno de la comarca minera.

Las tres cosas le llegaron el domingo sin que fuera a buscarlas: temprano le visitó el párroco y le pidió ser patrono de la colecta para comprar una corona nueva para la Virgen del Carmen. Como respuesta, Santiago donó su víbora con monedas de plata para que fueran fundidas y se fabricara el ornamento sacro. Después, al mediodía, le visitaron los cronistas de la historia del pueblo para pedir su ayuda y restaurar la estatua del mayor héroe nacido en Tlalpujahua: el insurgente independentista Ignacio López Rayón. En respuesta, el dueño de la cantina entregó un donativo de tres mil pesos en billetes. Por último, un diputado estatal que llegó a probar el mole con guajolote que preparaban en Las Prodigiosas le llamó a uno de los gabinetes privados y le aseguró que, con una aportación económica de veinte mil pesos, podría conseguir los dos últimos votos que se necesitaban en el Congreso estatal para que Contepec fuera declarado municipio, independiente de Tlalpujahua. Santiago Juan pagó esa cantidad y, cuando estuvo solo, volvió a pedir a la frasca otra maleta con cien mil pesos.

Aunque no se emborrachaba, Santiago Juan no lograba dominar el torrente de ideas y sentimientos que lo agitaba con fuerza. En la frasca ya sólo quedaban treinte y tres monedas y él no se sentía ni importante, ni respetado, ni querido.

En diferentes momentos vio que en el centro de la cantina la gente reía y aplaudía las bufonadas del teporocho Trinidad Santana, quien bailaba o imitaba gestos de otras personas, coronado con su guirnalda de laurel. El patrón le tenía envidia, aunque también sentía culpa porque quizá debería haberle entregado ya la frasca de los deseos.

Cuando llegó el domingo, Santiago Juan seguía sediento de afecto. Llamó al abogado y le pidió que extendieran la fiesta de inauguración hasta el martes. También le ordenó solicitar permiso para quebrar, en la plaza central del pueblo, piñatas llenas de fruta y monedas de plata: habría para niños, para niñas, jóvenes, jovencitas y adultos.

Muñoz Pérez Negrón levantó una ceja, pero aceptó la instrucción, aunque aprovechó para recordarle que su contrato y el de Teoría Konikos terminaban ese domingo. El exdomador de potros y nuevo rico le pidió regresar minutos después por dos sobres con tres mil pesos extras para cada uno y diez mil pesos para el festejo de piñatas con monedas de plata. También le agradeció y le dijo que ya no necesitaban quedarse a dormir en Las Prodigiosas después del martes y que les regalaría el Ford Coupé 1937 para que regresaran manejando a la Ciudad de México.

Dos días después se hizo la fiesta pública, patrocinada por Las Prodigiosas. Grupos alegres y ruidosos de músicos y actores se repartieron por las calles y callejuelas de Tlalpujahua bailando, cantando y lanzando bromas a quienes encontraban en el camino.

Se juntó tanta gente en la plaza central que se tuvieron que quebrar diez piñatas, en una fiesta furiosa y delirante en la que cientos aplaudieron al exarriero por donar la corona de la Virgen del Carmen y la espada nueva de la estatua del héroe López Rayón. Pero la realidad era que la gente ni miraba su rostro, pues todos tenían el ojo puesto en las piñatas. Cada vez que una se rompía, grandes y chicos se arrojaban al piso por la plata, cayendo en posiciones ridículas, arrebatándose el dinero como perros callejeros y hasta enseñando los calzones, con faldas levantadas o pantalones con el tiro desgarrado.

El pueblerino comenzó a sentir que perdía la razón. Todo lo que había detonado lo arrastraba a la locura: entre más riquezas gastaba, entre más gente le rodeaba y entre más deseos pedía a la frasca cobraba mayor solidez la certeza de que no era feliz. Regresó a la cantina y seguía llena ese martes por la noche. Se metió a su cuarto y leyó el enigma 20 de Sor Juana:

¿Cuál es el desasosiego que,
traidoramente aleve,
siendo su origen la nieve
es su descendencia el fuego?

«El rencor», pensó Santiago, quien se tiró sobre la cama y, aunque creyó escuchar que tronaban brasas de fuego debajo, se durmió.

Dentro del sueño experimentó la borrachera intensa que despierto no le habían provocado decenas de aguardientes que bebió durante seis días. Se miraba a sí mismo en el patio central de Las Prodigiosas dando órdenes frenéticas al personal de servicio, pero la gente le dirigía miradas tenebrosas, como si él fuera un animal delicioso para ser devorado en un festín. Algunos se le acercaban tanto que comenzaban a jalar su ropa para arrancarla y él les gritaba palabras ofensivas, hirientes, que salían de su boca como fuego y carbonizaban a los hombres y mujeres que intentaban sujetarlo y desnudarlo. Cada minuto llegaban más enemigos decididos a atraparlo. El dueño de la cantina calcinaba con insultos a esos seres que no eran humanos completos, pues parecían muñecos de papel maché carentes de conciencia o alma, pero tan numerosos como langostas de una plaga bíblica.

Entonces, dentro del sueño, Santiago tomaba impulso y, como látigo, saltaba hacia el cielo y lograba escapar volando. En las alturas se volvía a sentir tan solo como cuando dormía en su jacal de Contepec, frente al mogote de la nopalera, antes de recibir la frasca mágica.

171

Mirando Michoacán desde el plano donde transitan las nubes, con algunas luces eléctricas y miles de casas alumbradas con pequeñas luminarias de leña, pensó que, a un nivel profundo, su cadena de deseos cumplidos no había solventado sus carencias emocionales. Reconoció que no había sido capaz de sanar su enfermedad de la tristeza.

Dentro del sueño, Santiago recordó que Trinidad ya había visto monedas adentro de lo que para los demás era una frasca con hormigas. Dudó si el teporocho sería capaz de dominar tanto poder. Pero asumió que sólo Trinidad era confiable porque, a pesar de haber penetrado tanto en la embriaguez, el *delirium tremens* y la humillación pública, tenía claro el sentido de su vida: la fe en que recuperaría a su esposa Estela Rosales. El miércoles amaneció lloviendo. Ese día ya no se presentaron a trabajar Diego ni Teoría. Él no lo supo, pero ya eran pareja y se encerraron a disfrutar de un maratón sexual de veinticuatro horas, con comida, bebida y agua caliente en el hotel más lujoso de Tlalpujahua.

Santiago asumió que debía entregar el frasco a Trinidad pero, indulgente consigo mismo, hizo tres veces más el ejercicio que ya dominaba para sacarle al frasco otras tres monedas: «Como talismán», se dijo en voz baja, aunque parecía que le estaba diciendo esas palabras al monje que había soñado la primera noche con la frasca y en quien pensaba cíclicamente como si anduviera por ahí, escondido, evaluando su conducta frente a los deseos.

172

A la hora de la comida el patio de Las Prodigiosas estaba bastante mojado por la lluvia persistente. Santiago mandó llamar a Trinidad, que andaba curándose la cruda en la cocina, con un caldo de carnero con arroz, garbanzos y chile pasilla. Se fueron ambos a uno de los gabinetes tapizados con terciopelo rojo. El dueño de las prodigiosas pidió comer lo mismo que su amigo y que les trajeran tortillas de maíz calientes, cervezas y tequilas. También unos chiles verdes cuaresmeños, desflemados con vinagre, y limones.

Trini pensó que lo iba a regañar por el fiestón loco que había agarrado durante seis días, pero no fue así.

—Te quiero contar algo y pedirte dos favores —comenzó hablando muy solemne el bigotón domador de potros.

Trinidad ya había notado que andaba serio desde hacía varios días. Quizá lo había visto muy sonriente un rato el día que abrieron el negocio y por momentitos, por aquí y por allá, pero más bien parecía enojado o triste.

—Dígame, patrón. Usté me ha ayudado mucho en estos días. He comido como nunca y hasta mi vicio me ha pagado. Sólo una noche desobedecí su instrucción de no andarme cayendo de borracho, pero fue por el torneo del sábado que gané con mi compadrito teporocho, cabeza de mirruña.

—No te preocupes por eso, aunque sí tiene que ver con el segundo favor que te voy a pedir. Escucha esto. ¿Te acuerdas de las monedas que viste dentro del frasco, cuando entraste una mañana al jacal?

Así empezó Santiago una narración que duró casi tres horas. Alrededor se fue llenando la cantina, pero los dos amigos se mantuvieron aislados, tomando cerveza y tequila tras terminar de comer. A pesar de la borrachera, Trinidad comenzó a comprender lo que estaba pasando, a partir de la explicación de que sólo quien pudiera mirar monedas de oro donde todos los demás veían hormigas, merecía tener el frasco.

—Te voy a entregar ese frasco porque ha llegado el momento de que siga su camino. Como te dije: el frasco contiene un enigma y puede curar o puede enfermar. Tiene treinta monedas, que son treinta deseos. También te voy a dar tres mil pesos en billetes que ya tenía guardados para ti, desde antes. Los dos favores que te quiero pedir, y que puedes aceptar o no, son que te vayas de la cantina después de que te dé la frasca y que no vayas a ser tan pendejo como para gastarte los deseos estando borracho —concluyó el dueño de Las Prodigiosas.

Trinidad tenía sentimientos encontrados. Por una parte, sentía que las señales que había seguido en las últimas semanas le habían llevado a ese momento que le entregaba una gran fortuna. Por otro lado, un presentimiento funesto le decía que vivía los últimos minutos en compañía de su jefe. Se acordó mucho del animalito que enterraron juntos en el bosque y, si no fuera muy macho, se habría soltado a llorar.

—¿Y de qué va a vivir usté, Santiago? —le preguntó, hablándole por primera vez por su nombre.

174

—Tengo billetes abajo del colchón —le dijo con una sonrisa deforme el domador de potros que no podía ocultar la debacle emocional que transitaba.

Subieron al segundo piso y el teporocho tuvo por primera vez la frasca en sus manos. La levantó a la altura de sus ojos y vio el brillo inconfundible del oro. Luego dirigió una mirada a su patrón que ahora se había convertido en su «padrino de frasca».

—Que Dios y las ánimas me lo cuiden y me lo bendigan. Y que encuentre usté lo que anda buscando —le dijo el teporocho con un abrazo muy apretado. Luego, sin temor de que alguien viera monedas de oro, salió con la frasca en la mano. Se detuvo en la barra y, por la confianza que tenía con los empleados, pidió llevarse una botella nueva de mezcal marca Fallaste Corazón. Salió y montó el caballo castaño, con crin negra, que había comprado para reunir a los parientes de Santiago.

Comenzaba a ocultarse el sol del miércoles, pero el teporocho no buscó un techo bajo el cual dormir, prefirió ir a un mirador en el bosque donde pudiera encender un fuego con leña. Cada vez llovía más, pero él sabía dónde podían guarecerse él y su animal. Metió a una alforja la frasca con monedas de oro y su botella de mezcal. Luego se fue rumbo al bosque, a la orilla alta del pueblo, para emborracharse y entender qué era todo lo que le estaba pasando.

A las ocho de la noche, Santiago pidió que se reunieran en el salón todos los trabajadores de Las Prodigiosas. Les agradeció el trabajo magnífico que habían hecho en la apertura y repartió sobres con generosas gratificaciones que sumaron cincuenta mil pesos. Les dijo que a partir de ese momento trabajarían dos horas más y todos quedaban libres para ir a descansar. No se atendería a más clientes después de las diez.

Aunque todavía en ese momento esperó encontrar un poco de reconocimiento de parte de sus trabajadores, tras entregarles la gratificación, en realidad la mayoría recibió el bono con gestos fríos o discretamente burlones. Para el personal, su jefe era un inconsciente que no sabía lo difícil que era salir de la pobreza en México y su despilfarro era una estupidez y una ofensa.

Sólo sintió un poco de abrigo espiritual cuando se le acercó una mujer de sesenta años que era la encargada de tener siempre lista la sopa de verdura con cereal. Era del pueblo de Parras, Coahuila, y solía reprender a las personas en la cocina que no hacían bien su trabajo.

—Perdóneme que le diga esto, don Santiago, porque usted es el patrón y lo conozco de poco tiempo. Pero se le nota que anda muy triste y necesitado de cariño. No se equivoque. Se sufre mucho y hasta puede morirse la persona buscando gotitas de respeto. Yo ya sé que los aplausos de la gente se esfuman como los cohetes. Sólo vivir en paz sirve. Descanse hoy en la noche patrón, ya le hace falta —le dijo la señora a Santiago, quien no volvió a verla nunca más.

Con el paso de los días, la gente que había permanecido más tiempo en la cantina o que regresaba hasta altas horas de la noche eran personas muy adictas al alcohol y que no sentían vergüenza de seguir consumiendo sin aportar un solo centavo. Entre ellos había algunos que traían en los bolsillos monedas de plata ganadas en las piñatas de la plaza y también algunos bebedores duros de Tlalpujahua y de las poblaciones vecinas que pasaban la vida pidiendo copas fiadas en cantinas. Algunos presumían ser escritores y otros bachilleres o abogados. Estaba un matón que había confesado que sólo trabajaba con navaja porque despreciaba las armas de fuego, y todo tipo de aventureros con éticas autoconstruidas en las que el entendimiento de lo bueno y lo malo adquiría expresiones sorprendentes. Por eso fue muy salvaje la reacción que provocó el último discurso público de Santiago Juan Casiano, a las diez de la noche. Agradeció primero a todo el personal de Las Prodigiosas y a los artistas que trabajaron durante esos siete días, luego agradeció a los parroquianos —sin mencionar que ya era un remanente oscuro y espeso de los primeros invitados—, para finalizar diciendo que esa noche cerraba sus puertas el negocio: «Beban hasta que se acabe todo y lo que no se acabe llévenselo. A las doce de la noche termina la fiesta». Los gritos de júbilo y aplausos de un centenar de personas sonaron punzantes en los oídos del exdomador de potros que experimentaba un efervescente resentimiento hacia todo el pueblo y prefirió apartarse a su habitación en el segundo piso. Afuera seguía lloviendo abundantemente. Él echó a la puerta tres cerrojos que había pedido desde que se remodeló el edificio y escuchó la quebradera de vasos, tarros y botellas que se peleaban por poseer los diferentes borrachos: botellas de tequila, mezcal, *whisky,* oporto, *grappa,* coñac, vermut. Arrasaban con todo el alcohol procesado para consumo humano. El dueño intentaba dominar su resentimiento con lecturas de poesía y buscando sus tres talismanes de los deseos decidió gastar uno más, pues se había acostumbrado a los beneficios de la retribución inmediata.

—Quiero olvidar lo que me duele para poder seguir viviendo —pronunció con los ojos cerrados y, por primera vez, al abrirlos vio el fenómeno de la transformación de una moneda en humo. No sintió ningún cambio, quizá porque olvidar siempre es seguro, pero no es inmediato.

No fue necesario esperar hasta las doce de la noche para que cesaran los ruidos de la parranda desbocada. Las risas, cantos y gritos se alejaron en diferentes direcciones y cuando volvió a salir del cuarto vio muebles y trastos desplomados en el piso y líquidos de varios colores derramados entre botellas rotas. Se quedó solo en Las Prodigiosas. Cerró el gran portón del patio y apagó todas las luces. Regresó a su cuarto y durmió hasta las tres de la madrugada.

Le despertaron voces dentro de su propiedad. Afuera seguía el sonido granular de las gotas de lluvia cayendo sobre tejados y calles empedradas. Pero adentro de la cantina distinguió ese tipo de rumores, en alto volumen, que suelen usar los borrachos cuando entran a un lugar donde hay gente dormida y que se acompañan con risas y conminaciones a guardar silencio. Luego escuchó un sonido de vidrio muy grande que se quebraba. Supo que alguien había entrado y se estaban robando los grandes espejos de los baños. Sintió miedo.

Luego escuchó más rumores, en otras áreas, e incluso sonidos más fuertes de grandes muebles arrastrados del otro lado del patio, en el salón. Abrió su puerta sólo una rendija, sin encender la luz, y distinguió siluetas de más de veinte personas cargando y sacando cosas de la cantina, mientras otras que no podía distinguir hablaban y seguramente también saqueaban muebles detrás de la puerta que conectaba al patio. Comenzaron disimulando silencio, pero al cabo de unos minutos era evidente que el asalto era la continuación de una borrachera colectiva irrefrenable e inaplacable.

A lo largo de dos horas se robusteció el saqueo. La copiosa lluvia no los inhibía. Las luces ya estaban encendidas por toda la construcción, menos en la habitación de Santiago, quien desde la ventana miraba a la calle y constató que le robaban los sillones, cazuelas y cajas con vajillas. Se llevaban todo lo que podían cargar. Lo más extraño fue ver a quien cargaba las tazas de baño y se imaginó las fugas de agua por las tuberías rotas. Cuando distinguió a gente que saqueaba la madera con la que estaban forradas las paredes de Las Prodigiosas sintió que su cantina era un cuerpo humano con la piel arrancada en tiras. Entonces empezó a escuchar empujones en su propia puerta. Aunque tenía triple chapa puesta se balanceaba con lo que parecían los embates de un hombre grande.

—¡Saca los billetes, indio pata rajada! —fueron las seis palabras que le arrancaron el aliento a Santiago. Su hora más oscura había comenzado.

Movió todos los muebles para hacer una trinchera. Se asomó por la ventana, pero no era opción de fuga por ser demasiado alta. Adivinó que, después de pocos minutos, ya no era uno sino varios hombres que empujaban la puerta y trataban de entrar por las riquezas que, suponían, guardaba dentro de su recámara el arriero de Contepec.

Escuchó pasos de muchas personas sobre la azotea y luego voces de hombres y mujeres que hablaban y reían histéricamente debajo de la ventana que daba a la calle. Sus luces seguían apagadas. Un empujón muy fuerte rompió dos de las chapas, pero una más quedó intacta. Se tiró al pie de la trinchera esperando su final, en posición fetal. Recordó sus talismanes y sujetó su penúltima moneda.

—¡Quiero que se los cargue la chingada a todos! ¡Desgraciados, hijos de su puta madre! ¡Te odio Tlalpujahua! ¡Te odio! ¿Me oíste? —gritó, olvidando la violencia con la que empujaban los vándalos.

Entonces se escuchó un trueno ensordecedor, pero no del cielo sino del suelo. Un temblor de la tierra acompañó al sonido de gigantescas rocas que se quebraban. Acababa de reventar el muro de la presa Los Cedros, que almacenaba dieciséis millones de toneladas de arena con cianuro, desechada de las minas de oro y plata. La fractura dejó salir una gigantesca lengua de minerales que bajó desde la parte alta de Tlalpujahua, a veinticinco metros por segundo, arrastrando consigo casas, carros, personas y animales.

Santiago escuchó el clamor y dolor que se acercaba a toda velocidad. Los asaltantes callaron. El pueblerino se acercó rápido a la ventana. Eran las cinco y veinte de la madrugada. La lengua de arena y líquido con minerales arrasó el barrio de Chiches Bravas y la mitad del pueblo. Ahí terminó el último capítulo de esplendor minero en la comarca. Era el 27 de mayo de 1937. La vida no volvió a ser igual.

XVIII
Mar de fondo

En Santa María Yavesía, Erik y Ololi se volvieron practicantes muy aplicados de la danza regional gracias a los talleres vespertinos del profesor Teófilo Mastache y otros maestros rurales. Juntos coordinaban la representación de la Guelaguetza, fiesta folklórica que reúne danzas de las ocho regiones del estado de Oaxaca, desde la Costa hasta los Valles Centrales y desde las tierras planas del Istmo, donde sopla muy fuerte el viento, hasta las montañas de las dos sierras, donde hay neblina gran parte del año. Todas celebran el amor, la fraternidad y el espíritu de cooperación entre semejantes.

Por la mañana, ambos niños hacían caminatas dentro el bosque guiados por David y acompañados por el cachorro Tapper. Había muchas cosas que ver cerca del campamento de Ixtlán, donde estaba su cabaña: flores, aves, ranas, arroyos y paisajes llenos de color verde. Al mediodía cocinaban juntos, pues era un gusto que los tres compartían. Las conversaciones en la cocina eran en una combinación de sueco y español, para que cada uno recibiera atención suficiente.

182

Erik comenzó a demostrar gran velocidad para aprender castellano. Su selección de palabras adquiridas era puntual y muy práctica: *espera, mira, oye, prueba, dame, lava, aquí, bueno, así, por favor, gracias.* También adoptaba barbarismos de chicos mexicanos: *chido, chale, gacho, chamba, jalo, güey.* Por las tardes, los tres abordaban la combi y se dirigían a la escuela del pueblo donde casi cincuenta niños y jóvenes, más sus familiares, compartían el tiempo. Algunas veces hacían dibujos o figuras de masa, pero la mayor parte del tiempo se enfocaban en el baile, mientras otros chicos practicaban música de banda de viento.

La integración de Erik y Ololi al grupo de niños y jóvenes de Yavesía fue muy fácil, a pesar de que Erik hablaba muy poco español. Él siempre estaba rodeado de niños de su edad y lo buscaban mucho las jovencitas adolescentes mayores que él; lo abrazaban efusivamente, lo paseaban por la escuela y le enseñaban con paciencia los pasos de baile. Por su parte, Ololi siempre llamaba la atención de los lugares donde llegaba. Una de las razones era que poseía una alegría interior muy expresiva que le ayudaba a aprender los bailables, aunque fuera tan pequeña que le costaba trabajo cargar los canastos, piñas o botellas que se colocan en la cabeza para algunos pasos. Otra de las razones era que todavía era conocida por algunos como la niña de los amarres. Después de cinco meses de lecciones y prácticas, ambos participaron en la presentación de la Guelaguetza que se hizo en la fiesta de fin de cursos, al concluir el año escolar 2000-2001, aunque ninguno de los dos estaba inscrito formalmente en la escuela.

David sintió enorme gusto al ver a sus dos pequeños bailar. Cuando saltaban parecía que los veía flotar en cámara lenta. Distinguía muy bien la fortaleza de las piernas de Erik cuando giraba, brincaba o corría por el escenario cargando una figura de toro hecha con cartón. También le fascinaba ver a su pequeña niña mover sus manos con pericia para hacer volar su falda larga, doble circular, amarilla con estampados y listones. La niña disfrutaba tanto el baile que aceptaba ponerse calzado, que normalmente siempre andaba botando. Erik era el bailarín más solicitado para el zapateo del jarabe mixteco, que empezaba y terminaba con la simulación de un beso, entre hombre y mujer, con los rostros escondidos de la mirada del público, detrás de un sombrero.

Por esa gran alegría de ver a Erik y Ololi, el sexagenario sueco quiso llevarlos de vacaciones a la playa. Así fue como organizaron un viaje, con todo y su perro Tapper, a las playas más bonitas de Oaxaca y Guerrero.

Al comenzar la segunda semana del mes de junio partieron rumbo a la costa manejando la combi. Esa fue la primera vez que se separaron por mucho tiempo de la urna funeraria con las cenizas de Gry, que permaneció en la cabaña del bosque. En sus vacaciones hicieron muchas escalas. Primero cruzaron los valles y montañas que rodean a la ciudad de Oaxaca, luego siguieron rumbo al sur hacia los pueblos de Miahuatlán,

Candelaria Loxicha y San Pedro Pochutla. Por todo el camino Ololi iba recogiendo semillas, piedras y hojas que le gustaban. Las ponía en una caja para cereal, hecha de cartón y decía: «Es para mi colección».

La primera vez que Ololi vio el mar fue cuando llegaron a Puerto Ángel. El gran cuerpo azul, que vieron al descender de unos cerros con vegetación verde manzana, generó silencio y admiración en los tres pasajeros humanos. La niña dijo que nunca había visto nada tan gigantesco, sólo el cielo. Cuando tocaron la arena dorada del Pacífico mexicano ella y el cachorro Tapper brincaban con tanta alegría que parecía que iban a salir volando, de contentos.

David y Erik, que ya conocían el mar, también se sorprendieron de lo tibia y agradable que era la temperatura del agua. Ahí jugaron los tres durante horas y el padre les enseñaba cómo tener precaución y cuidarse de las olas. No obstante, como es común, desde el primer día Ololi llegó a tragar un buche de agua salada y en su nariz también sintió el raspón interior de agua marina cuando una ola desploma al bañista primerizo.

Esa parte del viaje fue particularmente significativa para David, pues sabía que Puerto Ángel estaba muy cerca de los dos lugares donde trabajó la maestra Juliana y donde se volvió curandera: San Pedro Tututepec y Santa María Colotepec. De ese lugar le había surgido el apodo Costeña y de ahí era su maestra curandera Nueva Flor. Cada vez era menos la frecuencia con la que veía a la mujer que meses atrás le curó el insomnio y la que había separado a Ololi de sus padres. Sus tratos económicos habían quedado saldados y ella le había explicado su plan de mudarse pronto a su pueblo natal en las montañas, llamado Tilantongo. Sólo un segundo o dos pasó por la mente del universitario sueco aquella referencia que le hizo la maestra Juliana en la que le contó que tenía noventa y cuatro supuestos enemigos brujos por todos lados de Oaxaca. Eso le sonaba a David tan fantasioso como difícil de sobrellevar en la vida.

Para Erik ese viaje trajo consigo el avivar su creciente gusto por el cuerpo femenino; principalmente las caderas, nalgas y pecho de las mujeres jóvenes, que en algunas playas de Oaxaca toman el sol parcial o totalmente desnudas. El chico tenía nueve años, pero ya sentía que el pene se le ponía duro al mirar a las bañistas en reposo o movimiento.

Tardaron dos semanas en llegar hasta el luminoso puerto de Acapulco, que es una bahía gigante, en el estado de Guerrero, con hoteles de más de diez pisos y luces de neón en muchos negocios. Antes habían recorrido lugares vírgenes o semivírgenes en la costa: Zipolite, Mazunte, Puerto Escondido, Chacahua y Marquelia. Al llegar a Acapulco rentaron una casa pequeña, cerca de la playa, donde les permitían hospedarse con Tapper. Ya en esos días, los dos niños tenían la piel bastante morena por el sol, mientras que David estaba rojo y por las noches debía ponerse cremas humectantes.

La visita a Acapulco marcó un cambio grande en la relación entre las tres personas por un accidente que casi les cuesta la vida a David y Erik.

Un día, después de que visitaron una construcción colonial llamada Fuerte San Diego, que fue el primer asentamiento español en la costa del océano Pacífico, David insistió en que fueran a un lugar que le habían recomendado porque no tenía mucho oleaje y sus partes bajas eran ideales para quien no sabe nadar o le dan miedo las olas fuertes, como Ololi. El lugar se llama Playa del Secreto y recibía a poca gente porque era necesario llegar en lancha, ya que está a los pies de una formación rocosa que todos conocen como Guitarrón.

Erik no quería ir al lugar. La radiación solar estaba tenue gracias a una delgada capa de nubes y el bioquímico sueco quería aprovecharla, pero su hijo había tenido todo el viaje sorpresas con su ingobernable pene infantil y esa tarde no quería ponerse traje de baño. Su padre insistió diciendo que había mucha vegetación y un hotel donde podían pedir refrescos, fruta y hasta coctel de camarones con salsa cátsup y aguacate. El niño, que quería mucho a David, aceptó, pero se preparó doble cubierta, es decir, vistió traje de bañó y encima pantaloncillo corto. Llegaron en lancha desde la playa Roqueta y esto fue muy impresionante para Ololi y para el perro Tapper, que nunca habían subido a una embarcación. Por eso, al llegar a la playa, el perro y la niña se fueron hacia una parte sombreada, en la arena. Ahí la niña se puso a jugar, bailar y cantar en lengua ixcateca, acompañada por el perro. Ella le enseñaba movimientos con las manos y pasos de danza, mientras el cachorro la miraba con una especie de sonrisa canina y la lengua de fuera.

Erik se dio cuenta de que había mujeres con los senos descubiertos y su papá le susurró que posiblemente era una playa seminudista, pues la mayoría sí traía ropa. Después, padre e hijo entraron al mar por la parte más tranquila de la playa, pero cuando ambos voltearon a saludar a Ololi los golpeó por abajo una corriente poderosa, producto de lo que llaman *mar de fondo.*

David, que era muy fuerte, sintió el golpe de agua abajo de sus rodillas, perdió el equilibrio y cayó hacia atrás. Rápidamente supo que su hijo había sido golpeado con la misma fuerza. La corriente comenzó a arrastrar al papá mar adentro y con los ojos entreabiertos vio a Erik tragando agua y moviendo los brazos para salir a tierra firme. El adulto alcanzó a clavar un pie en la arena, como estaca, y sujetó a Erik del pantaloncillo corto, pero la prenda de vestir se desgarró en el primer intento de atraparlo. Volvió a estirarse todo lo que pudo pues la corriente ya se llevaba al niño hacia adentro y, sin querer, le dio un puñetazo a su hijo en la barbilla y lo noqueó, en el esfuerzo por abrazarlo. Los dos cayeron nuevamente entre el oleaje, pero juntos. David ya tenía las dos manos debajo de las dos axilas de Erik, pero el agua los arrastraba con fuerza continua, como un peine que recorre cabellera lacia. El gigantesco científico, con cuerpo como oso, sintió que sus rodillas tocaron el suelo y comenzó a incorporarse, pero una segunda lengua de agua, hija del mar de fondo, volvió a tumbarlo, aunque ahora él alcanzó a estirar los brazos para poner a Erik lo más alto posible, sobre el nivel de su cabeza. Bajó un poco el agua y sólo pudo gritar una palabra: «¡Ayudaaaa!». Y la niña empezó a gritar desesperadamente: «¡Ayuda! ¡Ayuda¡ ¡Ayuda!».

Una tercera ola repitió la revolcada, pero padre e hijo fueron rescatados por un anciano muy fuerte, de piernas y brazos largos, que se metió al agua corriendo como aparecido de la nada. Era flaco, moreno, con bigote y barba canosos. Entró al agua con pantalones, camisa y huaraches de cuero. Primero sujetó al niño y con un movimiento veloz lo acercó a la orilla de la playa. Luego regresó a jalar de la mano al bioquímico sueco, que ya podía tocar el suelo con los pies, a pesar de que el oleaje seguía.

Los dos turistas, niño y adulto, tragaron agua y salieron muy contundidos. Los ojos y la nariz les ardían por la sal de agua marina, pero además Erik tenía otras molestias pues su padre lo había noqueado con un fuerte golpe y, para acabarla de amolar, la fuerza de arrastre de las olas lo dejó totalmente desnudo; la corriente había arrancado sus dos prendas de vestir. El niño de nueve años se sintió más avergonzado por la falta de ropa que atemorizado por la muerte que acababa de evadir, por eso corrió por una toalla, con los ojos encendidos de coraje contra su padre.

Ololi lloraba mucho. El perro Tapper, que ladraba confundido, corrió a lengüetear la cara de Erik, quien lo recibió con un golpe en el hocico. Así de agitado estaba todo.

David quedó muy confundido, su corazón latía como locomotora y aunque siguió a su hijo para abrazarlo, se detuvo al ver el golpe que el chico le dio a su cachorro. Otra vez fallaron sus habilidades sociales; no abrazó a ninguno de los dos niños. De pronto, pensó en el improvisado salvavidas, volteó a buscarlo, pero ya no lo identificó entre el grupo de personas que se fue juntando para ayudarlos. El sueco quería ofrecerle una gratificación económica, pero el anciano ya no estaba. Aunque su rostro se le quedó grabado en la memoria, si alguien hubiera pedido al doctor Björn describir a su rescatista sólo hubiera dicho: «Tenía piernas y brazos largos y fuertes; me hizo pensar en una rana». Ésa fue la última tarde que pasaron en la costa. Ya no tomaron lancha para regresar a donde dejaron la combi. Cruzaron por el hotel hasta la calle Costera Guitarrón y ahí abordaron un taxi que aceptó llevarlos con todo y perro hasta el estacionamiento donde estaba su camioneta.

Ya en la casita que habían rentado, la niña siguió sollozando, por ratos, durante la tarde y noche. David intentó mejorarles el humor con refrescos servidos en piñas frescas a las que hizo huecos para que parecieran vasos grandes, además cocinó medallones de atún sellado, arroz blanco y rebanadas de jitomate.

El papá entendía que el niño estaba muy enojado por el golpe recibido, que lo dejó fuera de combate, pero también porque antes del accidente Erik había repetido que ese día no quería ir al mar. A todo esto se añadía que su hijo había sido exhibido, desnudo, frente a otros turistas, y con su pequeño pene infantil endurecido. Cada vez que David intentaba tocar el tema del accidente el chico respondía enojado que no quería hablar de eso. Se lo decía en sueco para que quedara claro que se trataba de un tema entre los dos hombres de la casa: «Papá, no quiero hablar de eso. Respétame (*Pappa, jag vill inte prata om det. Respektera mig*)».

En la mañana siguiente habló con la niña, que seguía muy triste. Le preparó un plato especial de cuadritos de sandía con nieve de limón. Le preguntó qué podía hacer para que ya no estuviera triste y la pequeña le pidió que, por favor, la llevara a La Villa, para dar gracias a la Virgencita de Guadalupe porque no se habían muerto en el mar, pues ella se habría quedado «sola para siempre».

El jubilado pudo percibir el sentimiento de vulnerabilidad que experimentaba la niña y aceptó su petición, aunque eso implicaba extender el viaje y modificar mucho su ruta para ir al santuario guadalupano, que está en la Ciudad de México. Con Erik no pudo aclarar sentimientos, sólo logró alegrarlo un poco al regalarle un ancla de plata para colgar en el cuello con un cuero negro y una alcancía que le gustó al niño, pues estaba hecha con la parte dura de un coco, pintada de manera chistosa para que pareciera la cabeza de un gorila. Cuando entregaron las llaves de la casita que habían rentado, el profesor jubilado le preguntó a la dueña si conocía algún lugar en la Ciudad de México donde pudieran hospedarse con su perro Tapper. Ella les dijo que no, pero que conocía unos *bungalows* que rentaban en la ciudad de Cuernavaca, que estaba una hora antes de llegar a la capital. Ahí había jardín, alberca, cocina y podrían dejar al perro un día en lo que iban y regresaban a la Ciudad.

—Además, puede llevar a los niños a que prueben el helado de aguacate. Ahí en Cuernavaca lo preparan —dijo la acapulqueña que les había rentado la casita.

Cuando David le contó a Erik y Ololi la idea de probar el helado de aguacate, los dos pusieron cara de «Guácala, qué feo».

XIX
Delirium

Lo que pasó mal en Tlalpujahua fue que los ingenieros de la mina Dos Estrellas construyeron con errores una de las presas donde captaban el lodo con cianuro que queda como residuo después de la extracción de oro y plata. Esos materiales excedentes, llamados jales, se apilaban en una cañada natural, cerrada con un gran muro en su extremo más bajo. El lugar se llamaba Presa Los Cedros. Medía diez hectáreas de superficie y treinta y cinco metros de profundidad. Desafortunadamente, los constructores del contenedor no observaron que la cañada tenía manantiales por los que todavía fluía agua, lo que aumentaba la presión desde adentro hacia afuera. A eso se agregó la carga adicional de una noche de lluvias que ya se consideraba histórica y terminó por reventar la gran pared para dejar salir dieciséis millones de toneladas de arena y limos, que se habían acumulado en diez años de trabajo minero.

Fue una tragedia muy grande. Casi iba a amanecer cuando el suelo tronó muy fuerte y descendió un río amarillo de lodo, piedras y personas. Trinidad Santana dormía en ese momento en una cueva natural que estaba en una loma, en el bosque. Al despertar por el escándalo miró cómo la gente estiraba los brazos para que los auxiliaran, pero cómo los iba él a auxiliar si el río estaba anchísimo y eso que bajaba no era agua sino lodo con cianuro.

Murió muchísima gente. Quedó sepultada la capilla del Carmen y muchas casas y tiendas con aparadores donde vendían cigarros, sombreros y vestidos muy finos. Lo más horrible que vio Trinidad fue a una señora que se iba llevando el río, agarrada de su cama y con sus dos hijos abrazados a ella. Así se acabó la riqueza minera de Tlalpujahua.

Por supuesto, Trinidad andaba ebrio de mezcal en ese momento. Cuando vio las tremendas escenas que se presentaban ante sus ojos pensó que Dios había empezado el juicio final y que eso era lo que los viejos llamaban la Gran Tribulación. Sin dudar, ensilló su caballo castaño y arrancó rumbo a Contepec, porque no quería que llegara el fin del mundo sin abrazar a su Estela, que era lo que más le importaba en esta vida.

Como alma en pena recorrió a toda prisa los veintiún kilómetros entre ambos poblados y, antes de que saliera el sol, llegó a casa de sus suegros gritando: «¡Estela! ¡Estela! ¡Se parte el suelo y se está acabando el mundo!». Los suegros se asomaron molestos por la llegada del yerno borracho al que ya tenían amenazado con despedirlo a balazos si volvían a mirarlo cerca. Pero a todos, incluyendo a Estela, les extrañó su llegada a caballo y el estado de excitación, nunca antes contemplado, que se presentaba en su rostro. Ella salió descalza, pues ya andaba levantada moliendo el nixtamal para la masa de las tortillas cuando escuchó el relincho y los gritos del marido. Tan impresionada estaba que, cuando se encontraron de frente, Estela estiró los brazos creyendo que Trinidad venía huyendo del demonio, sin acordarse de tantos disgustos y llantos que le había provocado en los últimos tres años.

—¡Un río amarillo mató a todos en Tlalpujahua! —dijo pálido de susto el excapataz de minas venido a menos.

Los suegros ordenaron a Estela que le diera un café cargado en el patio, pero que no lo fuera a pasar a la casa. Mientras, mandaron a un criado a preguntar a la gente de Contepec si sabía algo de lo que el loco ese acababa de contar. No tardó mucho en llegar la respuesta: una de las mujeres del pueblo había ido temprano a Tlalpujahua para vender pan, pero no llegó y se regresó al ver las terribles cosas que ahí estaban ocurriendo. Al acercarse al pueblo, montando una mula, vio el cielo iluminado por muchas luces que le parecieron fuegos artificiales y oía desde lejos un rumor lleno de gritos que le hizo pensar que había una gran fiesta. Pero cuando pudo ver una parte del pueblo se dio cuenta de que las luces eran grandes chispas e incendios provocados por cables de electricidad caídos sobre una gran lengua de arena que soltaba vapores y entre la que se veían cuerpos de personas. Los gritos que oía desde lejos eran pedidos de auxilio y lamentos tan desgarradores que ella sintió que le fueron persiguiendo todo el camino de regreso y que ni en sueños la dejarían de perseguir. Esto lo contó en la capilla de Santiago, en Contepec, donde el cura y muchos hombres empezaron a organizarse y a pedir palas, cuerdas y caballos para ir a ayudar.

Cuando los suegros escucharon el relato, el padre de Estela, que se llamaba Roberto Rosales, le dijo a su mujer que tenía que ir a ayudar y, con la mirada, ordenó a Trinidad soltar a su hija y montarse en su caballo para no ser menos hombre que todos los rancheros que ya se empezaban a encaminar.

Llegaron rápido y se fueron al atrio de la iglesia mayor donde estaban las autoridades más importantes de la zona. Trinidad comenzaba a sentir escalofríos y temblor por la falta de bebida. Se paró junto al grupo de hombres de Contepec y escuchó que la bajada de las lamas había sepultado a las colonias La Cuadrilla, El Carmen y Chiches Bravas. Hasta ese momento se acordó de Santiago Juan y de Las Prodigiosas.

—Tengo que buscar a mi patrón. Estaba en Chiches Bravas —le dijo a su suegro y no esperó más con el grupo.

Subió a su caballo y llegó hasta donde el terreno destruido lo permitía. Se movió por diferentes vados hasta un lugar alto desde donde se veía el lugar que ocupaba la lujosa cantina que había congregado a tantas personas días antes. No quedaba más que una formación que parecía cera seca y terregosa. Se hincó para rezar por la salvación de las personas que ahí habían entregado su alma. Sintió mucho frío y notó

196

que todavía había una llovizna acompañada de viento. A su espalda escuchó el motor de un automóvil y al voltear miró a Diego y Teoría, que habían dormido en un hotel cerca de la iglesia principal y no fueron alcanzados por el deslave.

—¡Trinidad!

—¡Hermanitos! —les dijo el excapataz, que los sujetó efusivamente con los dos brazos.

—El jefe quiso quedarse solo en la noche. Supimos que mandó a su casa a todo el personal. Al menos queda el consuelo que no había gente en la cantina —le comentó Teoría.

—Ni volando se hubiera salvado don Santiago. Mira nada más. No se distingue ni dónde quedó el segundo piso —dijo en voz alta Diego, que después guardó silencio durante unos minutos.

Los tres miraban hacia las montañas y hacia esa gran lengua de lodo, amarillo oscuro, que venía desde la presa de Los Cedros. Alternadamente se recargaban en el auto, se sentaban en piedras, caminaban y eventualmente alguno hacía el esfuerzo por empezar a hablar, pero se interrumpía. Sabían que no podían ir, así nada más, a cavar en el lodo con cianuro porque ese químico causa parálisis respiratoria, acelera el ritmo cardiaco y daña los ojos.

—Creo que es mejor irnos. Ya no hay nada que podamos hacer aquí —terminó por decir el abogado Muñoz Pérez Negrón—. ¿Quieres venir a la Ciudad, Trini?

—No. Yo tengo mi mujer en Contepec. Tengo que quedarme y por lo menos ponerle una cruz al patrón.

197

Se volvieron a abrazar para despedirse. Abordaron el Ford Coupé 1937 que les había regalado Santiago y, por la carretera a Atlacomulco y Toluca, dejaron la comarca minera de Tlalpujahua y El Oro, rumbo a la capital del país.

Trinidad regresó con sus paisanos que habían acudido a ayudar en la tragedia y se enteró de noticias que llegaban de todos lados: se encontró el cadáver de una joven, hija de un comerciante, cuya familia ya estaba a salvo, pero que regresó a su casa por sus ahorros y la alcanzó el alud de lodo. También se encontró el cadáver de un carnicero del mercado que estaba montado en un puerco, con su talega de dinero en la mano. Habían muerto guardias, caporales y algunos forasteros que estaban sujetos a diferentes piezas de muebles, incluso uno apareció abrazado a una taza del baño. Fueron destruidos muchos comercios, como un cajón de ropa europea llamado La Clarisa, la tienda de ultramarinos El Puentecito y otros negocios con ropa, tela y tapices.

Los hombres de la ranchería y muchos otros voluntarios vecinos estaban listos para comenzar a cavar en las zonas más dañadas, pero el alcalde les informó que, por acuerdo expreso del presidente de México, Lázaro Cárdenas, no se debía exponer la gente al cianuro. Para ayudar, se puso en marcha con destino a Tlalpujahua un regimiento militar de auxilio con instrumentos e instrucciones para organizar el salvamento y salubridad en la zona devastada. El propio Cárdenas llegaría la mañana del viernes 28 de mayo. Los hombres y las mujeres que estaban en la plaza participaron en una misa que se celebró en el atrio pidiendo por las almas de los muertos. Trinidad se despidió del padre de Estela y le dijo que se verían el día siguiente.

En realidad, el teporocho experimentaba sufrimiento emocional y físico. La falta de alcohol comenzaba a hacer estragos en su cuerpo. Hacía casi veinticuatro horas que no probaba alimento, desde que comió con Santiago en la cantina, el miércoles. Además, con medio día sin alcohol comenzó a experimentar escalofríos y temblores que le calaban hasta la médula de los huesos. Su cerebro no funcionaba correctamente. Durante la misa vio sombras que se movían como espectros, y cuando se hincó para rezar miró ratas negras que se acercaban a los feligreses para olerles el trasero. Supo que eran apariciones, por esto cabalgó hasta el jacal de Santiago, donde siempre había comida y bebida. Ahí podría organizar sus pensamientos.

Al llegar abrió por la fuerza y encontró todo igual que lo habían dejado una semana antes. Su predicción fue acertada, pero sólo parcialmente: había comida pero no bebida. Encendió la estufa de leña y agarró el gabán del patrón para calentar su cuerpo. Se calmó un poco y puso el comal de barro para preparar tortillas, queso, carne seca y chiles. Encontró una vela y la encendió dentro de la choza. No podía entender qué pasó con tanto tequila y tanta cerveza que tenían. Ya era de noche y comenzó a escuchar perros ladrar, lo que no era lógico, pues nunca había visto perros por ahí. Le dio miedo y cerró la puerta, sin desensillar el caballo.

En la mente de Trinidad Santana Torres se sobreponían los sonidos e imágenes del pasado reciente con las de ese momento. Una y otra vez sus pensamientos lo llevaban hasta la escena de la mujer arrastrada por el alud de lodo, en su cama, abrazada por sus hijos niños; luego revivía el encuentro precipitado con Estela; el cielo rojo de explosiones y chispas; los espectros y ratas que giraban alrededor de la misa; el frío de la cueva donde había dormido y los ladridos de los perros que escuchaba muy cerca.

En el techo del jacal comenzó a escuchar como si un ave gigante, del tamaño de un humano adulto, anduviera caminando sobre la cubierta de palma tejida. Se oía muy claro que era algo pesado y se desplazaba muy rápido, en círculos. Los sonidos perturbadores eran como el ataque de un buitre grande y enojado. Pensó que era el diablo que venía a reclamar su alma por borracho. A Trinidad le pareció que las uñas de lo que andaba arriba desgarraban y escarbaban el techo de palma. Cada vez era más escandaloso. Trini se agachó para que no le fuera a caer la bestia en la cabeza. Buscó con la mirada, por la casa, alguna imagen de Jesucristo o de la Virgen de Guadalupe, pero no encontró nada. Sintió que moriría sin confesión y quedaría atrapado en el purgatorio durante siglos o milenios sucesivos.

Alumbró todas las paredes de la casa y halló lo que había estado rogando todo el tiempo: una olla de barro negro con mezcal. Su desesperación por abstinencia era tanta que se olvidó del diablo, los perros, los temblores, los espectros y la tragedia de Tlalpujahua. Bebió como si hubiera cruzado un desierto. El escándalo cesó. Se quedó sentado en el piso, con los ojos y los oídos muy atentos. Después de unos minutos se atrevió a pararse y acercarse a abrir la puerta. Su caballo seguía amarrado, tranquilo, y unas brasas continuaban encendidas en la estufa de leña. Había silencio en el campo y dentro de su cabeza. Ni perros, ni buitres gigantes, ni diablo. La fantasmagoría había concluido.

Con aplomo salió del jacal y desensilló el caballo. Ahí encontró la alforja con tres mil pesos en billetes y la botella de vidrio transparente, de base cuadrada, con treinta monedas de oro. Miró en todas direcciones. Había mucha calma. Llevó el caballo a un cobertizo, le dio pastura y regresó al interior de la casa. Estaba tranquilo porque estaba ebrio, pero sabía que eso no duraría mucho.

Con tres mil pesos podría comprar muchas botellas de mezcal ¿Y las monedas de oro? Por alguna razón Trinidad asociaba a las monedas de oro con la aparición del diablo y reconoció que, más que morir, tenía miedo de quedar atrapado en el purgatorio o el infierno. Sólo una vez intentó quebrar la frasca golpeándola contra el suelo, pero no funcionó y volvió a levantarla para contar su contenido.

—Mira, tú, frasca. Una cosa te quiero decir. Mi patrón dijo que cumples deseos y yo te voy a pedir dos cosas: que si vienes de parte del diablo desaparezcas orita mismo y que si eres tan poderosa me quites lo borracho sin que me muera de frío y de temblores.

No pasó nada. El único cambio que notó Trinidad fue que por primera vez en esa noche escuchó el rumor de insectos laboriosos que se movían entre las plantas, afuera de la casa. Esa actividad le hizo darse cuenta de que ya no llovía. Le fue entrando sueño y se acostó en el petate de Santiago, abrigado con su gabán.

Soñó que andaba en el bosque de oyameles que rodea Tlalpujahua. Iba caminando a Contepec, con una olla de barro negro, llena de mezcal de Oaxaca. De pronto, en el sueño, estaba extraviado y no sabía si avanzar por la derecha o la izquierda.

—¿A dónde vas, Trinidad Santana? —le preguntó una mantis religiosa, sujeta de una rama, a la altura de sus rodillas.

—¡Ora! ¿Quién eres tú?

—Me llaman Campamocha y sólo se me permite hablar con los humanos que están perdidos. Dime ¿a dónde vas?

—Voy a buscar a mi esposa, Estela Rosales. Pero ya no se pa dónde avanzar.

—Si caminas derecho vas a llegar a donde ella está, pero no la vas a conservar. Si la quieres para siempre, tienes que irte por el otro lado. Te tiene que mirar llegando por otro lugar.

La conversación se interrumpió, en el sueño, porque Trinidad escuchó ruido detrás de una piedra muy grande. Subió y miró del otro lado a Santiago Juan haciendo un hoyo en el suelo con un hacha, un palo y sacando la tierra con sus manos. Luego colocó adentro un pequeño costal con un animal muerto. Trinidad no le habló, sólo lo observaba. Escuchó que su patrón le dijo a la tumba improvisada: «Volver de la muerte es algo que no puede ser, pero yo quisiera darte algo. ¿Qué más te puedo dar?».

El teporocho abrió los ojos con la sensación de que tenía tareas inconclusas. Recordó que su propósito primero era colocarle una cruz a su patrón y su propósito segundo, y más complicado, era recuperar a su esposa. Todavía no salía el sol, pero el cielo empezaba a clarear. Se fue a bañar a las venitas del arroyo y, mientras hundía las piernas y las nalgas en agua fría, comenzó a escuchar su propia respiración. Estaba muy concentrado en el presente. Recordó que el día anterior había cabalgado hasta Contepec con el deseo de organizar sus ideas y le fue poniendo números y orden a sus siguientes acciones. Regresó a ensillar su caballo y metió en sus alforjas la frasca y los billetes. Contó veintiocho monedas y se tranquilizó porque, en primer lugar, eso significaba que ese objeto no traía magia del demonio. En segundo lugar, quizá sí fuera cierto que eso le podía quitar lo borracho, sin tanto sufrimiento.

—Si de veras eres tan buena, tú, frasca, déjame recuperar a mi Estela, pero no para un rato, sino ya para no separarnos hasta la muerte —le pidió al objeto de vidrio inquebrantable mientras se lo pegaba en la frente, con los ojos cerrados.

En eso se acordó del sueño con la mantis religiosa y su consejo de llegar con Estela, pero por otro lugar. Seguramente esa era una adivinanza porque sólo había un camino para llegar a donde estaba ella. Razonó a su manera, unió otras ideas que había pensado y se puso en marcha. Guardó en la alforja el envase mágico y se fue luego a la casa de sus suegros. Afuera esperó, sobre el caballo, a que saliera Roberto Rosales. Cuando éste lo vio en la salida le pareció que Trinidad era otra persona, pero antes de que recapitulara ofensas el yerno le dirigió la palabra.

—Buenas, don Roberto. Un favor le quiero pedir: que le entregue este dinero a mi Estelita porque va a pasar tiempo sin que la vuelva a ver. —Entonces le dio a Rosales el fajo con tres mil pesos y agregó—: Es lo que gané con mi patrón antes de que lo mataran las presas. Ora me tengo que ir a ponerle una cruz y a buscar otro trabajo porque allá todo se acabó.

El suegro estaba blandito porque todavía andaba medio dormido. Sin embargo, cuando agarró el fajo de billetes supo que era mucho dinero. Entonces, sintiendo que era una parcial compensación para las tristezas de su hija, regresó a la casa para entregar el encargo y no traer tanto dinero por los caminos.

Estela salió a la puerta porque había visto el encuentro de su marido y su padre desde el interior de la casa. Trinidad la vio de lejos mientras ella escuchaba lo que le decía Roberto Rosales. Los esposos jóvenes cruzaron miradas y él arreó al cuaco castaño, con crines negras, para irse a Tlalpujahua. No hubo palabras ni gestos de mano. Sólo un breve contacto visual entre mujer y hombre o entre hombre y mujer.

«Los higos y los duraznos, en el árbol se maduran. Los ojitos que se quieren, desde lejos se saludan», se dijo Trinidad a sí mismo en voz baja, pues amaba a Estela tanto como a su vida misma, pero sabía que se tenían que separar por más tiempo para que él regresara por otro lado. Al cruzar el bosque se sintió conforme y tranquilo con todo lo que había pasado desde que pensó que el diablo ya venía por él.

XX
La Villa

Después del accidente en Acapulco, David Björn llevó a la familia hasta la Ciudad de México por petición de Ololiuqui, quien quería acudir al santuario de la Virgen de Guadalupe para dar gracias de que el mar no se los había tragado a él o a Erik. La devoción mariana de la niña no era algo nuevo para el padre adoptivo. La pequeña ixcateca rezaba todas las mañanas y las noches, en español, a una estampita de la Virgen de piel morena y rasgos indígenas.

> Dios te salve, María,
> llena eres de Gracia,
> el Señor esté contigo,
> bendita eres entre todas las mujeres
> y bendito es el fruto de tu vientre, Jesús...

El científico sueco era respetuoso de estos rituales, aunque en su visión del mundo no había espacio para un Dios y, por lo tanto, tampoco para santos ni vírgenes. Como hombre curioso, le interesaba la conducta de las personas religiosas en la misma proporción que la conducta de quienes abrazan las creencias chamánicas indígenas. Para él, esas prácticas eran expresiones culturales que reflejan el pasado y origen de los pueblos, pero no descripciones de la realidad que sirvan para conocer el mundo o tomar decisiones. Desde luego que le dolía pensar que la muerte era el final definitivo de algo tan complejo, bello y amplio como una vida humana, pero su construcción intelectual y la búsqueda sistemática de evidencias para sustentar cualquier afirmación le impedían considerar la posibilidad de que existiera una fracción humana separable del cuerpo físico. David no creía en la mente, sino en el pensamiento. Es decir, entendía a la conciencia como la manifestación de un proceso bioquímico y eléctrico sostenido a lo largo del tiempo por el mismo sistema nervioso autónomo que mantiene latiendo el corazón. En pocas palabras, David no creía en nada parecido a un alma inmortal.

Y su hijo Erik, ¿en qué creía? No se lo había preguntado, aunque ahora el chico había vivido una experiencia cercana a la muerte; una sacudida que él mismo acababa de experimentar por primera vez a sus sesenta y cuatro años de edad, recién cumplidos. Sería difícil que en el futuro hablara del tema con su familiar más cercano porque después del accidente en Acapulco comenzaron a emerger invisibles cicatrices afectivas en el corazón de Erik. Padre e hijo se querían, eso era un hecho, pero entre los dos hombres de apellido Björn no había amor incondicional. Cada uno entregaba con reserva sus afectos.

Antes de ir al santuario de la Virgen se detuvieron en Cuernavaca, que estaba en el camino entre Acapulco y la Ciudad de México. Debían encontrar una casa que se rentara por días y les permitiera hospedarse con su perro, Tapper, que aún no cumplía un año de edad. A David le interesó conocer la localidad, cuyo nombre indígena significa «lugar junto al bosque», porque hasta ahí viajó el conquistador español Hernán Cortés tras someter a la capital del reino azteca y fue la historia de ese conquistador lo primero que atrajo a México al científico jubilado. Había por lo menos dos construcciones importantes de este capítulo de la conquista: el castillo de piedra de Hernán Cortés y el casco de la hacienda cañera donde habitó el militar español.

Así fue como David, Erik, Ololi y Tapper llegaron al lugar que en el siglo XIX fue llamado la Ciudad de la Eterna Primavera por el geógrafo y naturalista alemán Alexander von Humoldt. Para el año 2001, en la localidad habitaban doscientas mil personas y funcionaban diez escuelas de español para extranjeros, por la ventaja de ubicarse a setenta kilómetros de la capital del país y tener todo el año temperaturas entre dieciocho y veintiséis grados centígrados.

Cuernavaca no tiene la rica presencia cultural indígena que hay en Oaxaca, pero en contraste su tierra es tan fértil que puede compararse con un vivero y en sus jardines crecen plantas de prácticamente cualquier parte del mundo: árboles frutales, enredaderas con flores extravagantes, helechos de selvas tropicales, cactus del desierto, pinos de la montaña, palmeras de las costas y pastos de hasta dos metros de altura. Relatos de 1940 contaban que las lluvias del verano eran tan torrenciales que cientos de piscinas se llenaban con agua de las precipitaciones naturales.

Al llegar desde Acapulco la familia Björn fue al centro de Cuernavaca, pues sabían que, en todos los poblados mexicanos, la vida cotidiana se palpa desde el centro a las orillas. Lo primero que les llamó la atención fue que la ciudad tenía muchas calles con subidas y bajadas, pero al final de una de esas cuestas encontraron la construcción española, mitad castillo y mitad fortaleza, que distingue a este lugar: el Palacio de Hernán Cortés, construido en 1530. Sus muros de ochenta metros de largo y veinte metros de altura están hechos con roca volcánica y en sus dos caras, oriente y poniente, hay terrazas con arcos para mirar cómo sale y cómo se oculta el sol.

Los visitantes dejaron estacionada la camioneta combi y caminaron por las plazas del centro, con Tapper sujeto con correa. A un lado de la puerta del castillo vieron una roca grande, antigua, donde se podía distinguir un reptil tallado, del tamaño de un potro, pero ya no tenía cabeza porque la roca fue rescatada rota. Era rastro de alguna cultura indígena desaparecida.

Siguieron curioseando y llegaron hasta las nieves de aguacate, en Helados Virginia. Los niños no querían probar ese postre raro. Sin embargo, cómplices, los dos pidieron a David que comiera uno. Resultó ser un helado cremoso y dulce, con sabor parecido a otra fruta tropical que ya conocían: el mamey. Terminaron comiendo helado de aguacate los tres turistas. Un poco más tarde encontraron la casa de alquiler por días que les habían referido. Tenía jardín, alberca, cocina y cochera. Ahí descansaron y vieron que podrían dejar solo a Tapper un día, sin problemas. La casa estaba en la calle Río Sonora, de la colonia Vistahermosa, una exhacienda lechera que había sido alcanzada por el crecimiento urbano y fraccionada como zona residencial.

Esa noche, antes de ir al santuario de La Villa, la niña mágica tuvo un sueño extraño: entraba caminando a una casa de gran riqueza, que tenía seis palmeras altas antes de la puerta principal. Después, adentro, subía a un segundo piso donde ingresaba a una habitación y encontraba a una joven, acurrucada y llorando. Ella era muy bonita; con cuello largo, cabello rubio oscuro y ojos verdes. La muchacha triste abrazaba una botella de vidrio, con base cuadrada y cuello corto. Ololi intentó acercarse para decirle a la joven que ya no llorara, pero no logró tocarla. La mujer que sujetaba la frasca volteó a mirarla y, hablando en lengua ixcateca, dijo la palabra *schu*, que quiere decir «cueva» en la lengua materna de la niña.

Ololiuqui Álvarez Viejo sintió una sacudida premonitoria; despertó y todavía era de noche. La luna era una mancha negra en el cielo. Era el martes 23 de junio de 2001. La niña indígena sintió que la mujer que vio llorando era real y estaba cerca; quizá a pocos metros de distancia de esa casa donde ella y su familia estaban alojados. Eso sintió, pero no alcanzó a entender por qué su sueño la llevaba hasta esa casa grande y lujosa. La chiquita rezó con mucha devoción a la Virgen para que la joven de ojos verdes estuviera protegida. Así, rezando, se quedó dormida. Ya no soñó más esa noche.

El día siguiente Ololi despertó temprano. Disciplinadamente rezó y luego se dejó llevar por la efervescente emoción de conocer el santuario de La Villa y, además, la capital de todo México. Sería la primera vez que visitara la gran ciudad esta pequeña que había cumplido cinco años en mayo y andaba descalza siempre que podía.

Para Erik sería la segunda visita al Distrito Federal, pero él mismo había cambiado mucho. Ahora tenía nueve años; conocía un poco más del carácter y conducta de los mexicanos, sus usos y costumbres. También comenzaban a aclararse en su entendimiento muchos significados de las palabras en castellano.

Cuando iban en la combi por la autopista hacia la Ciudad de México, Erik miraba discretamente a su papá y a Ololi. Ella siempre lo veía muy bonito; lo tocaba con ojos de admiración y agradecimiento. Esa misma mañana, la niña ixcateca había explorado sola el jardín de Cuernavaca y encontró el cuerpo de una libélula amarilla que le regaló: «Es para tu colección», le dijo. Por eso pensaba Erik que era verdad que, si él y David hubieran muerto en la playa, Ololi se habría quedado muy sola e indefensa. Por eso quería cuidarla.

En contraste, seguía molesto con su papá, pero sobre todo decepcionado.

El accidente en la playa de Acapulco, bajo las rocas del Guitarrón, le hizo sentir que el gran oso sueco no era tan fuerte y poderoso como antes creía. Frente al mar era alguien muy chico. A eso se sumaba que la tragedia estuvo a punto de ocurrir, a causa de la terquedad de David por nadar en esa zona. Estos recuerdos hicieron que Erik dudara que su padre fuera tan inteligente como siempre proyectaba o que en realidad tomara las mejores decisiones.

En aquel viaje, el niño de nueve años entró tempranamente en la etapa de ser juez crítico de sus progenitores. Antes había experimentado la fantasía infantil de que él, aunque era niño, debía cuidar a su papá tras la muerte de su mamá. El cambio reciente era que había perdido confianza en la capacidad de dirigir que, en teoría, debía tener el hombre que ahora conducía la combi.

Todo ese día Erik vio errático a David: al llegar a la capital el sueco se extravió; lo detuvo la policía por una infracción de tránsito y le sacó un soborno o «mordida» para dejarlo ir; luego metió el auto en un estacionamiento lejano a la iglesia donde iban y tuvieron que caminar un kilómetro. Quizá en otro día Erik no habría puesto tanta atención a esas fallas de la expedición, pero ahora le parecían demasiados errores. Quería a su papá, pero su admiración iba en picada.

Para llegar a la Basílica caminaron por el bulevar peatonal de la Calzada de Guadalupe y fueron mirando a grupos de cientos de personas que avanzaban hacia a la iglesia. Algunos llevaban flores, otros globos y muchos peregrinos cargaban estatuas de yeso de la Virgen morena. Al final de la calzada está el cerro del Tepeyac y a sus pies dos templos: uno antiguo y uno moderno. En medio de los dos hay una explanada grande de dos o tres hectáreas y una gran reja con veinte puertas. Miles de personas entraban y salían, a pesar de que era miércoles. Faltaba mucho tiempo para la conmemoración anual a la Virgen, que es el 12 de diciembre, en esa fecha llegan a visitar el santuario seis millones de personas que entran, rezan y se van.

A Erik le llamaron la atención tres cosas: el que la mayoría de las personas que acudían a La Villa eran gente humilde y muchos de ellos eran indígenas; el dolor que experimentaban algunos peregrinos que llegaban caminando de rodillas desde un kilómetro antes de entrar al templo principal, y también le interesó mucho que afuera de la puerta de la iglesia hubiera cuatro o cinco grupos haciendo danzas indígenas de diferentes culturas, vestidos con vivos colores y decorando sus cabezas con plumas. Era como una Guelaguetza, pero más compleja porque había gente de distintas regiones de México.

Lo que más le gustó al niño sueco fue ver un baile oaxaqueño que él se sabía: la danza de la pluma, que usa sonajas y unos discos grandes hechos con plumas de colores que se portan en la cabeza. El baile empieza pateando suavemente el suelo, como patada de futbol, y luego se brinca y se gira. Después cambia el paso y se cruza una pierna hacia atrás, se gira y se brinca. Todo mientras se agitan las sonajas y suena música de viento oaxaqueña. Como los danzantes traen dos pañuelos de colores amarrados a la cintura, al brincar se hace un efecto visual en el que parece que vuelan, con sus grandes plumas de colores en la cabeza.

A Ololi también le gustaron las danzas indígenas, pues había grupos donde sólo bailaban niños y las chiquitas de su edad vestían sus ropajes más elegantes, deshilados o cosidos a mano. No sólo vieron gente de Oaxaca, sino de Nayarit, Michoacán, Guerrero, Veracruz, Tlaxcala, todos los lugares en los que los frailes usaron la danza y la música para evangelizar a los pueblos indígenas.

—¡Échenme las alabanzas! —gritaba el hombre que brincaba más alto en la danza de la pluma, quien por cierto no era el más joven.

La familia entró a la iglesia nueva donde está el objeto más famoso de la devoción católica mexicana: un ayate o lienzo de yute en el que se ve la imagen de la Virgen de Guadalupe. Según la leyenda, ese era el ayate del indio Juan Diego y la imagen apareció pintada milagrosamente después de que la virgen se le presentó, en carne y hueso, en el cerro del Tepeyac y le pidió que le llevara al obispo unas rosas que crecían en ese lugar. Al dejar caer las flores frente al sacerdote, en 1531, todos vieron la imagen perfecta de la Virgen pintada sobre el tosco lienzo de fibra vegetal. Ahí comenzó su legendaria cadena de milagros y devociones.

214

Como en el año 2001 eran miles los devotos y turistas que diariamente acudían a ver la imagen, Ololi, David y Erik pasaron rápidamente frente al ayate parados sobre una banda eléctrica, similar a las escaleras eléctricas de edificios modernos, y que se usa para que la gente no se aglutine frente a la imagen de la virgen morena. Después de ver muy cerca el rostro sereno de la guadalupana, fueron a una banca donde la niña se puso de rodillas, juntó las manitas y empezó a decirle cosas a la Virgen en su lengua ixcateca, que en el año 2001 ya sólo hablaban veintiuna personas en el mundo.

Ololiuqui sintió que todo alrededor se detenía y que la divinidad indígena le sujetaba sus manitas, las besaba y luego la abrazaba como nadie la abrazó, desde el día en que nació. David no sabía lo que la niña hablaba o sentía, pero su alegría le pareció tan profunda que se hizo la promesa de no meterse en sus creencias.

Al terminar, caminaron hacia el auto. El papá compró a Ololi una imagen más grande de la Virgen para que la tuviera en su cama. Erik también quiso un recuerdo y pidió un escapulario, que a él sólo le parecía una prenda de vestir que podría traer alrededor del cuello, junto con su cuero negro y ancla marina hecha de plata.

Cuando estaban comprando los recuerdos, David vio a un grupo grande de turistas japoneses que entraron a la Basílica, dirigidos por un guía. Después escuchó a una niña mexicana que le preguntaba a su mamá.

—Mamá, ¿a poco los chinos también tienen permiso de venir aquí?

—Sí, mija, aquí es de todos.

—¿Y a poco la Virgen habla en chino?

—No lo habla, pero sí lo entiende.

Al sueco le dio un poco de risa la conversación, aunque un proceso lógico juguetón le dijo que, si la Virgen de Guadalupe entendía lengua ixcateca, también debía entender chino, japonés y sueco. El buen humor que le generaron sus pensamientos le invitó a seguir escuchando las conversaciones de los peregrinos que iban cruzando al caminar rumbo al estacionamiento. Cada persona protagonizaba escenas de fe y cultura. Por la Calzada de los Misterios vio a un hombre, de unos sesenta años, diciendo a un joven: «Ahora que regresemos al pueblo todos te van a tratar como hombre porque ya les demostraste que te puedes echar toda la peregrinación en la bicicleta». Un poco más adelante, un padre hablaba con un niño y le explicaba: «Si en la peregrinación te regalan café, ¡agárralo, mijo! Acuérdate que es parte de la bendición».

Ya cerca del lugar donde dejaron guardada la combi vieron un camión de pasajeros que transportaba a un grupo de devotos y el chofer, con un altavoz, decía: «A los señores "Cocodrilo" y "el Bolillo" les mandamos a decir que ya es la tercera vez que los llamamos y que ya se va el camión de regreso a San Martín Texmelucan».

Esas cosas vieron y escucharon en el santuario donde quiso ir Ololi para dar gracias por la vida de

216

David y Erik. Cuando iban de regreso a Cuernavaca la niña le preguntó al padre e hijo Björn algo que no habían aclarado: «¿Te puedo decir *papá*? ¿Y a ti te puedo decir *hermano*?». Los dos respondieron que sí.

Al llegar al *bungalow* de Cuernavaca vieron que Tapper había escarbado agujeros en el pasto, posiblemente por la angustia que le dio no ver a su familia. Eso los sorprendió, pero no les molestó porque Tapper todavía era un niño animal. David les dijo que debían devolver la casa como la habían recibido por lo que estarían ahí unos días hasta reparar el pasto. Mientras, ellos podrían disfrutar el jardín y la alberca.

En esos días de junio de 2001 conocieron más Cuernavaca y sus pueblos cercanos. El doctor Björn sabía que los chicos debían acudir a la escuela a partir de septiembre y por eso pensó que, aunque amaba el bosque de la Sierra Juárez, lo más conveniente para los niños era mudarse a la Ciudad de la Eterna Primavera. Por eso llegaron a vivir a una casa de la privada Cuexcontitla, a dos cuadras de la avenida Domingo Diez.

XXI
El jardinero

Al regresar a Tlalpujahua, el día después de la tragedia, Trinidad supo que había dos mil soldados ocu-
pando todas las calles. Laboraban con ropa especial
para rescatar los cuerpos por donde pasó el alud de
lodo con cianuro. La gente decía que ya andaba ahí
el presidente de México, pero Trinidad Santana no lo
conocía de cara. Él iba muy concentrado en su objetivo, por eso se fue hacia el lugar donde estuvo el barrio
de Chiches Bravas y calculó en qué sitio habrían quedado Las Prodigiosas. Trabajó cerca de una hora para
armar una cruz de madera en honor a su desaparecido
jefe y la colocó a la orilla de la gran lengua de arena
con cianuro.

Acababa de terminar su memorial cuando llegaron
algunos pobladores en busca de ayuda para lavar los
cuerpos de las víctimas y retirarles el lodo. Él hubiera
querido decir una oración, a solas, a su jefe, pero sólo
pudo persignarse y se fue con el grupo de personas al
lugar donde estaban limpiando a los difuntos antes de
que los llevaran a enterrar. Ahí se puso a trabajar con
cubetas llenas de agua, jícaras y trapos.

218

A media mañana se acercó un grupo de militares, acompañando a otras autoridades, sin uniforme. Entre ellos venía el presidente Cárdenas, pero no dejaban que se le acercara la gente porque todos llegaban con peticiones, llantos y reclamos a las minas. Trinidad siguió lavando los cuerpos, entretenido por dos cosas: el sonido de su respiración profunda, que nunca le había llamado tanto la atención como en esas horas, y la imprecisa conciencia de que estaba sobrio o curado. Intentaba extender la duración de ese momento, pues temía que el frío interior, la temblorina o el *delirium tremens* lo asaltarían como había ocurrido decenas de veces en el pasado.

Miraba los rostros de los muertos con distancia emocional, pero los que sí le provocaban tristeza eran los niños, que no habían conocido casi nada de la vida. Una de las niñas muertas tenía un rostro muy apacible. Quizá había muerto intoxicada por los vapores porque no tenía cortadas, sólo limo que ensuciaba parte de su cuerpo. El excapataz minero se le quedó mirando un rato, con mucha concentración, porque la expresión de esa niña muerta era la que Trinidad siempre imaginó que tendría el cadáver de un santo.

—¿Y usted no me va a pedir nada, paisano? —interrogó una voz de hombre a sus espaldas. Era Lázaro Cárdenas.

Trini siguió mirando a la niña y caminó lentamente hacia atrás hasta donde estaban el líder recién llegado y sus hombres importantes.

—Pos quiero que se callen todos, al menos tantito, por respeto a esta criatura difunta —le dijo al político y apuntó con el dedo hacia el cadáver de la niña. Con ese gesto quebró el parloteo que había alterado el ambiente donde él trabajaba.

Nadie recordó cuáles eran las tres o cuatro conversaciones que venía malabareando el presidente de México cuando llegó hasta el punto donde estaban lavando cuerpos de las víctimas. Los que iban al frente de la comitiva olvidaron las palabras que venían pronunciando al ver ese cadáver infantil, perfectamente preservado en medio de la devastación. Alguno sintió que una luz especial envolvía el cuerpo inerte.

—Cuando yo me muera quiero morir así, con tanta paz. ¿Usté ha visto muchos muertos? —le preguntó Trinidad a Cárdenas, sin saber que hablaba con un excomandante revolucionario.

—Muchos muertos —le contestó el hombre que entró a la guerra los dieciocho años y a los veinticinco alcanzó el grado de general.

Los dos se quedaron callados suficiente tiempo para sentir sus orejas, cabello y calzado. El silencio de la fila de adelante se extendió hacia atrás y hacia atrás y hacia atrás. Los que no veían suponían que algo había ocurrido en la parte de enfrente y detenían sus conversaciones para intentar escuchar. Por primera vez se hizo un mutis en la colonia Chiches Bravas desde que reventaron las presas, treinta horas antes. Trinidad se sentó en cuclillas, unos centímetros adelante del presidente, mirando a la niña que propiamente era una muerta inocente. Luego se paró y regresó junto al cuerpo para seguir lavando sus manos y sus pies, que tenían tierra.

Cárdenas fue invitado a seguir el recorrido y todos comenzaron a moverse. El político echó un último vistazo a la muerta y sintió algo similar a lo descrito por el hombre que entonces lavaba el cadáver infantil: esa niña pareció morir en paz. Pero el político vio algo adicional: el hombre que le pidió guardar silencio realizaba su funesta faena sin dolor, sin temor, sin asco hacia los cadáveres. También poseía un halo de paz interior. No podía ser el padre de esa criatura muerta.

Unos pasos adelante, Cárdenas le pidió a un secretario que, al final del recorrido, le llevaran a ese hombre para hablar con él. Eso no fue posible ese día porque había tanta necesidad y dolor en el pueblo minero que faltaba tiempo y recursos para atender a todos.

Por la tarde, el presidente dejó a cargo del rescate al subsecretario de Guerra, Manuel Ávila Camacho, y salió rumbo a la Ciudad de México. Antes de irse el secretario le preguntó si todavía quería hablar con el que andaba lavando cuerpos y Cárdenas le dijo que sí, pero que ya no le daba tiempo. Entonces le encargó a Ávila Camacho que le comisionara un soldado y le preguntara al paisano si aceptaba ir a platicar con el presidente de México a su casa de Cuernavaca, Morelos, donde estaría el domingo. Luego el general se fue con su comitiva.

En la noche se hizo una misa de cuerpo presente para más de cien personas muertas, pero se puso una corona de flores por cada desaparecido que había sido reportado por parientes y vecinos. En total se contaron trescientos decesos. El número de pérdidas humanas fue mayor, pero no se sabía cuántos forasteros habían quedado sepultados en terrenos de Tlalpujahua. La comunidad sufrió mucho por la tragedia y no sabía que en los meses siguientes cruzarían por otro padecimiento derivado de la corrupción y el abuso de poder.

Los damnificados reclamaron a la compañía minera Dos Estrellas una indemnización correspondiente a quinientos mil pesos para las familias dolientes y negocios perdidos. Pero la compañía, en contubernio con funcionarios de gobierno, acordó indemnizar a la población únicamente con cincuenta mil pesos, y con otros cincuenta mil a los trabajadores de la mina, como ayuda única. A cambio de pagarles, les obligó a reconocer, por escrito, «que el derrumbe se debió a un caso fortuito o de fuerza mayor no imputable a esta empresa». Lo que recibió todo el pueblo fue menos que lo que Santiago Juan Casiano gastó en una semana de fiesta en su cantina Las Prodigiosas.

Trinidad Santana Torres ya no vivió esas penurias porque su propia búsqueda de nuevo trabajo y las vueltas del destino lo llevaron a convertirse en jardinero de la casa del presidente, en Cuernavaca, a doscientos cuarenta kilómetros del lugar de la tragedia. Antes de salir de la comarca minera le vendió al ejército su caballo castaño, puso en una bolsa su dinero y su frasca con monedas de oro. Había pedido cuatro deseos: escapar del diablo, perder lo borracho, recuperar a su esposa y, aunque no tenía la frasca enfrente cuando lo pensó, morir en paz.

Llegó con la guía de un escolta hasta la casa de descanso de Cárdenas, que era un terreno muy grande, con una construcción modesta de tres recámaras llamada Rancho Tingüindín. Se localizaba a las afueras de Cuernavaca. Alrededor había sembradíos de caña de azúcar y de árboles, principalmente frutales. El clima era muy diferente al del bosque michoacano. No era frío sino cálido, entre dieciocho y veintiséis grados centígrados. En el extremo sur de la propiedad del presidente, por donde se entraba, había un arroyo con cascada y mucha vegetación. Luego estaba la casa y atrás una palapa, con techo de palma tejida y suelo de cemento. El soldado que acompañó a Trinidad le dijo que en ese lugar se había firmado el decreto de expropiación petrolera y que en ese momento había un juicio contra los ingleses porque no querían entregar el petróleo a México. Antes, en el camino desde Tlalpujahua, el militar le había dicho al excapataz minero que en Cuernavaca había muchos extranjeros por su buen clima, pues le decían «Ciudad de la Eterna Primavera».

No tuvieron que esperar mucho antes de que saliera de la casa el presidente, acompañado sólo por un escolta. Trinidad vio que dentro de la casa andaba una mujer joven con un niño. Después supo que era doña Amalia, la esposa del general, que entonces tenía veintisiete años y su único hijo tres años.

Cárdenas era conocido por dedicar mucho tiempo para hablar con la gente. Algunos recordaban que cuando entró a la Revolución fue porque era el joven encargado de una cárcel en Jiquilpan, donde liberó a los prisioneros y se unieron a la lucha contra el dictador Victoriano Huerta.

—¿Qué pasó, paisano? ¿Usted es el ingeniero agrónomo que mandamos traer? —bromeó el presidente al llegar a la palapa.

—No. Dispense usté. Creo que hay una equivocación. Yo era capataz de minas allá en Tlalpujahua —respondió Trinidad un poco espantado ante la posibilidad de que hubiera ocurrido una confusión. Y Cárdenas soltó una carcajada.

—No. Dispense usted. No quise asustarlo. Venga. Siéntese. Quiero saber cómo están en el pueblo y qué pasó con los muertos.

Santana Torres hizo una breve narración de lo que él sabía hasta ese momento. Le contó un poco sobre Las Prodigiosas y sobre su patrón, que había sido una buena persona con él, pero del que no quedó ni un rastro. Mientras daba su testimonio de la catástrofe, estaba alerta en múltiples niveles: por un lado, no quería cometer alguna grosería o decir tonterías frente a alguien tan importante como Cárdenas. Pero al mismo tiempo vigilaba todos los sonidos e imágenes del entorno porque hacía más de dos días que no tomaba alcohol y no había sentido frío ni

224

temblorina. Tampoco había visto espectros ni animales raros.

—Dígame, Trinidad. ¿Por qué lavaba usted con tanta tranquilidad a los muertos?

—Pues, mi general —comenzó a hablar el pueblerino y se detuvo un momento, mirando al suelo, antes de explicar lo que sentía—, yo tuve mucho miedo en el día y la noche antes de lavar los cuerpos. Pensé que se acababa el mundo, luego pensé que me moría y también que el demonio venía por mi alma. Creo que hasta oí al mismísimo Satanás acechándome. Pero no me morí y pensé que hay cosas peores que la muerte, como ser un alma en pena o arder eternamente en el mismo infierno. Yo no soy santo, pero cuando menos estoy seguro que si muero el diablo no me puede arrastrar al infierno, y a muchos muertos del pueblo tampoco porque no fue culpa de ellos la tragedia.

El general era un líder y sabía que un gran poder revela las mejores y las peores cosas del carácter de las personas. Beneficiar a algunos podía causar dolor a otros, como pasó cuando ordenó repartir las tierras de las grandes haciendas agrícolas. Pero también sabía que hasta el hombre más poderoso está sujeto y responde a muchas circunstancias que no controla. No es responsable de todo lo que, en apariencia, gobierna. Por esos días tenía que enfrentar un conflicto muy fuerte con Inglaterra por el juicio del petróleo y la presión que los bancos ingleses hacían ya a las compañías mexicanas para cobrarles préstamos que les habían otorgado anteriormente y así generar descontento contra el gobierno.

—¿Entonces usted piensa que hay algo peor que la muerte? —preguntó el presidente.

—Sí, cómo no. Morir en una forma que deje atrapada a su alma para siempre.

Las palabras de Trinidad quizá no eran las más nuevas o las más sabias que había escuchado el general Cárdenas, quien había recorrido mucha vida rodeado de guerreros, sabios, líderes y artistas. Pero sí le parecieron palabras muy claras y persistía el hecho de que su paisano michoacano seguía sin pedirle nada.

—¿Y qué puedo yo hacer por ti, Trinidad?

—Pues no sé. Sólo me da curiosidad saber cómo hace usté para ser al mismo tiempo general, esposo y presidente —preguntó y nuevamente sacó una carcajada al jefe del gobierno.

—Lee todo lo que puedas. ¿Sí sabes leer?

—La mera verdá, no sé, mi general.

—Pues tienes que aprender. Y además cuenta mucho la mujer, la esposa, quien nos abre los ojos a muchas cosas. Sin la pareja uno se puede ir de hocico, sin darse cuenta.

—Por eso hay que elegir bien cuando uno se casa, ¿no?

—No te preocupes, ellas son las que nos eligen.

El general le contó que ese rancho donde estaban lo iba a donar para que se construyera un internado para maestros rurales. Justo, con la intención de que fueran a los pueblos y enseñaran a más personas a leer.

Le dijo que, si quería, podría quedarse ahí a trabajar y a vivir. Algunas veces se podrían saludar, pero la realidad era que cada vez visitaba menos esa casa. Trinidad no lo pensó mucho. Traía todas sus propiedades en una bolsa, por eso aceptó y así se despidieron.

Esa tarde marcó el comienzo de la segunda etapa de vida del hombre de treinta años que por muchos años fue conocido como teporocho. Confirmó que la temblorina y los escalofríos por abstinencia no regresaban, aunque no dejó de experimentar, en secreto, constantes e inofensivos delirios y visiones que le acompañaron hasta los setenta y cuatro años de edad.

En la propiedad, Trinidad comenzó a trabajar como ayudante de un jardinero anciano al que llamaban don Luis y que nunca dijo su apellido. Cada uno tenía un cuarto con baño en el jardín, para dormir, y les daban de comer en la cocina principal. Ahí estuvo trabajando Trinidad cinco años antes de volver a ver a su esposa, aunque se mantuvo comunicado cuando le enseñaron cómo y dónde enviar telegramas a Contepec. Le mandaba recados y giros postales con dinero de su salario.

Su jefe jardinero le decía que hacía muchas burradas con las plantas y que tenía que aprender a tratarlas con cuidado. «No andes de niófito», le repetía con frecuencia y luego le aclaraba su manera de usar esa palabra: «Un niófito es alguien que nada más anda opinando de las cosas a lo güey, sin educación y sin conocer». A pesar de esos regaños, don Luis agradecía mucho que Trinidad fuera tan bueno manejando la pala.

Con el acicate del maestro jardinero, Santana Torres aprendió mucho de plantas: entendió el ciclo de lluvias torrenciales y sequías que dividían en dos estaciones cada año en Cuernavaca. Conoció el árbol de flores amarillas y rosas llamado guayacán; el de flores anaranjadas, tabachín o framboyán, y la jacaranda con sus flores moradas. Supo las fechas en que se dan algunas frutas: la guayaba, el mango, el mamey y el aguacate. Llegó a predecir cuándo estaban por exhibir sus flores las rosas, las orquídeas, el cempasúchil y la flor de Nochebuena.

Como lo había prometido, se acercó al internado para maestros rurales, que comenzó a funcionar en 1938 y, con mucha disciplina, aprendió a leer y a escribir. Poco a poco se fue transformando, porque era una persona que se comunicaba cada vez mejor. Además, con el paso del tiempo se volvió un hombre apacible porque había pedido a la frasca dos deseos que le daban habilidades secretas: volar por las noches y hablar con los animales.

Un domingo, cuando nadie lo miraba, brincó hacia el cielo y con su vuelo nocturno llegó a ver el gigantesco océano Pacífico, frente a la costa de Guerrero. Cuando esto ocurrió ya se había enterado en qué dirección dirigirse para conocer el mar, puesto que preguntaba muchas cosas a los animales. Con ellos tuvo largas conversaciones sobre lo bueno y lo malo de la monogamia. Sobre todo le interesaba

228

lo que pensaban sobre este dilema ancestral las libélulas, los halcones y esas aves amarillas con antifaz negro que llaman luisitos o venteveo, todos los cuales transitaban su vida reproductiva con una sola pareja.

Hasta 1942 regresó Trinidad a Contepec por su mujer, muy convencido de su elección por la monogamia. Entró al caer la noche, con músicos y llevando serenata. Le cantó la canción que ambos amaban cuando eran más jóvenes: «Varita de nardo».

Varita bonita, varita de nardo
cortada al amanecer;
quisiera tus hojas, tu suave perfume
pa perfumar mi querer.

Los suegros no tuvieron reparo en que los dos se volvieran a juntar. Pues Trinidad mandó dinero puntual durante cinco años y se notaba que tenía tiempo alejado de la botella. Además, trabajaba en casa del general Cárdenas, que ya no era presidente, pero era el secretario de la Defensa Nacional. El jardinero don Luis ya había muerto y ahora el michoacano era responsable de los jardines. Entonces se fueron los dos a vivir a Cuernavaca y así se cumplió el deseo del excapataz minero de recuperar a su esposa y no volverse a separar de ella hasta la muerte.

Tuvieron que pasar diez años antes de que Trinidad y Estela tuvieran a su único hijo. La pareja de michoacanos no logró un embarazo antes por muchas razones, sin que esto redujera el amor que se entregaban cada día; él trabajaba en el jardín y ella en la casa del Rancho Tingüindín, que a la postre se volvió internado para maestros rurales.

Estelita nunca supo la historia de la frasca con monedas mágicas porque, curiosamente, su esposo no le daba tanta importancia a los deseos; quizá porque recordaba la terrible historia de su patrón Santiago. Sólo decidió hacer uso de dos deseos más cuando notó que su esposa amada se ponía melancólica al sentir que ya tenía cuarenta y cuatro años y no había engendrado a una criatura. Por eso pidió Trini tener un bebé y que nunca le faltara nada material a su descendencia.

El bebé fue varón y heredó nombre, por lo que fue bautizado como Trinidad Santana Rosales. Aunque la paternidad del jardinero fue tardía, el niño rejuveneció al hombre que había sido capataz en la mina Dos Estrellas. Junto a su vástago vivió cientos de cosas bellas, a pesar de que prácticamente no salían del jardín.

Una tarde, cuando Trinidad Santana Torres caminaba con su niño, de tres años, por la calzada principal del rancho vieron a cinco pequeños que iban caminando y conversando rumbo al arroyo. Les llamó la atención que siendo tan chicos anduvieran solos tan tarde, pues parecía que tenían entre cinco y seis años de edad, pero además era muy curioso que todos vestían overoles color azul cielo.

El jardinero, con su hijo sujeto de la mano, caminó más rápido para alcanzarlos, pero sin correr. Un poco más cerca los dos vieron que los que iban adelante no eran niños. Se veían como adultos chiquitos que

230

iban riendo. Cuando ya estaban a unos pocos metros, los que iban adelante dieron la vuelta en una brecha y cuando los dos Trinidad llegaron a la desviación ya no había nadie. El niño preguntó a su papá: «¿Dónde están los señorcitos?». Y el papá le dijo que a lo mejor eran mineros y se habían metido en alguna entrada por ahí. Eso le hizo pensar al pueblerino de Contepec que su hijo también podía ver cosas especiales que la mayoría de las personas no podían ver; así como le ocurría a él.

Con el paso del tiempo, el excapataz minero recordaba con sonrisas una conversación con el niño, a sus cuatro años de edad, en una cocina económica del mercado de Cuernavaca. El niño comía con mucho apetito unos tacos dorados de pollo, aderezados con crema, queso y lechuga, y tenía cerca de su mano un vaso con agua de papaya. Los papás lo miraban comer con mucho gusto y disfrutar tanto el momento presente. Entonces, Trinidad padre, quien se sentía muy feliz por tener a su niño y su mujer, le preguntó al chico:

—¿Qué quieres de regalo para el día de tu santo?

—Quiero ir al rancho —le respondió el pequeño Trini, refiriéndose a un posible viaje a Contepec.

El papá se quedó dudando un poco y le dijo que no estaba seguro si podrían ir al rancho, pues era difícil, y le preguntó por qué quería ir. Entonces, el niño le respondió.

—Sí podemos ir, pá. Yo hago solito mi maleta y nos subimos al autobús y nos bajamos en la última parada. Es que tengo que ir para hablar con los perros porque les dije que iba a regresar para que no estén tristes —argumentó muy serio el niño, que ya tenía todo pensado.

Los padres del menor sonrieron. Estela llenó de besos al niño, que tenía la boca manchada de crema y queso de los tacos dorados del mercado. Trinidad Santana Torres miró a sus dos amores verdaderos y estuvo seguro de que eso que vivía era lo que llaman ser feliz.

XXII
Dragón olmeca

Al mudarse a Cuernavaca, Erik empezó a estudiar español en una de las diez escuelas para extranjeros que había en esa ciudad. Ololi ingresó a un colegio llamado Discovery, que tenía árboles, jardines y enseñanza bilingüe español-inglés. David no miró que en la entrada de esta escuela había una imagen de la Virgen de Guadalupe, pero la niña sí lo notó.

Para febrero de 2006, se podría decir que Erik había concluido el difícil proceso de transplante cultural Suecia-México. Pidió estudiar en una secundaria pública porque ya hablaba de política y decía que era socialista, por eso quería vivir sin privilegios. En realidad, el chico quiso entrar a la escuela de gobierno por un recuerdo lejano de la época en que se sintió abrigado por los niños de la escuela pública en Yavesía, donde aprendió a danzar.

Por esos días, la familia hizo un paseo que generó un cambio muy profundo en la vida del doctor David Björn porque visitaron el sitio arqueológico Chalcatzingo, donde el científico sueco vio por primera vez la figura llamada *dragón olmeca*. Se trata de un grabado en piedra de dos mil seiscientos años de antigüedad, localizado en las faldas de una montaña. El concepto representado en la roca fue impactante para el padre de familia porque una asociación de ideas le recordó los combustibles hipergólicos, formados con dos sustancias que separadas son estables, pero al unirse se incendian sin necesidad de chispa.

David estaba cerca de cumplir sesenta y nueve años de edad y pensaba que ya nada lo sorprendía en el campo de la bioquímica, pero el animal tallado en piedra le hizo preguntarse: «¿Bioquímicamente es posible que un animal escupa fuego?». Su carrera científica le decía que no debía tirar tan rápido la pregunta a la basura.

Durante la visita a Chalcatzingo, la familia vio diferentes rocas talladas con figuras de animales. En Suecia, los petroglifos son apreciados porque ahí se localizan los relieves de Tanum, de 3 800 años de antigüedad. Por eso el exprofesor de la Universidad de Upsala estudió con mucha concentración las rocas olmecas del año 600 antes de Cristo, que además estaban a solo setenta y siete kilómetros de su casa.

Identificó siluetas de pumas, venados, jaguares y una víbora con alas y pico de águila, que lleva atrapado a un hombre y se mueve entre tres nubes. Pero lo que capturó su interés fue la roca de este animal-quimera que parece jaguar, pero con rasgos de ave y cejas en forma de flamas. Minutos más tarde, en el museo de sitio, David leyó que la figura con cejas de fuego fue nombrada dragón olmeca desde mediados del siglo XX. Luego leyó que en otros asentamientos olmecas en Veracruz, Guerrero y Morelos se encontró una representación animal parecida, de cuyas fauces salen unas vírgulas o signos en forma de comas que representan fuego o palabras.

Haciendo estas lecturas, el doctor Björn comenzó a preguntarse: «¿Por qué los olmecas, que vivieron hace tres mil años en América y no tuvieron contacto con Europa o Asia, también labraron figuras de dragones?». Recordó sus referencias de animales fantásticos que escupen fuego, como los dragones celtas que cuidaban los bosques; los dragones eslavos que habitan cuevas; el dragón amarillo que enseñó a los chinos la escritura, el dragón griego que custodiaba el huerto de manzanas de oro o el Leviatán del libro de Job, que encendía carbones con las llamas que salían de su hocico.

El recuerdo de los dragones quedó en pausa durante las siguientes horas porque al salir del sitio arqueológico, padre e hijos procuraron llegar a nadar al balneario Atotonilco antes de la hora de comer. Ahí disfrutaron el agua termal que sale del suelo y llena dos albercas del parque de recreo administrado por campesinos.

Ya en la tarde, mientras David manejaba de regreso a casa su nueva camioneta Volkswagen Combi 2006, sus pensamientos sobre dragones se volvieron a poner en marcha: «¿Qué bases bioquímicas harían posible la existencia de un animal que escupa fuego?».

Durante cuarenta años Björn fue un bragado investigador. Su pensamiento racional, disciplinado y crítico le permitió identificar muchas moléculas que se creían estructuralmente imposibles. Algunas de ellas eran producidas por reptiles. En los años noventa trabajó con los franceses del Instituto Pasteur, de París, y ahí observó que los venenos de las actuales serpientes son inflamables; arden rápido al mínimo contacto con el fuego. Esto se añadió a sus primeros pensamientos sobre las flamas que se producen sin chispa, con la combinación de ciertos propergoles.

Mientras conducía el auto familiar de regreso a Cuernavaca, por un camino que cruza entre sembradíos de caña de azúcar, la memoria de David Björn recuperaba datos y jugaba con ellos: sabía que los venenos de reptiles son salivas altamente modificadas hechas con mezclas raras de péptidos, polipéptidos, proteínas y minerales; además, es muy conocido que muchas víboras escupen su veneno, por ejemplo, las cobras.

«Entonces, ¿algún reptil pudo producir una saliva que se encendiera al ser escupida y entrar en contacto con el aire?». La idea le generó mucha urgencia por revisar libros que años atrás había leído superficialmente. Además, pensó que debía escribir a colegas para preguntar detalles sobre glándulas de reptiles y cráneos de saurios. La buena noticia para sí mismo era que ya tenía en casa una computadora con internet.

Todo eso pensaba, al volante de una combi, el exprofesor de la Universidad de Upsala, discípulo de Arne Tiselius, ganador del Premio Nobel de Química en 1948.

236

Durante una pausa mental miró fugazmente a sus amados compañeros de viaje. Ambos eran todavía menores de edad, y ambos compartían un color de cabello muy oscuro. La morenita Ololiuqui dormía sobre el asiento trasero, embellecida con unos lentes oscuros de juguete, con dibujos de animales. El silencioso Erik, con corte de cabello escolar y la incomprensible manía de vestir manga larga, a pesar del enervante calor, estaba agazapado en el asiento de copiloto.

Todo ese fin de semana Erik había evadido cualquier intento de conversación que David abrió. El adolescente optaba por escuchar música, con audífonos, y mirar siempre en dirección opuesta a su padre.

Más allá de miradas idílicas, la pequeña familia mantenía interacciones internas muy complejas y albergaba tantas tensiones como un pequeño pueblo provinciano. El padre era demasiado viejo y dominante; Erik sentía hacia su hermana adoptiva cariño, pero también celos; David defendía en público la educación laica, pero llevaba a Ololi a ceremonias religiosas. Cuando los tres querían entenderse lo hacían muy bien, pero cuando no querían hablarse hacían trampas de lenguaje, pues era una familia tetralingüe en la que se pronunciaban palabras en sueco, inglés, español e ixcateco. El castellano era el terreno neutro que los tres compartían, luego el inglés, en tercer lugar, el sueco y por último el ixcateco, del que los tres rescataban eventualmente algunas palabras compartidas, como *rate*, que significa «sandalia o huarache»; o *bonito,* que se dice *schñú.*

Esta familia, que tenía el derecho legal de mudarse a Suecia y residir en uno de los países con el más alto estándar de calidad de vida del mundo, vivía en el ingobernable México porque el papá repetía que ni loco regresaría a su país natal. Los chicos, de plano, pensaban que el enojo de David con su patria era un berrinche de chavito.

Cuando el bioquímico sintió que su mente estaba divagando, parpadeó rápido tres veces y se enfocó en la carretera. En el acotamiento del camino vio puestos improvisados donde vendían mazorcas hervidas, que se preparan con mayonesa, queso rallado y chile en polvo. Pensó en parar para comprarle un antojo a los niños, pero estaban dormidos después de nadar mucho en las aguas termales. Entonces retomó su trabajo mental para articular una pregunta correcta sobre la posibilidad científica de que hubieran existido reptiles o saurios con glándulas que expulsaran compuestos químicos inflamables.

Absorto en su reto mental, David no se dio cuenta que pronunciaba en voz alta fragmentos de sus ideas, en sueco: *producera eld?* Y luego los articulaba en inglés: *produce fire?* Björn siempre decía que una pregunta bien planteada contiene la mitad de la respuesta. Ése era un legado de sus años en la Secundaria Superior de Upsala, justo cuando concluyó que Dios había muerto.

Bien delimitada, una pregunta es el mejor punto de apoyo para generar conocimiento científico nuevo; constatable, reproducible y acumulable. El sueco se obligaba a ser muy racional, pero algunas veces quedaba atrapado en el bucle llamado análisis-parálisis. Para salir de los laberintos de la razón Björn jugaba con palabras. Por eso, mientras manejaba, empezó a hablar en voz alta del monstruo de fuego, el dragón americano.

—*Ett monster av eld. En amerikansk drake* —dijo el migrante sueco, al tiempo que sentía la vibración de los fonemas en su garganta—: *Ett monster av eld.*
—Pero la voz de su hijo cortó su introspección con tres palabras, arrojadas como martillos.

—*Monstret är du* (El monstruo eres tú) —le abofeteó la voz opaca de Erik en el idioma que los dos compartían.

El científico sintió un aguijonazo en el ánimo. Era la primera vez que su hijo le dirigía la palabra en muchas horas, pero la frase le hizo hervir la sangre. No podía girar completamente la cara para mirar a Erik porque el vehículo acababa de iniciar la subida por las treinta y dos curvas consecutivas del Cañón de Lobos. No obstante, lanzó un vistazo rápido y vio al adolescente atrincherado en el lugar del copiloto, mirando hacia afuera y con el hombro izquierdo levantado, como si fuera un escudo, mientras la mayor parte de su peso yacía sobre la puerta y ventana.

Intercambiaron palabras en sueco y, sin darse cuenta, David Björn ya estaba gritando.

—¿Por qué soy un monstruo, Erik? Ahora, ¿qué te hice? Yo nunca te he golpeado. Yo nunca te he encerrado en un armario oscuro. Yo nunca te he echado a dormir a la calle —le decía David, en algo que parecía una lista de malas experiencias de su propia infancia—. ¡Hablas demasiado, niñito consentido! No seas insolente —le restregó el exprofesor e hijo de un pastor luterano, quien ya estaba hiperventilando. Erik se daba valor imaginando que su papá era un perro bravo amarrado y escuchaba sus palabras como ladridos.

Ambos terminaron callados. La combi siguió tragando curvas en silencio y luego kilómetros de camino recto hacia Cuernavaca. Ya se venía calmando David, cuando Erik le arrojó cuatro frases incendiarias:

—Sólo piensas en ti. A mi mamá y a mí nos dejaste solos. Luego me sacaste de Suecia y luego me sacaste de Ixtlán. Y siempre haces cosas para que yo no sea feliz —gritó Erik, quien ya no era el niño que le pedía a las estrellas el deseo de tener una familia feliz. Había crecido. Tenía catorce años de edad.

David no hallaba la causa de enojo de su único hijo. Apenas una semana antes parecía alegre y entusiasmado con la fiesta del Día de San Valentín en su secundaria. Desafortunadamente, después de los gritos del chico, el jubilado cayó una vez más en un error que había cometido decenas de veces a lo largo de su vida: quiso decir la última palabra y dejar callado a su interlocutor.

—Ahora México es tu casa; es lo mejor para ti. Si no te gusta, cuando crezcas pide ayuda al gobierno sueco y te vas —apuntilló el padre, rematando la conversación.

Erik no volvió a hablar porque tenía mucha rabia contra David, pero también porque le preocupaban problemas sociales que debía encarar en su escuela, a la mañana siguiente. Broncas que, por cierto, su padre provocó con la tonta idea de organizar una rifa para obtener fondos para la escuela pública. La fortuna hizo que el boleto ganador del sorteo fuera el de su hijo. Eso decidió la fortuna: buena o mala fortuna.

—¡Pinche transa! ¡Qué poca madre! ¡Pinches gringos! ¡Pinches güeros! —decían en voz baja los otros niños de la Secundaria Federal Uno cuando se anunció el ganador en el patio central y Erik tuvo que pasar al frente a recibir el premio. Ésa era la causa de enojo del chico. El domingo, en el paseo, David ya ni se acordaba de la rifa. Igual que ocurrió en Acapulco, David trató de ayudar, pero lo lastimó y lo dejó en ridículo públicamente.

Todo el fin de semana, el adolescente de primero de secundaria estuvo reviviendo la escena en la que pasaba al frente de quinientos compañeros resentidos. Incluso pensó en escapar de casa y nunca más volver a la Secundaria Federal Uno. Planeaba irse a Oaxaca y desaparecer para siempre. No sabía bien por qué, pero sentía que en Oaxaca podría iniciar una nueva vida, lejos de su papá. Sentía ira, frustración, rencor e impotencia.

Cuando llegaron a la casa, los chicos se fueron a sus cuartos a dormir. David se quedó sólo en la sala. Apagó la luz y se sirvió un mezcal de Oaxaca. El calor del destilado le hizo pensar nuevamente en dragones, pero luego se quedó mirando hacia un ventanal de madera y vidrio, detrás del cual se escuchaba la actividad de los insectos nocturnos en el jardín. Giró la mirada hacia la urna fúnebre de su esposa Gry. La recordó sonriendo. A ella le gustaba poner música y bailar. La imaginó invitándolo a bailar con ella. Le hizo un guiño con el ojo a la urna, le lanzó un beso y le preguntó suavemente:

—Dime, amor, ¿qué hago para ser buen padre?

XXIII
Linaje

Tres personas recibieron el nombre de Trinidad Santana y la frasca con monedas de oro pasó de mano en mano porque cada uno pudo ver en el interior algo más que hormigas. Primero fue el excapataz de minas michoacano; después su hijo, que llegó a ser un próspero abogado, y al final la última heredera del linaje, una millonaria socialité mexicana.

Durante veinticinco años Trinidad primero durmió, cada noche, abrazado de su esposa Estela. No se separaron ni un día desde que él fue por ella a Contepec, a casa de sus padres, para demostrar que ya no era alcohólico, tenía un trabajo en la casa de campo del general Cárdenas y además ya sabía leer y escribir. Esa exhibición de autodominio y una clara paz interior enamoraron nuevamente a su esposa, que años antes lo había metido a la cárcel por borracho y después lo vio partir cinco años, para reformarse y buscar trabajo, tras la gran tragedia de Tlalpujahua.

En 1942 volvieron a juntarse. En 1952 nació su único hijo, Trini. En 1967 Estela enfermó y murió. Tenía tiempo con males pulmonares que provocaban que por las noches se escuchara un silbido mientras respiraba. Los médicos diagnosticaron que padecía enfisema, provocado por toda una vida de cocinar diario con leña y carbón. Le prohibieron volver a usar estufa de humo y le ordenaron sólo cocinar con gas. Ella entristeció porque no podía respirar a plenitud y porque la comida le sabía insípida. No le gustaban los frijoles ni aunque llevaran mucho epazote, las tortillas de maíz las criticaba porque decía que parecían suelas de zapato; la longaniza le parecía grasosa. Poco a poco dejó de comer y se fue dejando morir.

Trinidad, que había aprendido muchas cosas de la vida en su convivencia con las plantas y animales, pensó en hablar con Estela de manera muy amorosa y reflexiva. Creía que en cualquier momento podían sentarse los dos en el jardín, agarrados de la mano, y conversar sobre lo que sí tenían, en lugar de mirar lo que no tenían. Pero ya no pudo. Dos semanas después del diagnóstico médico, ella se murió.

Trinidad padre cobró conciencia de que pudo pedir el deseo de que su esposa amada sanara, pero no lo consideró porque tenía la frasca con monedas muy guardada, lejos de su mirada y pensamientos. Él creía que la enfermedad es parte de la vida y que hay que adaptarse a cambios en las rutinas, por eso no consideró que Estela, diez años menor que él, fuera a perder la vida tan rápido.

La llevaron a enterrar al panteón de Contepec, Michoacán, que siete meses después de la tragedia de Tlalpujahua había recibido el reconocimiento como municipio. Ahí se despidió Trinidad Santana Torres de su amor monógamo, su pareja única. No lloró, pero no porque fuera muy macho o porque no le doliera, sino porque su mente comenzó a extraviarse y dislocarse de esta realidad de manera más marcada.

Al salir del panteón le pareció ver flores frescas en las quince tumbas de la familia Juan Casiano, cuyos cuerpos él había reunido por encargo de su patrón Santiago. Pero no hizo ningún caso de lo que creyó ver. Su hijo le abrazaba fuerte el brazo y lo ayudaba a andar. Él tenía sesenta años de edad.

Para Trinidad hijo, la muerte de su mamá también tuvo un impacto muy profundo, aunque se reflejó sobre todo en su manera de entender el amor entre hombre y mujer. Su padre y su madre habían sido fieles hasta la muerte y ahora veía a su papá como la criatura más frágil, vulnerable y sin sentido en la vida. Incluso lo veía más vulnerable que él mismo, pues se sentía pleno de los superpoderes de la juventud. Al regresar a Cuernavaca, una noche, Santana Torres sacó la frasca del ropero donde la guardaba. Contó que todavía contenía veintidós monedas y le habló:

—Oye, tú, frasca. Sé que volver de la muerte es algo que no puede ser. También sé que sólo Dios, nuestro señor, decide cuándo y cómo moriremos. Yo sólo te pido que si voy a vivir más tenga alguien que me cuide y que si llego a tener nietos, pueda conocerlos. —Entonces miró el fenómeno extraordinario de que dos monedas de oro se convirtieron en humo. Antes había pedido que no se lo fuera a llevar el diablo;

que se le quitara lo borracho; recuperar a su esposa; morir en paz cuando llegara el momento; hablar con los animales; volar, tener un hijo y que nada material le faltara a su descendencia.

Esa conversación con la botella la observó accidentalmente el chico, Trinidad segundo, que le preguntó a su papá cómo había metido tantas monedas de oro dentro de esa botella. El jardinero supo lo que esa pregunta significaba y por eso, sin restricciones, tomó tres horas para contarle la historia de la frasca, como él la conocía.

Al concluir le prometió que le entregaría el envase mágico si él le prometía que estudiaría hasta ser licenciado y su hijo, que lo amaba, aceptó. Sin embargo, preguntó: «¿Y no podría pedir un deseo ahora? ¿Aunque fuera uno?». Su padre le dijo que sí, pero que pensara una noche lo que desearía porque era algo que no podría cambiar. El chico era muy listo y tenía la seguridad de que en el futuro podría pedir cosas que para otros parecerían imposibles, así que la mañana siguiente hizo una petición que le aportó mucha fortaleza interior y a su padre le llenó de tranquilidad.

—Quiero que cada mañana, al despertar, encuentre un motivo de alegría —dijo el adolescente que estaba en camino de convertirse en hombre. Sostenía en sus manos la frasca con monedas de oro y, como había ocurrido antes a su padre, vio la transformación de una moneda en humo.

Miró a su papá y distinguió el movimiento que hacían sus bigotes cuando sonreía: la punta de su pelo facial se orientó hacia arriba y sus mejillas rojas parecieron un poco más redondas. El excapataz minero, exteporocho y ahora viudo tuvo la certeza de que su hijo iba a estar bien y soltó las amarras de su lucidez para moverse lentamente hacia una realidad aparte, de la que iba y volvía para no sentir tanto el dolor de la muerte de Estelita.

Tres años después Trinidad primero decidió ir a vivir a un hogar para adultos mayores, en Cuernavaca. Era 1970 y acababa de morir el general Cárdenas por lo que el Rancho Tingüindín dejaría de ser residencia. Su hijo había entrado a estudiar en la Facultad de Derecho de la Universidad Nacional Autónoma de México, la UNAM, y él había encontrado un lugar donde le prepararían alimentos cada día, podría rezar, leer, hablar en secreto con los animales y hasta irse a volar cuando nadie lo viera salir o llegar.

Trinidad segundo cumplió su promesa de ser licenciado. Desde que comenzó la carrera identificó un campo en el que se podía hacer próspero y poderoso: el juicio de amparo. Se trataba de un tipo de proceso que se creó en México en el siglo XIX para que los ciudadanos se defendieran ante actos ilegales del gobierno o los tribunales. Como en el país había muchos abusos del gobierno, los juicios de amparo abundaban, principalmente promovidos por personas o empresas poderosas y de mucho dinero que así evadían el control gubernamental.

Antes de graduarse, Santana Rosales ya trabajaba redactando expedientes en un despacho privado y no le faltaba el dinero en la bolsa. Compró su primer automóvil a los veinte años de edad y podía comer o beber en buenos lugares. Muy joven se convirtió en un talentoso jugador del amparo, que encantaba a profesores, jueces y magistrados por su facilidad de palabra, extraordinaria memoria, pero además porque era un hombre de buen porte y siempre encontraba un comentario para hacer sentir bien a las personas. En su vida privada también era un pistón: ya había tenido veinticuatro amantes femeninas y un romance homosexual el día que se tituló como abogado. Cuando visitaba a su padre en la casa de retiro, los fines de semana, Trinidad segundo sentía tres cosas, principalmente: que su papá perdió las ganas de vivir desde que murió su mamá; que generalmente estaba en paz, pero que cada vez parecía más ausente. La memoria no le fallaba a Trinidad padre, pues el día que su hijo le llamó por teléfono para avisarle que ya tenía su título universitario, él le dijo que ya había limpiado bien la frasca de hormigas para entregársela. Luego el joven le habló sobre la posibilidad de ir a estudiar un posgrado en Francia, en la Universidad de la Sorbona, y el viejo le dijo que fuera porque estaba seguro de que él no se iba a morir hasta no verlo con un bebé en los brazos.

Antes de irse a París, padre e hijo hicieron un viaje en auto hasta el panteón de Contepec para platicar con Estelita, sentados junto a su tumba. Hablaron en voz alta, cada uno en su momento, como si estuvieran los tres sentados en una mesa, comiendo tacos dorados con pollo. Luego regresaron a Cuernavaca. En el camino Trinidad padre pensó que no había volteado a mirar las tumbas de la familia Juan Casiano, quizá porque estaba empezando a fallarle la memoria. Ya regresaría volando otro día.

Trinidad segundo recibió la frasca con diecinueve monedas de oro. Antes de irse a Europa pidió una cuenta bancaria con cinco millones de pesos, que eran como doscientos mil dólares norteamericanos, y le quedaron dieciocho deseos. Por vía legal tramitó un permiso sanitario para entrar a Francia con un frasco lleno de hormigas por si lo detenían en el aeropuerto, pero nadie revisó su maleta. Él tenía veinticuatro años de edad, grandes cualidades intelectuales y sociales, pero también una clara adicción al sexo. Era 1976 y la vida en la capital francesa era bastante liberal. Cada fin de semana salía de fiesta y una nueva mujer perfumaba su lecho. En esos encerrones, que podían durar desde el viernes hasta el lunes, su impulso por el sexo no era saciado por mucho tiempo y le llevaba a repetirlo sin descanso.

Académicamente nunca dejó de ser funcional. Acreditó con excelente calificación el idioma francés, que comenzó a estudiar desde México, en la UNAM. Después acometió sus clases e investigación para tesis con un objetivo muy claro: entender en qué casos los derechos humanos deben ser protegidos por encima de los derechos constitucionales. Por eso su tesis trató sobre jurisdicción constitucional.

Como muchos mexicanos llegó a vivir al barrio Montparnasse, en la margen izquierda del río Sena o *Rive gauche.* Tenía suficiente dinero para alquilar su propia buhardilla en la pequeña Rue de la Grande Chaumiére, que le gustó mucho porque por las mañanas olía a pan recién horneado y porque vio un niño que temprano salía con un estuche de violín en la espalda y un patín del diablo para viajar más veloz. Desde ahí, Trinidad Santana Rosales caminaba tres cuadras hasta los Jardines de Luxemburgo, los cruzaba mirando al este, llegaba a la Place Edmond Rostand y sólo debía caminar cuatro cuadras más hasta la puerta del Instituto de Criminología y Derecho Penal, de la Universidad de la Sorbona, en la calle Place Panthéon, número 12. Cuando tenía tiempo libre, entre semana, visitaba el Museo del Louvre. Desde su casa sólo debía abordar el metro en la estación Vavin, de la línea 4, cambiar a la línea 7 en Chatelet y dos estaciones adelante ya estaba en el museo.

Pero cuando la noche del viernes llegaba sentía tensión en el músculo pubococcígeo. Entonces imágenes y evocaciones de aromas y tactos femeninos ocupaban su mente. Era un adulto joven y sabía que medio centenar de mujeres, de diferentes biotipos, ya habían abrazado la encendida dureza de su miembro masculino y experimentado la cascada neuroquímica que acompaña a las contracciones del piso pélvico, en el orgasmo.

Su mente se llenaba de imágenes de partes específicas del cuerpo femenino: caderas, nalgas, ojos, boca, pubis peludos, tetas contenidas en brasieres desafiantes. Dos décadas después comprendería que su pulsión sexual irrefrenable operaba con dos combustibles: un desequilibrio neuroquímico heredado por su padre que le hacía propenso a las adicciones y el rechazo al amor monógamo que puede dejar un espantoso vacío cuando aparece una viudez.

—Deseo que yo nunca sea viudo —le pidió una noche a la frasca, después de beber un litro de vino de Burdeos y temeroso de experimentar alguna vez el extravío sentimental que sabía que padecía su padre Trinidad Santana Torres.

Esa noche no salió de casanova, pero siguió tomando vino y fue tanto que se quedó dormido sin quitarse la ropa. Entonces tuvo un sueño extravagante: vivía en un pasado milenario y él era el antiguo pintor griego Zeuxis, escogiendo para modelos a las mujeres más bellas y jóvenes de Crotona. Así lo había visto en una pintura del Louvre, donde se representa al artista que vivió en Atenas en el año 400 antes de Cristo.

Zeuxis fue famoso, en su tiempo, porque encontró una solución estética para pintar a la mujer ideal: escoger cinco mujeres y representar de cada una su parte más perfecta. En el sueño él era el artista y evaluaba a doce modelos mientras estaba cómodamente sentado frente a un gran boceto donde debía pintar a Helena de Troya. Alrededor oía voces murmurando que el trabajo del maestro era tan sublime que unos pájaros intentaron picotear unas uvas perfectas, pintadas por él en un lienzo.

«Tener cinco mujeres semiperfectas serviría para construir a la mujer perfecta», creyó escuchar

Trinidad dentro del sueño. La voz provenía de una habitación interna en la que hablaba su mente, al mismo tiempo que él personificaba al pintor griego. Toda esa noche se visualizó calificando modelos para su lienzo perfecto y mientras consolidaba la idea de circunscribir su vida sexual ingobernable a sólo cinco mujeres semiperfectas. Desafortunadamente, germinaba en su persona el mismo mal que el filósofo Aristóteles criticó en Zeuxis: su búsqueda de la belleza física era acompañada de la pérdida en el conocimiento del carácter de las personas.

Al despertar tomó mucha agua con gas y comió pan. Era sábado y aunque tenía claro que le pediría otro deseo a la frasca, se contuvo toda la mañana. Se fue al museo, soportó las filas de turistas y llegó hasta la pintura de Zeuxis, donde gastó una hora mirando cada detalle. Volvió a su buhardilla y miró el interior del envase de vidrio transparente con base cuadrada. Quedaban diecisiete monedas.

—Quiero cinco esposas y que todos seamos felices.

Cinco años tomó al padre, Trinidad Santana Torres, cumplir su deseo de recuperar a su esposa Estela. Cinco años tomó al hijo, Trinidad Santana Rosales, cumplir su deseo de tener simultáneamente cinco esposas y que todos fueran felices. En ese periodo de tiempo el maestro en Derecho Constitucional conoció por separado a sus cinco conyacentes liberales; vivió romances intensos de alto octanaje sexual, fundó el despacho legal más próspero de México y litigó en juzgados y tribunales hasta conseguir el primer amparo legal para defender su derecho al multimatrimonio, alegando que se trataba de un derecho humano por ser practicante fundamentalista de la religión mormona.

Lo que hizo, conociendo la polisemia de la lengua legista en castellano, fue invertir los principios del famoso juicio Reynolds vs. Estados Unidos, que concluyó con la sentencia: «Las leyes están hechas para el gobierno de las acciones, y mientras ellas no puedan interferir con las creencias puramente religiosas y la opinión, ellas podrían continuar con las prácticas».

Las cinco mujeres semiperfectas que en 1981 se casaron, por separado, con Trinidad Segundo fueron la abogada y magistrada de tribunal Eliza Pradera; la doctora en ciencias biológicas, experta en murciélagos Emma Rosales; la periodista de investigación Sarah Urías; la arqueóloga especialista en culturas del desierto del norte de México Helena Cano y la neuropsicóloga Lucía Madero. La biografía de cada una quedó escrita en sendos libros que, en el año 2000, financió secretamente Trinidad Santana Madero, la única hija que tuvo el abogado, aunque sus esposas tuvieron descendencia con otros hombres, en otros momentos.

En secreto, el abogado pidió cinco deseos, en momentos coyunturales específicos, para que sus esposas pudieran ser felices y superaran obstáculos que la iniquidad de género mexicana les impuso; obstáculos que no se podían superar legalmente ni económicamente, pues esos dos campos ya estaban ampliamente dominados por el esposo que había construido un emporio legal basado en sus victorias consecutivas en juicios de amparo de diferente índole.

Tras ganar un juicio, representando al estado de Campeche contra Petróleos Mexicanos por un grave derrame de hidrocarburos en las costas, Trinidad Santana Rosales alcanzó una cuantiosa fortuna personal de quinientos millones de pesos o veinte millones de dólares. Tenía sólo veintinueve años de edad. Una década después ya acumulaba mil millones de dólares.

Poco antes de concluir ese año, el 8 de noviembre de 1981, nació la pequeña Trinidad tercera, hija del abogado y de la neuropsicóloga Lucía Madero. Su abuelo tuvo la alegría de mirarla llegar en brazos de sus padres a la casa de retiro en Cuernavaca. La cargó y de sus ojos brotaron lágrimas, pues aunque había visto muchas cosas en la vida, la felicidad de sostener a esa vulnerable criatura le aportó la energía suficiente para alcanzar la más alta jerarquía de paz interior; la antesala de la liberación.

—Gracias, mijo. Una cosa te quiero decir. Yo pronto he de morir y lo haré con alegría porque me reuniré con mi Estela. Las almas viajamos en racimos, me lo dijo en un sueño mi expatrón Santiago, y mi mujercita santa ya me espera para el viaje más emocionante de todos. Regresar de la muerte es algo que no puede ser, pero hacia adelante hay otras cosas que ya quiero ver.

Su hijo, que cada mañana encontraba un motivo de alegría para vivir, se fue tranquilo a casa, con su esposa e hija, porque vio a su padre con mucha paz. Cuando le llamaron para avisar que Trinidad Santana Torres murió durmiendo, preparó un funeral digno y llevó a reposar sus restos junto a los de Estela Rosales en Contepec, Michoacán.

La vida siguió y Trinidad Segundo sólo tuvo interacción sexual con sus cinco esposas, a quienes veía en momentos y espacios individuales, bien sincronizados. Gracias a la inteligencia de ellas, cada historia tuvo extensión espacial y profundidad emocional, aunque el abogado siempre mantuvo un freno en la entrega total de su corazón. Era un atleta del sexo y cada una de ellas también. Así pasaron de la edad de los veinte a la de los treinta y la de los cuarenta. Aunque él reconocía sus méritos intelectuales y profesionales, en secreto lo que más atesoraba de ellas eran sus nalgas, senos, piernas, labios, orejas, cabello. La semiperfección fragmentada y el constante intento de integrar una sola perfección femenina.

Años después, en un ensayo de caso clínico de neuropsicología, Lucía Madero escribió: «¿Por qué algunos hombres son polígamos? El estudio de la revista *European Journal of Social Psychology* 40 (6) 901-908, de las universidades de Postdam y Rochester sugiere que en los procesos cognitivos masculinos las mujeres son percibidas en fragmentos y después integra su imagen en el cerebro, mientras que los hombres perciben a otros hombres como una unidad. La hipótesis surge de dos experimentos con 264 observadores voluntarios hombres y mujeres. Un hallazgo inesperado en el que hay que profundizar es que ellas también miran a otras mujeres como objetos fragmentados».

La única mujer que el jurista percibió como ser humano integral, físico, espiritual, familiar, intelectual, ético, estético y moral fue su hija Trini, aunque torpemente sólo pidió para ella que nunca le faltara dinero en la vida. Le compró todo lo material que un padre puede ofrecer a su única heredera; viajaron a Disney, París, El Cairo, Estambul y Nairobi; le pagó las mejores escuelas primaria y secundaria.

Pero como la vida no es perfecta, el capítulo más oscuro en la vida de Santana Rosales provino de la política. Seducido por el poder se dejó convencer para ser candidato a jefe de gobierno de la Ciudad de México por el Partido Social Demócrata. Logró buena respuesta entre los ciudadanos y pudo haber ganado, pero un mes antes de la elección se vio obligado a dejar la contienda, presionado por el partido hegemónico, el PRI, que lo chantajeó para retirarse si no quería que lo exhibieran a él y a sus cinco esposas. Eso podría causarles daños profesionales y emocionales permanentes.

Él vivió un momento de amargura pero, propenso a la alegría fácil como era, buscó su frasca mágica, que todavía tenía diez monedas y pidió un deseo político: «Que pierda el PRI». Y así se cumplió. Fue el 6 de julio de 1997 cuando el partido político que dominó el país setenta y un años perdió la capital nacional, como preludio de que tres años después perdería la Presidencia.

Esa noche Trinidad Segundo durmió solo en una casa que tenía en Coyoacán y soñó algo complejo pero revelador:

En un terreno gigantesco, cubierto de pasto, había un estrado porque iba a empezar un mitin político. Alguien iba a llegar y a hablar. Enfrente había millones de personas, pero todas eran mujeres, mayores de edad, no había niñas. Él era un estudiante universitario que acudió al lugar porque quería aprender política y deseaba estar en el mitin de «Todas las mujeres del mundo» porque alguien les iba a decir algo importante.

Veía entonces diferentes tipos de mujeres, que en realidad eran la proyección de lo que era lo femenino en su inconsciente. Había mujeres que eran parte de la organización o *staff* y traían radios de comunicación, pantalones de gabardina con muchas bolsas y herramientas, diademas con audífonos y gorras. Había una zona para mujeres mayores con tapetes, sombrillas y lonas para el sol, donde estaban cómodamente sentadas y hablaban entre ellas; estaban otras zonas con mujeres muy pobres, sentadas en el pasto, en posición de flor de loto. Había otra zona donde había mujeres descalzas y con vestidos de verano cantando y danzando en círculos, tomadas de la mano. Había otra zona de mujeres sombrías, oscuras, vestidas con colores chillantes y mirándose unas a otras con rostro de desconfianza. Había una zona de mujeres músicas, que tocaban diversos instrumentos y había unas rocas elevadas donde estaban sentadas mujeres que parecían deportistas y que habían escalado hasta lugares altos. De pronto veía que entre la multitud se abría paso, por la fuerza, un grupo de mujeres que se acercaba al estrado empujando y gritando consignas e insultos. Era algo así como un «grupo de choque femenino». Él pensó que le parecían como mandriles llenos de cólera y rabia. Lentamente, en ese sueño, se acercó a mirar cómo las mujeres agresivas se abrían paso hasta el estrado donde se iba a dirigir el mensaje a «todas las mujeres del mundo» y de pronto sintió una mano sobre la nuca y un jalón que lo tiró al pasto y le restregaba la cara contra el lodo, mientras gritaba: «¡Aquí está uno de ellos!». Entonces, Trinidad segundo escuchaba un rugido de miles de voces enardecidas con odio y sentía los pasos de las mujeres enojadas que venían contra él. Tuvo miedo porque pensó que iba a sentir mucho dolor físico al ser desmembrado. Y en ese momento, comenzó a flotar, a flotar y a volar y a mirar toda esa muchedumbre femenina desde afuera. En su vuelo veía que la concentración humana ocupaba kilómetros cuadrados de terreno y que él se alejaba del estrado, arrastrado por una suave corriente de viento hacia un bosque de pinos y oyameles desde donde se miraba todo lo anterior. Mientras iba bajando hasta la punta de un árbol vio a un círculo de mujeres que estaban vestidas de blanco y con el cabello suelto. Ellas estaban dirigiendo su vuelo y les veía los ojos llenos de luz y sonreían. Eran las mujeres mágicas. Sus cinco esposas, en la manifestación más bella que había conocido de cada una. La cinco eran perfectas. Lo dejaron en el suelo y dijeron: «¡Aquí te quedas! Porque tú no puedes escuchar el mensaje para "Todas las mujeres del mundo"». Y se despertó.

Se paró de la cama y se fue al baño. Miró su rostro de hombre con la cara llena de pelo. Tenía cuarenta y cinco años de edad, había engordado mucho y acumulaba arrugas. Pensó que era un ser estúpido, pues en ningún momento se había planteado pedir consejo a sus cinco esposas sobre sus decisiones políticas. Ahora sentía que cada una de ellas tenía una mirada penetrante y superior de la realidad.

Comenzó a reírse de sí mismo, de su incapacidad palpable para entender lo femenino. La risa aumentó hasta volverse carcajada; una cadena de contracciones y sonidos incontrolable. Era una risa loca, desquiciada, que le obligó a sentarse en el piso y después a tirarse boca arriba, pataleando, por la gran broma que era él mismo, amante mezquino.

Todavía en el suelo respiró hondo y giró la cara hasta encontrar su rostro reflejado en un espejo de cuerpo completo. Se vio deforme, repelente. Volvió a explotar su risa y en la cúspide de una carcajada delirante su corazón se detuvo y murió.

XXIV
Mentiras

La adolescencia de Erik podría describirse como un racimo de discusiones y desafíos hacia su padre. En la Secundaria Federal Uno, de Cuernavaca, obtenía buenas calificaciones, pero en el último año lo suspendieron varias veces por llevar cigarrillos y porno, participar en peleas colectivas y por escapar de la escuela saltando el muro trasero para salir a la calle por el campo deportivo Miraval. Como a sus amigos les costaba trabajo recordar su apellido sueco Björn y pronunciarlo (Biorn), mejor le empezaron a decir Oso, Osorio y Sueco.

Acabó la secundaria con promedio alto y buscó un bachillerato que le permitió acreditar ese nivel en dos años. A pesar de que ya era muy evidente su tabaquismo y primeras experiencias con el alcohol, no tuvo problemas para concluir la prepa y aprobó con una calificación alta su examen de admisión a la Facultad de Ciencias Políticas de la UNAM, en la Ciudad de México. Planeó mudarse a vivir solo a la gran urbe para formarse como sociólogo o periodista, según sus opciones iniciales. Nunca se planteó regresar a vivir a

Suecia, aunque tenía derecho. A los dieciocho años tramitó solo su doble nacionalidad y obtuvo su credencial con fotografía para votar en México. Como la universidad era pública y gratuita cada vez dependía menos económicamente de su papá.

Al mismo tiempo, la relación de David Björn con Ololi se volvió compleja. Cuando ella se acercaba a la pubertad comenzó a insistir, mañana, tarde y noche, en que quería visitar a su maestra Juliana, en Oaxaca. En ese tiempo la Costeña ya no vivía en Yavesía, sino en Tilantongo. El padre accedió a conceder la repetida petición cuando la niña cumplió once años, pues pensó que quizá quería hablar y aprender con su maestra cosas propias de mujeres que él no sabría cómo enseñar. También era buen pretexto para visitar a la curandera y saber qué hizo con los ciento setenta y cinco mil dólares norteamericanos que él le había pagado. Así empezó una serie de visitas a Tilantongo que realizaron juntos padre e hija adoptiva.

Antes de esa temporada de viajes y mudanzas, la infancia y adolescencia de Erik y Ololi en Cuernavaca sirvió para tejer alianzas fraternas, principalmente cuando David quería imponer alguna decisión doméstica sin consultarles. Los dos se llevaban bien porque bailaban mucho juntos. Ningún año faltaron a los talleres de danza regional que impartía la Universidad Autónoma del Estado de Morelos, atrás de la Catedral. A veces, antes de dormir, el profesor jubilado pensaba que el único que no le provocaba dolores de cabeza era Tapper, su perro bigotón, de raza corriente cruzada con callejera, que siempre lo seguía a donde iba y le acompañaba con alegría a sus caminatas alrededor de quintas con grandes jardines, orillas de barrancas y pastizales cortos que todavía quedaban en la llamada Ciudad de la Eterna Primavera.

En medio de las dificultades intrafamiliares, David se alegraba de que su condición de científico jubilado le permitiera atender sus faenas de padre de familia y al mismo tiempo avanzar en el tema de investigación que había capturado su atención desde 2006 y que no le exigía entregar reportes:

¿Existieron reptiles o saurios con fisiología que les permitiera escupir fuego? A lo largo de lustros buscó datos para construir una hipótesis seria.

El 27 de mayo de 2007 cumplió setenta años de edad y ya era un usuario experto del correo electrónico y consultas de revistas científicas en internet. Cada cierto tiempo enviaba cartas muy formales a diferentes investigadores del mundo con preguntas pequeñas y específicas que no revelaban de qué trataba su búsqueda o a cuento de qué venían esas interrogantes sobre química, bioquímica, geología, herpetología, fisiología, paleontología y arqueología.

Los intereses de los tres miembros de la familia parecían el movimiento con el que se teje una trenza: se mantenían unidos en la base, que era la casa; luego se separaban mucho en exploraciones individuales, regresaban y cruzaban a otro lado. Se volvían a separar, luego a regresar y así continuaron el tejido de sus tres diferentes destinos.

Cíclicamente David se preguntaba: «¿Cómo puedo ser un buen padre?». Tenía el claro propósito de no provocar una ruptura definitiva entre él y Erik, como le ocurrió en su propia biografía juvenil. La edad, los errores propios y décadas como profesor le indicaban que la inexperiencia de la juventud tiende a juzgar y calcular muchas cosas como si se trataran de un juego, pero aquel que sólo juega con la vida nunca llega a buen término. Esto le sugería tratar a sus hijos con firmeza y disciplina, pero también temía que un control exagerado como el que él había padecido en su infancia y juventud, en Upsala, se pudiera convertir en humillación y apagar la energía de sus hijos.

El año 2009 el exprofesor universitario sueco aceptó que su hijo se mudara a la Ciudad de México, a estudiar en la UNAM y a vivir en un departamento de dos recámaras en el barrio de Portales, frente al mercado, arriba de la mercería La Fama. También ese año Ololi pasó todo el verano en casa de Juliana en Tilantongo, donde la curandera había comprado una granja.

Entonces David pensó que sería bueno para él realizar un viaje con su perro Tapper a la zona de mayor presencia de la cultura olmeca: el sur Veracruz y todo Tabasco, frente a la costa del golfo de México. Se animó a preguntarle a su primer amigo mexicano, el chofer Mario Romero, si lo acompañaría en el viaje y aceptó. Así comenzó a elaborar un mapa propio de los lugares donde tuvo presencia la primera civilización sedentaria en el actual territorio mexicano y, en secreto, un mapa muy personal de los sitios donde hay representaciones del llamado dragón olmeca.

Para Erik la mudanza a la Ciudad de México, que entonces todavía usaba el nombre de D. F. o Distrito Federal, trajo consigo una mirada más crítica hacia la sociedad mexicana. Sus estudios en la Facultad de Ciencias Políticas y la inducción a los procesos de pensamiento crítico le hicieron notar más la corrupción y la impunidad en diferentes estratos: autoridades, empresarios, sindicatos, comerciantes ambulantes, intelectuales y otros grupos de poder, incluyendo a los periodistas.

En sus primeros dos años como chilango, también aprendió a bailar los seis géneros básicos para convivir en el ambiente urbano: cumbia, salsa, merengue, guaracha, bachata y hasta reguetón. Disfrutaba salir de noche y beber cerveza. Pronto perdió la virginidad con una turista alemana que conoció, con amigas, en la cantina Río de la Plata, de la calle República de Cuba, del Centro Histórico, y a quien invitó a dormir a Portales. Él no era alto. Medía ciento setenta y cinco centímetros de estatura. Tenía el cuerpo atractivo que el baile y la juventud construyen y lo apreciaban las mujeres porque era muy bueno para escuchar, hacer reír y encontrar cosas interesantes en las palabras de cualquier persona con la que conversaba. A lo largo de la carrera universitaria tuvo un racimo de ligues, con largas y aleccionadoras sesiones sexuales.

En la primavera de 2011 la familia hizo su último viaje junta a la Sierra Juárez de Oaxaca: David, Erik,

Ololi y Tapper acudieron al entierro de don Mario Romero Rodríguez, quien murió la tercera semana de mayo por complicaciones de diabetes. El científico sueco resintió la muerte de su amigo, con el que había recorrido miles de kilómetros por tierra visitando sitios arqueológicos olmecas. También juntos tomaron muchos mezcales y el oaxaqueño le enseñó unos movimientos de tai chi. Esto fue interesante, pues era la primera actividad en la que David se permitía mover el cuerpo con espontánea libertad.

Don Mario siempre estaba de buen humor o tenía un comentario inesperado para hacer sonreír a David. La última conversación telefónica que tuvieron fue el 28 de abril de ese año y bromearon sobre la boda del príncipe heredero de Inglaterra: William, que sería el día siguiente.

—¿Qué pasó, don Mario? ¿No va a ir a la boda real en Inglaterra?

—No. Decidí mejor no ir porque me gusta la princesa y para qué estar ahí con el corazón roto. Además, el sábado juega el Atlante y tengo que apoyarlo —le dijo su amigo.

Recordar esa conversación hacía brotar una sonrisa al hombre con cuerpo de oso mientras miraba la tumba recién instalada de don Mario. Esa noche llegaron a dormir a la cabaña de madera que habitaron durante un año en el campamento de Trinidad Ixtlán. Le pidió a los chicos pasar ahí el fin de semana para estar juntos el día de su cumpleaños, viernes 27, y el de Ololi, domingo 29. Aunque la familia Romero

Rodríguez estaba de luto, cuando supieron que sería el cumpleaños quince de la niña, dijeron que eso no podía dejarse pasar así nomás y que tenían que hacerle, por lo menos, un mole.

Como el doctor güero era conocido y estimado en Yavesía, organizaron rápido una comida especial con carne de guajolote, mole negro, arroz rojo, mezcal, cerveza, refrescos, con música de viento y danzas zapotecas porque era el aniversario 15 del nacimiento de Ololiuqui y en esa fecha la jovencita iniciaría su vida social como mujer.

Las amigas de la familia Romero, incluyendo a la señora Amada Chávez y sus hijas, los esperaron desde temprano en el pueblo, donde peinaron y embellecieron tanto a la mujercita ixcateca que, al verla, padre e hijo se quedaron con la boca abierta. Su cabello negro estaba trenzado con cintas amarillas y rosas. Su vestido negro con bordado de flores amarillas en el pecho reflejaba su cintura de avispa y sus caderas fuertes de danzante. La parte de abajo del vestido terminaba en un ancho holán blanco. Sus pies descalzos eran como los de un ángel. Todos querían tomarse fotos con ella y cuando la banda de viento de estudiantes de secundaria empezó a tocar «La Zandunga», Erik se amarró una banda roja a la cintura y fue el primero en pedirle bailar con ella los ocho pasos básicos de ese baile folklórico, muy vistosos. Estaban todos muy contentos de ver a Ololi que ya era mujercita y muy hermosa. Algunos le pidieron en secreto favores mágicos y ella a todos les dijo que sí, pero que justamente sería en secreto como les escucharía y ayudaría. David supo que esa niña le había dado mucho sentido a su vida y que hacerse cargo de su cuidado había sido lo correcto. Erik sólo supo, mientras bailaban, que estaba enamorado de su hermana.

Al regresar al centro del país siguieron sus ires y venires. El periodismo terminó por ser la elección profesional del hermano mayor y justo cuando éste concluyó su licenciatura, en 2013, la hermana pequeña pidió a su padre aprobación para estudiar etnología en la Escuela Nacional de Antropología e Historia, la ENAH. Él sentía tristeza al pensar que también se mudaría, pero ella le pidió algo temerario: ayudarla a comprar un auto económico y permitirle viajar todos los días entre Cuernavaca y la Ciudad de México, pues de su casa a la escuela la distancia eran 66 kilómetros, comunicados por una autopista de seis carriles. David aceptó y agradeció no quedarse solo. Erik ya trabajaba y visitaba cada vez menos la casa de la privada Cuexcontitla, cerca de Domingo Diez.

Poco después de cumplir veintidós años, Erik conoció a Cristina, una mujer muy bonita con un pasado escabroso a la que él se sintió adherido rápidamente. A ella no la conoció en la escuela, trabajo o fiesta, sino en un grupo de autoayuda de Neuróticos Anónimos o N. A.

La vida era muy estresante para el novato periodista y debía encargarse de trabajos de largo aliento en una revista de investigación. Cíclicamente tenía explosiones de ira, desplomes depresivos o días con manías muy marcadas, que se manifestaban bebiendo y fumando, tabaco o marihuana. Su manera de reaccionar a la frustración le generaba culpa, así como pérdida de amigos, oportunidades e historias periodísticas. Alguien le recomendó acudir a un grupo de apoyo o ayuda y él descubrió un salón N. A. entre las estaciones de metro Portales y Nativitas, en el sur de la Ciudad. Comenzó a acudir y entender la dinámica de compartir las historias propias y estar acompañados, generalmente sin aconsejar a quien no lo pedía.

Después de tres o cuatro meses de acudir al grupo, Erik ya había expuesto su propia problemática y era ligeramente identificado por otros asistentes. Una tarde vio por primera vez a Cristina y ya no pudo dejar de pensar en ella. Tenía veinticinco años de edad y acababa de salir del penal o cárcel para mujeres de Santa Martha Acatitla, en el oriente de la Ciudad de México, y al pararse frente al grupo les contó:

—La primera vez que robé fueron unos calzones ·de una niña vecina. Yo tenía doce años y mi mamá me trataba muy mal. Siempre me trató mal. Yo era la mayor y tenía que ayudarle a cuidar a mis hermanos y limpiar la casa. Además era yo muy burra y me sacó de la escuela a los doce años. Un día estaba yo lavando en la azotea y vi en una de las jaulas para tender ropa unos calzones de niña muy bonitos, con encaje y florecitas. Supe que eran de una vecina que era muy grosera conmigo. Sus papás tenían mucho dinero y ella era muy caprichosa. Vi su ropa interior y sentí odio, sentí que no era justo que esa pinche chamaca tuviera algo tan bonito. Algo que nadie veía pero que ella veía y que seguro la hacía sentir como si fuera rica. La odié, la odié, la odié con todas mis fuerzas porque yo era una mugrosa, pobre, que ya no iba a la escuela. Y entonces jalé por debajo la reja de la jaula para tender ropa y me metí y tomé los calzones. «¡Ya verás! ¡Pinche vieja!», fue lo que yo pensé. Y no me quedé yo con los calzones. Los tiré a la basura. No era que yo los quisiera para mí. Lo que quería era que esa pinche chamaca consentida sintiera feo, así como yo sentía feo. Desde ahí pasaron muchas cosas, con adultos, con otras mujeres y con hombres, pero aprendí que cuando les robas algo, los haces sentir miedo, los lastimas. Y yo he robado para conseguir dinero, pero sobre todo he robado para lastimar, para quitarles su pinche risa de la cara. Porque siento odio cuando alguien me trata mal, porque sé que si me desquito con sus cosas, ya no se van a reír por un rato.

El joven periodista se quedó inquieto con esta historia. Cristina era tres años mayor que él, pero había vivido cosas que no le habrían pasado por la cabeza. No sólo le impresionaba el hecho de los robos, sino la lógica que sustentaba su conducta y, sobre todo, su dolor. Erik nunca se hubiera descrito a sí mismo como un hombre con gran compasión, pero sí lo era.

Volvió a ver a Cristina en el grupo dos veces más. Entre la primera y segunda ocasión pasaron tres meses. Cuando ella volvió pasó al estrado y el periodista no la reconoció al principio porque su cara estaba muy golpeada. Dijo que había peleado con una mujer de su familia que la pateó en el piso hasta dejarla inconsciente. Ese día pensó que lo único que podía hacer por ella era escucharla, pues en ese grupo todos eran náufragos. Un mes después ella regresó y los dos coincidieron al sentarse en la última fila del salón, bebiendo té que obsequiaban gratis en N. A. Sus miradas se cruzaron y ella, contrario al gesto desafiante que Erik hubiera esperado, bajó los ojos. Cuando la mujer salió de la sala él contó hasta tres y bajó rápido a alcanzarla. Sin querer, casi la arrolla al salir a la calle, porque ella se había detenido junto a la puerta a fumar tabaco.

—Perdón, perdón. No te vi. Ya tiré tu cigarro. Soy regüey. Discúlpame.

—Calma, hombre. Calma. No hay falla —respondió ella sin sobresaltos.

Luego sacó un cigarrillo nuevo y después de encenderlo exhaló el humo, sonrió y le dijo al joven:

—Te apuesto una cerveza a que venías corriendo para alcanzarme.

—No. ¿Cómo crees? ¿Por qué? —mintió Erik.

Ella dibujó en su rostro una sonrisa muy grande, en señal de triunfo. Lo había mirado a fondo dentro del salón y estaba segura de su análisis, por eso dio pie para seguir hablando:

—Tienes razón. Yo pierdo. ¿Cuándo te pago la cerveza que te debo? —Entonces fue David el que sonrió y se dio cuenta del nudo de palabras que acababan de atar los dos. Él hizo otro amarre con galantería:

—Vamos ahora. Si tomamos una, pagas tú; pero si tomamos más de una, yo pago todo, ¿te late?

Erik nunca lo supo, pero esa tarde entró a su vida una persona que acababa de adquirir un superpoder. Cristina López Medrano había despertado tras cuarenta y cinco días de coma inducido, provocado por la encefalitis que le causó la golpiza propinada por otra mujer, pero no regresó igual: despertó con la habilidad de descubrir cuando una persona miente.

La ventanita de luz por la que regresó de la muerte era tan estrecha que sólo cabía un hilo de átomos de oxígeno. En el hospital superó ocho infartos e hipoxia. Millones de neuronas murieron, pero la plasticidad cerebral le habilitó procesos diferentes de pensamiento y conciencia. Al despertar, comenzó a percibir las palabras y los gestos de una manera que se parecía a los estímulos del sentido del tacto. La construcción de frases y las expresiones no verbales le llegaban como brisa de aire continuo cuando le hablaban con la verdad, pero se sentían como aire turbulento y agitado cuando le mentían. Donde había una incoherencia, la detectaba en fracciones de segundo. No podía decir cuál era la verdad sobre las cosas, pero sí podía identificar las mentiras, sin equivocarse.

Su recuperación del coma inducido fue progresiva. Cristina siguió drogada varios días, pero al ir acrecentando su lucidez comprobó que era real su nueva habilidad y tuvo miedo. Sus familiares fueron los primeros en mentirle, pues maquillaron la narración sobre los hechos violentos que obligaron a inducirla en coma. La morena fuerte, de cuerpo con silueta de guitarra, cabello lacio, ojos color nescafé y boca suculenta prefirió callar. Se prometió no revelar a nadie su nueva condición de forastera del tejido social ordinario. Comprendió que hay un amplio conjunto de mentiras: algunas piadosas, otras perversas y unas muy viles. Por estos antecedentes, supo desde la primera conversación con Erik que él se sentía atraído sexualmente hacia ella, a la vez que ella rogaba por abrigo y abrazo.

Fueron a sentarse y hablar a la Cervecería Portales, donde regalan con cada cerveza caldo de camarón con chile y papas cocidas. Él le contó las generalidades de su vida y ella su deseo de encontrar un trabajo para reiniciar su recorrido. Él la miraba con ternura y la escuchaba durante muchos minutos sin interrumpirla. Ella identificó que él no guardaba segundas intenciones y que claramente quería cortejarla. Él sintió que inevitablemente ella llegaría a ser su compañera de lecho, por lo que no precipitaría la escalada. Los dos iniciaron un noviazgo de viajes en metro y caminatas en parques públicos que después de veinte horas juntos, en tres encuentros diferentes, derivó en la noche en que la lengua de Erik colectó por primera vez el néctar vaginal de Cristina en el departamento de Portales donde después vivieron juntos seis años.

XXV
Su boca

La última vez que Trinidad tercera sintió el abrazo amoroso y envolvente de su papá, el abogado Santana Rosales, fue el 24 de junio de 1997. Lo recordaba con claridad porque fue dos semanas antes de las elecciones en las que el PRI perdió el gobierno de la Ciudad de México, pero también lo tenía grabado en la memoria porque su papá le dijo que esa era la fecha en que los católicos celebran a san Juan.

Estaban en su casa de Cuernavaca, en la colonia Vistahermosa. Era de noche. Llovía de manera continua pero tenue y los grillos compartían su música nocturna, desde el jardín. Ella se había acomodado en un sillón del segundo piso para leer revistas, iluminada con un candelabro de velas que le gustaba encender como una extravagancia gótica. Su papá entró con una gran sonrisa y se sentó al lado, colocando su brazo alrededor. Él medía ciento ochenta centímetros de estatura y había aumentado de peso los últimos años. Ella apenas alcanzaba los ciento cincuenta y dos centímetros de altura a sus quince años de edad. Era bonita como la Venus que Botticelli pintó mirando a Marte desnudo, sin armadura. Su cuello era largo, su cabello ondulado, los ojos verdes, las cejas delgadas, la boca pequeña, pero de labios carnosos, la barbilla altiva. Para su padre, ella era la belleza divina encarnada.

—¿Sabes de qué me acuerdo cada vez que es día de san Juan, mi niña hermosa?

—¿De qué te acuerdas, pa?

—De que todos los años llueve en esta fecha y que mi mamá jugaba conmigo, abrazándome así como te abrazo ahora, y se balanceaba suavecito cantando:

Aserrín, aserrán,
los maderos de san Juan piden pan, no les dan,
piden queso, les dan un hueso, se les atora en el pescuezo.
Y se sientan a llorar
en las puertas del zaguán
¡con el triqui, triquitrán!

Y al terminar de cantar, mientras se balanceaba, Trinidad segundo hizo cosquillas a su hija, en la panza y las costillas, para hacerla reír. Luego ella, alegre, se le echó encima como fierecilla haciéndole cosquillas en el cuello y las axilas. Y él decía, jugando: «¡Déjame! ¡Déjame! ¿Que no ves que soy muy chiquito?». Y con un gesto opuesto a sus palabras la abrazaba rodeándola completamente como abrigo de oso, conteniéndola.

—Bueno, pa. Tú ganas, tú ganas. Mejor enséñame la canción —le dijo ella en esa noche de velas y llovizna. Él comenzaba a cantar de nuevo y a balancearse, pero ella se adelantaba con un brinco haciéndole

274

cosquillas al abogado bigotón. Así estuvieron jugando un rato, como dos niños de tres o cuatro años. Hasta que se cansaron y se quedaron abrazados en el sillón, mirando hacia el jardín.

La jovencita se sentía amada y protegida. Nada malo podría pasarle mientras su papá estuviera con ella porque era verdad que no había ningún ser humano que le prestara tanta atención, que se concentrara tanto en sus pláticas, que notara sus cambios de humor o sus experimentos de embellecimiento. Muchas veces sentía celos del despacho donde trabajaba, al que su papá llamaba el despacho de las doce llaves y también sentía celos de su mamá Lucía Madero, pues era una intelectual seductora que podía convertir a Trinidad Santiago Rosales en su mayordomo.

—Te quiero mucho, pa. Eres el mejor papá de la existencia.

—Y yo te amo más que a nada en mi vida, mi princesa —le dijo él.

Aquella noche ella le preguntó qué opinaba de las perforaciones en el cuerpo y él dijo que a algunas mujeres se les veían bien y a otras no muy bien, pero que le pedía que no se hiciera tatuajes ni perforaciones antes de los dieciocho años: «Así será tu responsabilidad legal, como mayor de edad, y no me podrías demandar», le dijo con una sonrisa cómplice.

Platicaron hasta tarde sobre algunos famosos. Ella le contó que en Estados Unidos se acababa de estrenar una película sobre un chavo que era barrendero en una universidad y resolvía un problema muy difícil de matemáticas, así que lo intentaba meter a la escuela un profesor. Allá le pusieron a la película *Good Will Hunting,* pero en México le iban a poner *Mente indomable.*

—Pero ¿sabes qué es lo que más, más, más me llamó la atención de esa película, pa?

—¿Qué, mijita? ¿Los galanes?

—Sí. Pero no por lo que tú piensas. Resulta que los dos protagonistas jóvenes son de Boston, pero estudiaron español aquí en Cuernavaca. Uno se llama Matt Damon y el otro Ben Affleck. Ellos escribieron juntos el guion. Son de los gringos que vienen a las escuelas de español y se quedan a vivir con familias mexicanas.

—Ah. Sí está muy interesante. Deben ser muy cerebritos, como tú.

—Bueno, pero ellos ya son más grandes. Pero está padre que hayan vivido aquí, ¿no crees?

—Ya lo creo. Yo sabía que aquí estudió español Burt Lancaster.

—¿Quién?

—Un galán de cine, pero de los tiempos de tu abuelito Trini y tu abue Estelita. Pero, qué menso soy, claro que no lo conoces. Lo que sí tienes que saber es que aquí vivió el último rey de Persia, le decían Cha de Irán. Hay varias historias interesantes, a lo mejor te acuerdas de Sumiya, ese hotel era la casa de Barbara Hutton, la multimillonaria que quedó huérfana a los cinco años y le decían la «pobre niña rica». Se casó siete veces, pero cada marido le quitó mucho dinero. Hay que ir a desayunar de nuevo a Sumiya, ¿te late?

—Sí, pa. Oye, yo te quiero decir algo. Una amiga me habló de una carrera que se llama licenciatura en Terapia de Lenguaje, es para ayudar a niños que no pueden hablar y a adultos que tuvieron accidentes y tampoco pueden hablar. No sé, pero quizá me gustaría estudiar eso. Llevan clases sobre el cerebro, pero también del desarrollo de los niños y hasta psicología. Se estudia en México, en una escuela de la Secretaría de Salud. ¿Tú qué opinas?

—A mí me suena muy bien. Sobre todo si puedes ayudar a los niños, porque a veces los papás no saben cómo ayudar. Lo único malo es que no vas a ser puma de la UNAM, como yo —remató con una broma Trinidad Segundo y se ganó otra ofensiva de cosquillas, con gruñidos, de la fierecilla que él amaba más que a nadie vivo. Le dio muchos besos y abrazos y se despidió. Después se volvieron a ver, pero los dos tuvieron días con mucha prisa y no hablaron de cosas muy personales. Tristemente, el 7 de julio Trinidad segundo murió por un infarto, durante un ataque de risa.

Los funerales fueron concurridos, pero Lucía decidió no exponer a su hija a sacudidas emocionales y antes de recibir condolencias pasaron una hora, las dos, despidiendo solas al abogado. Después la adolescente permaneció en la casa de Vistahermosa.

Al morir Trinidad Santana Rosales se puso en marcha un plan de contención y seguridad que él había preparado con mucho cuidado antes de conocer a sus cinco mujeres semiperfectas. Cada una estaba informada de la existencia de otras cuatro conyacentes y de la única hija del abogado. Antes de comprometerse legalmente con ese hombre que amaron desde diferentes aproximaciones aceptaron, por salud mental, no buscar nunca a las otras cuatro. El despacho de las doce llaves organizó la logística para permitir a cada una de las cinco viudas compartir últimas horas con el fallecido. El cuerpo fue cremado y las cenizas entregadas a su única hija. El testamento fue equitativo y generoso. Cada esposa recibió ciento cincuenta millones de dólares. La pequeña Trinidad heredó doscientos cincuenta millones de dólares, que serían administrados por un albacea corporativo hasta concluir estudios de licenciatura. Además, sería accionista minoritaria pero permanente del despacho de abogados, que entonces tenía como patrimonio propio mil millones de pesos.

En los días siguientes también hubo un distanciamiento en la comunicación madre-hija. A la casa de Cuernavaca llegaron familiares de Lucía, que era de Zacatecas, para hacerle compañía y ayudarla, pero la chica se aisló de ellos. Eran la abuela, el abuelo, la hermana mayor que estaba casada con un médico y un hermano soltero que se había ido a trabajar algunos años a Utah, en Estados Unidos. Eran gente de dinero, pero poco en comparación con la fortuna del excuñado.

Trinidad tercera no salió de su cuarto dos días, sólo se alimentaba con manzanas, yogurt y granola que le subía su madre hasta la recámara. Lucía no esperó más y agendó una cita para llevarla con una psicoanalista especializada en adolescentes: Olga Bernal.

—Me dice tu mami que no quieres comer Trini. ¿No te gusta cómo cocinan en la casa? —fue la pregunta más importante de la primera sesión, para conocerse.

La joven tenía mucha necesidad de hablar y comenzó a contar, primero tímidamente, pero luego con elocuencia, sobre la sorpresa y tristeza que sintió al enterarse de la muerte de su padre. Luego le dijo que si no quería comer era por un sueño que tuvo la noche que su papá murió y que sentía muy presente en su cuerpo:

—Es que en el sueño comienzan a caerse todos mis dientes, como si mis encías fueran de cera, plastilina o yeso. Yo intento colocarlos de regreso en su lugar, pero ya no puedo y mi cara se va deformando, hasta que termino con todos los dientes y muelas en mi mano. Siento muchas ganas de llorar y no quiero que nadie me mire, aunque no hay nadie alrededor. Camino por toda la casa de Vistahermosa con los dientes en la mano y siento la boca con mucha saliva, muy mojada —dijo la jovencita que estaba por cumplir dieciséis años de edad.

Las dos mujeres, analista y paciente, deshebraron el sueño como una posible representación del despojo y la gran pérdida que implica la muerte de una persona amada. Hablaron de lo que se rompe y ya no se puede reparar; de lo que se pierde y ya nunca se vuelve a recuperar. Después surgió otra pregunta: pero ¿por qué la boca? ¿Por qué el sueño no implica algún otro tipo de pérdida, como el ver, el oír o el perder otra parte del cuerpo? Y, después de dar muchas vueltas, Trini elaboró una primera conclusión:

—Es que la boca representa, para mí, por lo menos tres cosas que tienen que ver con estar viva: en primera, con la boca yo me alimento y me nutro para tener fuerzas, crecer y estar sana; en segunda, con la boca me comunico, me doy a entender y le digo a los demás mis pensamientos y mis sentimientos, y en tercera, mi boca tiene muchos nervios, me hace sentir muchas cosas bonitas cuando como y cuando beso.

—¿Y tú besas mucho? —preguntó la psicoanalista, pero Trinidad inmediatamente bajó la mirada y elevó un cerco de resistencia—. Me gustaría escuchar más, pero tenemos que concluir esta sesión —fue lo último que dijo la analista.

A la chica no le disgustó ni le gustó la sesión, pero la dejó pensando cosas toda la semana y aceptó, poco a poco, probar más alimentos. Se decía a sí misma que en su sueño los dientes representaban a su papá, que valoraba tanto, y que cuando los perdía, su vida ya no era igual, pero no porque su cara quedara deforme, sino porque ya no podía expresar amor con besos, bromas o nutrirse con su experiencia. Así interpretaba Trinidad Santana Madero su primer sueño trabajado en psicoanálisis.

Como resultado de la ausencia del abogado Santana Rosales, en la casa de Lucía y Trini Tercera, las rutinas de ambas fueron cobrando más espacio. Un par de semanas después, hubo un gran pleito de Lucía con su familia de Zacatecas y aunque la joven no se enteró de los motivos los vio salir y prometer que no la buscarían nunca más. Esa afirmación fue parcialmente verdadera, pero tardarían un par de años en volver a visitarlas.

Lucía resolvió su duelo de manera diferente. Era más grande, contaba con más herramientas, tenía estudios de neuropsicología y también mantuvo cierta distancia emocional de su marido durante veinte años de convivencia porque no era un hombre sentimentalmente comprometido. Para empezar una nueva etapa de vida, la académica planeó una remodelación completa de la casa de Vistahermosa pero, antes, solicitó una revisión a la estructura, temerosa de los efectos que los constantes sismos provocan en el centro y sur de México. Un ingeniero civil acudió a hacer un diagnóstico detallado y le gustó. Trinidad los vio por primera vez juntos en un segundo de incuestionable proximidad. Resguardados del sol en la sombra del frontón de la residencia, el ingeniero miraba al cielo con la espalda recargada sobre el muro verde mientras la señora de la casa, de rodillas, parecía devorar con ansias la estructura venosa y firme del erecto pene del consultor privado. Estupefacta, Trini se cubrió la boca con las manos y se retiró sin ser vista, pero luego en su recámara comenzó a chupar sus propios dedos, pensando en lo que había visto y tocando su cuerpo de mujer joven.

¿Cuánto duró el vínculo entre Lucía y el ingeniero? No lo supo su hija porque no lo volvió a ver en casa, aunque poco después de cumplir dieciséis años Trinidad pidió a su madre permiso para mudarse a la casa de Coyoacán, en la Ciudad de México, para estudiar la licenciatura en Terapia de Lenguaje, que se impartía en el Instituto Nacional de Rehabilitación.

En su casa de Coyoacán, cerca de la residencia que el conquistador Hernán Cortés le regaló a su esposa, la Malinche, en 1521, la millonaria heredera se sintió más libre para fumar tabaco, beber cerveza o mezcal de vez en cuando y poner en marcha sus propios juegos sexuales con chicos, privilegiando sobre todo satisfacer su fijación oral.

Entre los dieciséis y los treinta y siete años, Trinidad probó el sabor y textura de setenta y siete penes, nacionales y extranjeros. Sólo repitió con tres o cuatro, con los que recorrió varios años, pero la mayoría fueron aproximaciones de una sola noche o un solo día. Le gustaba mirarlos vestidos y adivinar su forma, tamaño y color; si tenían prepucio o no. Nunca pensó en casarse con alguno de ellos, quizá porque recordaba a los maridos estafadores de la historia de la «pobre niña rica», Barbara Hutton.

Como era atractiva y segura, les mostraba interés y los dejaba llegar a buscar. Según el humor que tuviera les exigía mayor o menor esfuerzo antes de proponer buscar un lugar a solas. En muchos casos ni siquiera se desvistió. Fue acumulando habilidad y lograba extender el encuentro sin que el hombre en turno alcanzara el final rápidamente: presionaba, sujetaba, frotaba, besaba, lengüeteaba, chupaba, succionaba y enfriaba. Nunca dejaba que le sujetaran la cabeza, aunque sí el cabello. Ella dominaba y administraba placer para su boca y evanescencia para el semental elegido. Aprendió que el sabor de la saliva informa el sabor del resto de los tejidos y humores del cuerpo y convirtió al beso en la boca en su mecanismo de selección infalible. Sin saberlo, Trinidad Santana Madero fue heredera de la adicción al sexo de su padre, Trinidad Santana Rosales, y de la adicción al chupe de su abuelo, Trinidad Santana Torres.

Cuando cursaba la primera mitad de su carrera, en octubre de 1999, la fortuna de Trinidad tercera creció más, pero de una manera funesta. Una segunda herencia de ciento cincuenta millones de dólares se sumó a su cuenta por la muerte accidental de su mamá.

Lucía Madero perdió la vida electrocutada mientras movía de sitio una lámpara decorativa en la enésima remodelación de su casa de Cuernavaca. La nueva tragedia sorprendió a todos los que estaban vinculados con la familia, pero el despacho de las doce llaves, integrado por doce exsocios de su padre, prefirió no involucrarse legalmente en el tema de la custodia de Trinidad, pues sólo faltaban tres semanas para que alcanzara la mayoría de edad. La familia de Zacatecas se presentó para los funerales, pero principalmente para saber si tendrían herencia. La huérfana no los recibió, pidió tratar todo con el despacho, que les informó que Lucía no dejó legado material para los consanguíneos.

Trinidad no había sido muy cercana a su madre. En psicoanálisis había abordado el tema de que Lucía no la amamantó de recién nacida y que narraba, como experimento exitoso, su trabajo de estimulación temprana con la más pequeña del linaje de los Trinidad Santana. A pesar de esto, la joven sintió que la muerte de su madre era el último tirón de un despojo extendido de sus afectos. Entendió el concepto de *horror vacui,* que usa la historia del arte para referir el horror al vacío, y se dijo a sí misma que ya no tenía nada en esta vida, sólo dinero. Hasta ese momento ella no sabía que su papá había dejado guardada, en la casa de Cuernavaca, la frasca con monedas mágicas que cumplían deseos.

La primera noche que estuvo sola en la casa de Cuernavaca, Trinidad se recriminó no haber conocido suficientemente a su madre. Desde que murió su papá pensaba que en cualquier momento podría llamarle por teléfono a Lucía y platicar largamente. Pero nunca lo hizo. Estuvo muy triste recordando y luego durmió. Volvió a soñar que se le iban cayendo los dientes, como si sus encías fueran piezas de yeso frágil y los dientes se desprendieran, completos, con todo y raíz, mientras ella intentaba hablar. Al final, sólo le quedaba un diente arriba y un diente abajo. En ese sueño se le desprendió el paladar de arriba y cayó al piso como un pedazo de yeso. Se quebró.

Despertó sudando, con tristeza y miedo. Frente a la ventana que miraba al jardín grande de Cuernavaca su boca articuló doce palabras: «La gente se muere y no sólo se muere por edad avanzada».

XXVI
Tilantongo

A la vista de una persona común, el pueblo de Santiago Tilantongo parece igual que otras cien comunidades de la Sierra Norte de Oaxaca. Sin embargo, antropólogos e historiadores del arte saben que fue capital de un imperio fugaz pero poderoso en el siglo XI. Su historia está contenida en el *Códice Colombino* y narra la saga de Ocho Venado-Garra de Jaguar, un guerrero y brujo que ha sido descrito como el «Napoleón de la Mixteca».

Al igual que hizo Bonaparte con numerosas naciones europeas, el guerrero-brujo de Tilantongo unificó a decenas de pueblos desde el centro de lo que hoy es México hasta la costa del océano Pacífico. Su nacimiento, educación, guerras, alianzas, familia, esplendor y ocaso fueron registrados en el *Códice,* elaborado sobre piel de venado con un recubrimiento de estuco muy fino y pintado con colores de diferentes pigmentos vegetales y minerales. Este libro fue hecho probablemente en el siglo XII después de Cristo y afortunadamente sobrevivió al fuego con el que los frailes de la evangelización cristiana destruyeron todo lo que les parecía pagano.

—¿Y si era tan poderoso y tenía un imperio tan grande por qué no hay aquí una ciudad monumental o una pirámide gigante?

Esa pregunta pertinente le hizo David a la maestra Juliana, el verano de 2009, cuando visitó por primera vez el pueblo donde ella había nacido y al que había regresado después de muchos años.

—Yo no lo sé. Supongo que no hizo lo mismo porque para construir ciudades y organizarlas hay que gastar riqueza. Y la riqueza es tiempo. Usted mismo sabe que el dinero es trabajo y tiempo capturado en un objeto —fue la argumentación sorprendente de la Costeña, que era una persona que jugaba siempre oscilando entre la ignorancia y la erudición, como hacen muchos indígenas.

—¿Entonces? —la picoteó David, con curiosidad crítica.

—Todo el poder lo concentró en su bulto. Tenía un bulto de yute con el que avanzaba en la guerra y así ganaba. Además, güero, lo voy a llevar luego a que conozca el sitio arqueológico de aquí que se llama Monte Negro. Casi no lo han escarbado, pero tiene columnas tan gruesas que para rodearlas se necesitan dos adultos agarrados de las manos y también hay restos de edificios de dos pisos. Desde ahí se domina toda la Mixteca. ¿Para qué hacer pirámides si ya vives en el País de las Nubes?

A David no le sorprendían las disertaciones filosóficas de la profesora y curandera oaxaqueña. Cuando la visitó por primera vez en su tierra natal ya tenía años de conocerla. Estaba conforme con el trato que había hecho, pues la gran alegría de su corazón era ver crecer a Erik y a Ololi. De cualquier modo sentía curiosidad sobre lo que había hecho Juliana con los ciento setenta y cinco mil dólares norteamericanos que le había exigido el año 2000 en Yavesía.

Cuando llevó por primera vez a Ololi al pueblo de la Costeña, en la parte alta del nudo mixteco, vio con un poco de decepción que el dinero que le entregó, producto de la venta de su casa en Norby, Upsala, lo había usado en la compra de un terreno árido de dos hectáreas, con una casa de cuarto, baño, cocina y un corral con doscientos pollos y gallinas.

—No es sólo el terreno, sino el lugar donde está el terreno. Un día esta casa lo va a beneficiar a usted en formas que ni sabe —le dijo Juliana y, tras invitarle un mezcal, le contó que también tenía unas monedas guardadas que ella le daría a Ololi y a Erik si un día llegaba a faltar el doctor güero.

—¿Y por qué les daría ese dinero, si ya es de usted? —le cuestionó David, quien no se había convencido de que ella no fuera una mala persona. Lo mínimo que podía pensar es que era «muy canija».

La Costeña tronó la boca y, como si estuviera harta de hablar con un cabeza hueca le dijo: «No es dinero. Son monedas». Y David sólo encogió los hombros y terminó su mezcal mirando el paisaje agreste de Tilantongo, que significa «Lugar Negro-Templo del Cielo».

Habían acordado que Ololi se quedara una semana con ella y así fue ese primer año. La niña se despidió de su papá adoptivo con muchos besos y abrazos efusivos. Él se fue, manejando su combi y acompañado por su perro Tapper, rumbo al estado de Guerrero, pues quería conocer la cueva de Juxtlahuaca. Ese lugar, cerca de la ciudad de Chilpancingo, tiene una roca donde hay pintada una serpiente que parece escupir fuego. Al igual que los animales fantásticos de Chalcatzingo, Morelos, es de la cultura olmeca. En los diferentes años que Ololiuqui le pidió visitar a la maestra Juliana en Tilantongo, él aprovechó para visitar los sitios donde había registro de dragones olmecas: Ticumán, Morelos; Tlapacoya, Estado de México; La Venta, en Tabasco. En esa búsqueda el científico sueco quedó extremadamente sorprendido cuando supo que los olmecas llegaron a tener asentamientos frente a las costas del océano Pacífico, en el lugar menos imaginado por los estudiosos actuales: el puerto turístico de Acapulco, frente a una formación rocosa llamada Guitarrón.

A lo largo de muchos años, David reunió datos de flora, fauna y minerales presentes en los lugares donde habían pintado o labrado al dragón olmeca. Se volvió un explorador naturalista, como el alemán Alexander von Humoldt del siglo XIX.

Para la niña, las visitas a Lugar Negro-Templo del Cielo le permitían preguntar, ejercitar y acumular habilidades mágicas. Sabía que David rechazaba esas creencias. Pero para ella no había fronteras entre ciencia, magia y religión. Veía y sentía puentes y vías comunicantes igual que identificaba vínculos entre los diferentes idiomas: «Al final de cuentas, todas las lenguas necesitan un humano que las articule y otro que las interprete», decía cuando ya estudiaba etnología en la ENAH.

La visión mágica del mundo era criticada mucho por políticos, profesores universitarios y divulgadores de la ciencia mexicanos. Pero Ololi no lo sabía y además no juzgaba.

En 2009 el Instituto Nacional de Antropología e Historia publicó un estudio que documentaba la presencia de especialistas en rituales o «mediadores de lo sagrado» en dieciocho regiones de México, así como sus guerras y persecuciones, y la admiración, rechazo u odio que despertaban en las distintas comunidades. Por eso la maestra Juliana Álvarez Viejo, la bruja Costeña, tenía noventa y cuatro enemigos mortales, sólo en Oaxaca. Ololi no tenía enemigos. Ella vivía la magia como arte y juego.

¿Cuál es el concepto central que comparten los brujos, magos, rezanderos, voladores, montañeros, makais, nahuales, tepehuanis, tonales, tlamatlis y curanderos mexicanos? La idea de que el ser humano está integrado por partes que pueden separarse. Para algunos hay dos componentes básicos: físico y espiritual. Para otros hay hasta dieciocho componentes. Según esa cosmovisión, quienes saben separar las diferentes dimensiones de lo humano pueden ejercitarlas y fortalecerlas. Luego pueden usarlas por separado para curar, educar, ejercer un tipo soterrado de justicia social y hasta dirimir disputas electorales.

En Tilantongo, la pequeña ixcateca aprendió que los poderes de la magia son limitados y que para no lastimarse con ellos es indispensable ser clandestina.

—Mira, mija. Tú sabes que todo depende de cómo se miran las cosas. Desde chiquita aprendiste a tejer, pero tú no veías el tejido como todas las personas lo ven. ¿Sabes por qué?

—¿Por qué, maestra?

—Porque cuando tejes cantas en tu lengua ixcateca y con tu gargantita haces un sonido que ya casi no lo hay en este mundo. Cuando la ixcateca canta mueve el aire de forma que ni los pajaritos pueden —le decía la Costeña. Todo eso hacía sentir a Ololi como una persona importante y que tenía que cuidar una bendición recibida.

En sus días en las montañas del nudo mixteco la mujercita aprendió muchas formas de curar con palabras, como rezos, cantos y decretos. También le enseñó su maestra a controlar sus sueños desde adentro y emprender viajes a lugares distantes, pero en el mismo tiempo presente:

—No es necesario usar alucinógenos, aunque hay quienes los usan y yo no los juzgo. Lo que sí te digo y te voy a enseñar es que con el sueño puedes viajar, visitar a maestros que saben que vas a llegar y les puedes hacer preguntas, que no contestan con palabras sino con señas corporales.

—Pero me da miedo que me pueda perder y ya no pueda regresar.

290

—A todas y todos nos da miedo cuando empezamos, pero se te va a quitar si aprendes a encontrar tus manos dentro del sueño. Cuando lo que ves en el sueño se vuelve confuso buscas tus manos, las fijas frente a tus ojos y con ellas apuntas hacia donde quieres avanzar.

Juliana y Ololi cantaban mucho cuando estaban juntas. A veces cantaban viejas canciones que usaban en rituales, pero también cantaban canciones rancheras y boleros románticos para alegrarse. Después de que la niña cumplió quince años y se convirtió en mujer, la maestra le pidió permiso para llamarla «ahijada» y ella se sintió muy feliz de poderle llamar «madrina».

Esa fue la época en que Juliana Álvarez Viejo le enseñó a Ololiuqui a preparar talismanes, es decir, a concentrar magia en objetos portátiles o intercambiables. Le contó que algunos objetos eran muy buenos por sus propios atributos físicos, como la piedra verde del jade, que es la más dura del continente americano y, en el mundo, sólo es más duro el diamante. También hay otros objetos que tienen buenas propiedades físicas, pero además son símbolos compartidos por muchos seres humanos, como el oro, que captura y ordena bien todas las energías, además de que es considerado por muchos pueblos como símbolo de riqueza y poder.

—Si manejas bien el oro, adentro se hacen collares chiquitos con energía. ¿Sí sabías que se usa oro en las computadoras? Y ahora también se va a usar en medicinas contra el cáncer. Ya lo vas a entender cuando tengas más cancha, mi chaparrita.

Muchas veces, en la mañana, tarde o noche, salían a buscar animales silvestres y a mirarlos en secreto para aprender cómo se comportaban. Cómo cazaban y hasta cómo se apareaban. La maestra Juliana le decía que si un día era necesario que Ololiuqui se «vistiera» de animal debía saber antes cómo se comporta la criatura que eligiera porque muchos nahuales habían sido descubiertos y asesinados por «vestirse» de perro o gato y andar caminando en dos patas o agarrar cosas como humano.

—Una se da cuenta de que se transforma porque dentro de los sueños siente que vuela o anda escondida entre las hierbas o se mete debajo de una piedra. Eso te deja ver que andas «vestida» en forma de animal. Yo cuando miro para abajo y veo a Tilantongo de día sé que ando «vestida» de gavilán. Si subo por los árboles y siento que no peso y brinco entre las ramas sé que ando «vestida» de ardilla. Si vas a un lugar tienes que saber qué animales son de por ahí. Aquí en el campo puedes vestirte de coyota o de calandria; más abajo, en los pueblos, quizá tienes que «vestirte» de burra o de guajolota, pero en las ciudades grandes a fuerzas tienes que andar de perra o gata para que nadie te mire.

—¿Y qué pasa si alguien me patea o me atropellan?

—Pues donde estés dormida tu cuerpo va a recibir los golpes. Y si tu nahual se muere, toda tú te mueres. Las partes de la persona se separan por ratitos,

292

pero luego vuelven a juntarse. Es como una pulsera de bolitas con una liga en medio. Puedes jalar la pulsera y las bolitas se separan. Luego le quitas fuerza y las bolitas se juntan. Así hacemos los que conocemos la magia con nuestras distintas partes. Y el día que esa liga se revienta y las bolitas de la pulsera se separan, ese día una ya se muere.

XXVII
Niña rica

Cuando quedó huérfana de papá y mamá, Trinidad Santana Madero se aferró más al psicoanálisis. Trabajó varios años con la doctora Olga Bernal, con la que describió muy claramente su fijación oral. Luego empezó a aparecer el tema de sus adicciones emergentes hacia el tabaco y el alcohol, pues fumar era lo primero que hacía al despertar y después de comer siempre consumía licor con hielos o cerveza fría hasta quedar tumbada de cansancio por las noches y volver a empezar.

Comenzó a trabajar al cumplir veinte años; no por necesidad, sino por salud y crecimiento personal, según su propia explicación.

Los padres de familia que llevaban sus hijos al colegio Discovery nunca imaginaron que la jovencita angelical de ojos verdes que ofrecía terapia de lenguaje era, en realidad, una de las mujeres más ricas de México. Su fortuna personal sumaba cuatrocientos millones de dólares. Era dueña de propiedades en Cuernavaca, Coyoacán, Acapulco, París y Manhattan, además de ser accionista minoritaria del despacho de las doce llaves.

No lo sospechaban porque Trinidad Tercera llegaba caminando a trabajar, ya que su casa estaba en la misma Calzada de los Estrada, a seis cuadras.

No era parte del personal de planta de la escuela, pero ayudaba haciendo observaciones y diagnósticos. Eventualmente, daba algunas terapias a pacientes especiales con problemas de lenguaje y aprendizaje. Era la *miss* Trini y la comunidad la percibía como una jovencita auxiliar.

Los padres de familia tampoco podrían sospechar que la terapeuta, egresada del Instituto Nacional de Rehabilitación y con dominio de tres idiomas, tuviera una ingobernable adicción al sexo, principalmente al sexo oral. Esto era difícil de averiguar porque esa parte de su vida privada ocurrió siempre en la Ciudad de México. Sus ligues eran en bares del Centro Histórico, la colonia Condesa y el centro del antiguo pueblo de Coyoacán. Tiempo después también frecuentaba la colonia Cuauhtémoc. A los dieciocho años todavía sentía complejo de clase y procuraba seleccionar a «niños bien» para llevarlos a solas y ordeñarlos con su boca de Venus de Botticelli.

Cuando cumplió diecinueve años e inició su tesis de titulación de licenciatura se enamoró poderosamente del mesero de un antro en la colonia Condesa, quien estudiaba lingüística en la UNAM. Salieron varias veces, durmieron juntos en Coyoacán y fue el primer hombre que miró totalmente desnudo su cuerpo adulto y la agarró por todos los rincones. Ella pensó que así era encontrar a la pareja para toda la vida, hasta que lo invitó a pasar una semana a la casa de Cuernavaca y él la dejó una noche tras un berrinche de ella, pero antes pasó al vestidor del fallecido abogado Santana Rosales y se llevó dos relojes Mido, como si se tratara de una compensación por las molestias.

—¡Ni coges bien! —le dijo el lingüista ojete mientras ella estaba llorando en su cama y antes de sustraer las alhajas masculinas de la residencia de palmeras altas, en la colonia Vistahermosa.

Cuando descubrió el robo se sintió más humillada, utilizada, como baratija. Extrañaba mucho a su papá, que era el único que le había obsequiado atención total, inteligencia y abrigo. Desde los dieciséis años había evitado entrar al vestidor de su padre porque sentía que no podría encarar la ausencia de Trinidad segundo.

Ahora se veía obligada a revisar el lugar que el ratero universitario había abierto. No quería tocar nada. Al principio sólo miraba hasta que encontró dentro del clóset un objeto extraño: un frasco viejo, de vidrio transparente, con cuello angosto y base cuadrada. Es decir, una frasca. Adentro tenía monedas que le parecieron centenarios de oro. Las primeras ideas que cruzaron por su mente fueron: «Este pendejo que se metió a robar no vio los centenarios. Con lo que hay aquí se podría comprar diez relojes más caros que los que se llevó, el tarado».

Con delicadeza sujetó el envase de vidrio, que parecía tener más de cien años. Bajó las escaleras con él para ponerlo sobre la mesa del antecomedor y mirarlo con más calma frente a la luz encendida y con una botella de cerveza Victoria en la mano. Eran nueve monedas de oro antiguas. Posiblemente coloniales porque tenían una corona y una cruz, en lugar del escudo de un águila mexicana devorando una serpiente.

«¿Cómo metieron nueve monedas de oro en esta frasca?», se preguntaba la mujercita de cuello largo y cabello rizado rubio oscuro. Quizá primero habían hecho la frasca con el cuello ancho y luego de meter las monedas calentaron la parte superior y fueron estrechando la salida hasta ponerle un corcho. Le parecía una reliquia que le recordaba las historias del rancho de los abuelos de Michoacán.

Sí, seguro que era de Michoacán porque en Zacatecas también hay minas, pero la frasca estaba en el ropero de su papá y no en el de su mamá. Sacó del refrigerador una segunda botella de cerveza fría y pensó que quizá el envase estaba guardado porque, al ser tan viejo, el cambio de temperatura podría dañarlo. Tuvo miedo de romper un tesoro de su papá. Dejó su bebida a un lado y levantó de la mesa la frasca justo en el momento en que entraba la cocinera.

—Señorita. Buenas noches. ¿Quiere que le prepare algo de cenar?... ¡Ay! ¡Señorita! ¿Dónde halló tanta cochina hormiga? Ya no sabemos cómo acabar con tanto animal. Nomás llegan las lluvias y parece que fueran un millón. ¡Déjelas! ¡Déjelas! No se preocupe. Ahorita las matamos aquí afuera, Juvenal y yo.

Le iba a quitar la frasca cuando Trini reaccionó.
—No, no, no. ¡Déjeme, déjeme la frasca!

—Ay. Perdón, señorita. No pensé que eran para su escuela. Pues si por eso las trae bien agarradas, ¿verdad?

Trinidad Santana Madero volvió a mirar el contenido de la frasca y seguía viendo nueve monedas de oro.

—No se preocupe, nanita. ¿No le molesta que ponga el envase en la mesa?

—No, ¿cómo cree? Si usted es la patrona. Muy jovencita y muy sencilla, pero es la mera mera de aquí.

—Gracias. Es que quiero verlas con luz. Venga. Siéntese tantito conmigo. ¿No quiere una cervecita?

Y la señora de la cocina se sonrojó.

—¿Yo? ¿Qué va usted a pensar de mí?

—Nada. De veras. Quiero que me ayude a ver esto. ¿Quiere chela?

—Bueno. Muchas gracias. Pero aquí en una taza por si entra Juvenal porque es bien criticón.

La niña rica sacó otra cerveza Victoria y se la sirvió. Estaba muy atenta a las reacciones de la cocinera.

—Es que tengo que escribir de la frasca para un trabajo.

—Pues parece muy vieja y las hojas y varitas por donde andan las hormigas parecen como de bosque, ¿no? A mí se me hace que es tierra de aquí arriba, de Ocotepec. Fíjese que ya que la veo con calma, no trae tanta hormiga. Se mueven mucho, por eso parece que fueran más.

—Sí.

Las dos tomaron cerveza en silencio. Cada una viendo sus propias visiones.

—¿Y cómo cree que las hayan metido ahí, nanita?

—Seguro les echaron azúcar y cuando estaban adentro les pusieron el tapón de corcho. Lo bueno es que sí respiran rebién.

—Oiga, ¿no le molestaría que deje la frasca en la vitrina del comedor? ¿Cerca de la ventana?

—No, niña. Ya sabe que aquí nada se pierde... Siempre y cuando no entre gente extraña, claro. Trinidad tercera comprendió la referencia indirecta al visitante de esos días.

—La voy a dejar en el comedor. Termine su cerveza con calma. Mañana la veré en el desayuno... Ah. A propósito. El pinche pelón ese que vino, ya no lo deje entrar.

La cocinera sonrió.

—Sí, señorita. Gracias por la confianza —le dijo la nanita que miraba a la huérfana y pensaba lo triste sería vivir como ella que sólo tenía dinero y nada más.

El día siguiente fue jueves. Trinidad tercera se la pasó jugando con la frasca. Desde la noche anterior la dejó en el comedor y trató de observar las reacciones de las personas que cuidaban la residencia de las palmeras, pero sólo escuchó que se preguntaban: «¿Para qué tienen esas hormigas en el frasco?». Y las respuestas de unos y otros confluían en la idea de que la señorita estaba haciendo su tesis, cualquier cosa que eso significara.

La multimillonaria anónima no creía que estuviera loca, pero sí le intrigaba por qué su papá tenía esa frasca de espejismo y nunca le dijo nada.

El día después de encontrar el envase estuvo toda la mañana en casa, pues eran vacaciones de verano y no había clases en el Discovery. Comió pollo frito con calabacitas hervidas, crema y queso; agua de guayaba con menta y un pedacito de chocolate suizo Lindt que pescó del refri antes de subir a escribir toda la tarde para avanzar su tesis. No eran fáciles los planteamientos que abordaba y sentía que su trabajo no avanzaba. Por esa frustración comenzó a sentir molestia contra su padre ausente. Miraba la frasca cerca de su ventana y cuando algo no le salía en el texto movía la cabeza y decía: «¡Pinche mamada!».

Ya cerca de las ocho de la noche no pudo seguir trabajando en su tesis. Se fue al cuarto de sus padres, con la frasca en la mano. Sin desordenar el clóset del abogado, revisó si había algún papel o alguna tarjeta sobre la frasca. No encontró nada. Encendió varias luces dentro del cuarto, vestidor, baño y estancia del cuarto de sus padres y además de no encontrar respuestas encaraba la sensación de soledad que se siente cuando te alejas de los objetos y tiempo después vuelves y nada se ha movido. Así la golpeó, otra vez de frente, la conciencia de que sus padres no estaban de viaje ni habían salido a pasar tiempo solos; estaban muertos y regresar de la muerte es algo que no puede ser. Estaba realmente sola «y no mamadas».

Se echó a llorar sobre la cama que compartieron Trinidad Santana Rosales y Lucía Madero Armella hasta julio de 1997. Lloró muchas horas. Era el 23 de junio de 2001 y había luna nueva, el cielo estaba totalmente oscuro afuera de la casa de las altas palmeras, donde vivía. La joven licenciada terapeuta no podía estar en paz acostada ni de pie. Se sentaba en un sillón dúplex afuera del vestidor y se volvía a tirar en la cama. Sentía gran vacío existencial.

Terminó por quedarse dormida en posición fetal, abrazando la frasca. Soñó que estaba en una cueva y tenía mucha sed. Todo era muy oscuro y ella se preguntó: «¿Y qué habría pasado si yo nunca hubiera nacido?». Luego sintió una rajada invisible abajo del ombligo. Le pareció que su vida comenzaba a fugarse y sollozó, con mocos en la nariz: «Es que necesito que me ayuden». En ese momento, dentro del sueño, vio una luz muy chiquita que se fue acercando desde una dirección que ella sabía que era el norte. La luz se hizo más grande y vio a una niña, como de cinco años, con rasgos indígenas. Iba a acercarse más cuando Trinidad la enfocó con los ojos totalmente abiertos. Quiso pedirle ayuda para salir de la cueva, pero su boca sólo dijo *schu* y la imagen de la niña se desvaneció enfrente. Luego hubo oscuridad otro rato. Ya no sentía la rajada bajo el ombligo y el lugar comenzó a aclararse con un brillo azul que salía de la frasca. Miró que estaba llena de un líquido luminoso y quiso beberlo. Se llevó la frasca a la boca e intentó saciar su sed con ella, pero la inclinaba y succionaba sin sacarle nada. Así estuvo chupando un rato dentro del sueño. Despertó sobre la cama de sus padres con la única novedad de que en la frasca ya sólo había ocho monedas.

Revisó por toda la recámara por si andaba por ahí la acuña faltante, pero no encontró nada. Pensó que en los últimos días había bebido alcohol en exceso y ya no estaba segura si en realidad las monedas en el frasco eran nueve u ocho. Además, no había nadie a quién preguntarle. Mejor volvió a dejar el envase en el clóset donde lo había encontrado.

Las siguientes semanas prefirió irse a vivir a Coyoacán para avanzar la tesis y regresar al Colegio Discovery cuando reiniciaran las clases. Por esos mismos días el doctor sueco David Björn inscribió en esa escuela a su pequeña hija adoptiva Ololiuqui.

El primer día de cursos Trini ya había regresado a Cuernavaca y despertó muy animada. Como hacía cotidianamente, se fue caminando hasta la escuela por Calzada de los Estrada. Cruzó las calles Río Sinaloa, Río Nazas, Río Grijalva, Río Bravo, avenida Teopanzolco y llegó al Discovery con su frasca de monedas de oro, para hacer un experimento.

Adoraba a los niños, porque generalmente dicen la verdad; aunque después de los cuatro años ya no la dicen siempre. Y lo que escuchó cuando les enseñó su botella enigmática fue convincente: nadie veía las monedas de oro.

—¡Ay güeeeeeey! ¡Cuántas hormigas! —le dijo un chiquito de cuatro años.

—¿Qué dijiste? —le preguntó *miss* Trini.

—¡¡¡Dije que *Oh my God*!!! —aclaró el pequeño traductor. Luego se juntaron los niños mirando el frasco y decían:

—¡Mira!, ¡mira!, ¡mira! Ésa es la mamá porque la siguen los chiquitos. No. Es el papá porque tiene bigotes.

Luego llegaba la niña que siempre quiere llamar la atención y decía: «Dejen mis hormigas o les voy a echar rayos con mis ojos». Y uno se tiraba al piso agarrando su pecho y decía: «¡Ay, ay, ay y ay... Caaanta y no lloreeees!».

Y así se fue desarrollando el día hasta la hora de juegos del recreo. Cuando Trini miraba a los pequeños en el patio, una niña le dijo: «¿Cómo le hiciste para meter tantas monedas de oro dentro de esa botella?». La terapeuta sintió una contracción bajo el ombligo y se quedó con la boca abierta, como mensa.

—¿Tú cómo crees que le hice?

—No sé. A lo mejor eres niña mágica —le respondió la chiquita, de rasgos indígenas que se soltaba el cabello largo y se lo volvía a sujetar con coquetería.

—Espérame tantito. Déjame peinarte —pidió la joven auxiliar de maestras a la niña de cinco años. Le indicó que se sentaran juntas en una banca y comenzó a interrogarla—: ¿Eres nueva en la escuela?

—Sí. Somos de Oaxaca. Bueno, al menos yo. Es que mis papás me regalaron muy chiquita porque éramos muy pobres y luego mi papá güero me adoptó y ahora vivimos aquí mi papá, mi hermano y yo.

Trini se hizo para atrás al escuchar esa historia resumida de modo tan directo y apacible. Le peinó un poco el cabello a la niña y lo sujetó en orden con una cinta.

—¿Y cómo te llamas?

—Me llamo Ololi. ¿Y tú?

—Yo me llamo Trini. ¿Y no extrañas a tus papás?

—Sí. Pero ahora soy muy feliz con mi papá güero y Erik y nuestro perro Tapper. Ya fuimos a La Villa.

A Trini le cayó el veinte y cobró conciencia de que la niña que ahora miraba era la misma que se le había aparecido en la pesadilla de la cueva oscura. Sintió una mezcla de compasión y miedo.

Ololi también había reconocido a la joven de su propio sueño y sin necesidad de explicarse le dijo:

—Yo una noche soñé contigo y recé mucho para que la Virgen de Guadalupe te cuide. Ya no estés triste —le dijo cuando se acomodó en la banca para mirarla de frente. Luego agarró las dos manos de Trini, las besó y la abrazó con un cariño que no había sentido desde que murió su padre. La terapeuta soltó una sola lágrima, pero larguísima, hasta la barbilla.

—Gracias Ololi. A lo mejor ya no nos vemos porque tengo que arreglar muchas cosas —comentó la rubia conmovida—. ¿Tú crees que me va a ir bien?

—Yo digo que sí —respondió la niña con una gran sonrisa—. Yo creo que eres niña mágica. —Trinidad la volvió a abrazar como nunca había abrazado a nadie desde que nació. Luego se separaron y no se volvieron a ver ya nunca.

Trinidad tercera apenas comenzaba ese día un largo recorrido lleno de sobresaltos y extravíos. Su conciencia no lo sabía, pero puso en marcha una búsqueda de amor incondicional que le llevaría casi el mismo tiempo que la Odisea. Informó en la escuela que debía mudarse a la Ciudad de México y regresó a la casa de las palmeras, con todo y frasca, para empacar sus pertenencias más valiosas. El recuerdo de sus padres y de Ololi la dejaron muy desorganizada.

Ya instalada en Coyoacán, la titulación profesional y la liberación de su herencia paterna convirtieron la vida de la joven millonaria en una fiesta permanente. Sólo calmaban sus ansias el cigarro, el alcohol y algún miembro masculino que llevarse a la boca de vez en cuando. No volvió a buscar trabajo. Comenzó a consumir pastillas tranquilizantes. Se rapó la cabellera y decidió armar grandes celebraciones en sus casas de Coyoacán, Cuernavaca y Acapulco. Pasaba un mes de cada año en París y un mes en Nueva York, aunque algunas veces llegaba a sus casas en esas ciudades sin mucho plan previo.

Los invitados a sus fiestas eran los mismos casi siempre, jóvenes hombres y mujeres atractivos que se distinguían porque tomaban cantidades industriales de alcohol. Algunos se bajaban la borrachera con cocaína y otros no se la bajaban. A Trinidad no le gustaba inhalar coca, pero le gustó fumar la combinación de mariguana con piedra de coca o nevado. Ésa fue su adicción entre los veinte y los treinta años, junto con el alcohol, que siempre traía a la mano. Como necesitaba mucha atención comenzó a acosar a la analista a quien buscaba a las horas y días menos prudentes, hasta que la doctora la bloqueó y le retiró la ayuda.

Al perder el espacio terapéutico donde normalmente hablaba, Trini comenzó a dar largos discursos en sus fiestas, acerca de «la vida, que no vale nada», y los hombres «que son unos cabrones pero cómo nos gustan». En respuesta sus amigos y amigas gritaban: «¡Ya callen a la borracha!» o «¡Ya siéntese señora!».

En esos años le regaló una moto Kawasaki a un maestro de yoga que se la llevó a la cama, y le puso un restaurante argentino en la colonia Narvarte a otro amante que era modelo de revistas. Alguna vez le platicó la historia de la frasca a una amiga y se la enseñó. Ella sólo vio hormigas, pero le dijo que quizá era un talismán de su papá para conseguir poder y dinero. Así que le recomendaba probar y pedirle algo. Trinidad sólo quería volver a tener a sus padres o encontrar a un hombre que la quisiera más que los trescientos que había besado o los cincuenta que ya había mamado.

A los treinta años de edad dejó de viajar fuera del país porque siempre quería traer droga consigo y estaba harta de cruzar filtros de seguridad en las fronteras. Se había gastado un millón de dólares en fiestas, pero con los intereses de su herencia y las ganancias de inversiones que le llevaba un banco tenía más que los cuatrocientos millones que había heredado. La gente del despacho de las doce llaves se olvidó de ella, aunque sabían que era accionista minoritaria. Nunca se paró en una junta y sus votos en el consejo de administración siempre contaron como abstención.

A los treinta y cinco años, en una borrachera extrema en Cuernavaca se metió a la tina de sus padres, que era muy grande y se llevó la frasca. Borracha comenzó a hablar al envase y le dijo: «Si tú ayudaste a mi papá a tener tanto dinero. A mí nada más ayúdame a encontrar mi amorcito perfecto. No te estoy pidiendo las grandes cosas, sólo alguien que sí me quiera, ¿vale?». Y casi se le corta la borrachera cuando miró, frente a sus ojos, una de las ocho monedas desintegrarse y volverse humo negro.

Se espantó. Salió de la tina y, enredada en una toalla, supo con certeza que lo que vio era algo mágico, pero quizá peligroso. Se fue a buscar piedra de coca para fumar con su pipa de vidrio y sentir que despertaba. Obviamente no apareció el amor de su vida por la puerta, pero adivinó que acababa de pedir un deseo mágico. Nadie le puso en antecedentes. Sólo supo, como premonición, que sí llegaría alguien para ella.

Regresó al baño por la frasca y le pidió un segundo deseo: «Ya no quiero vivir peda. Ayúdame a dejar el alcohol». Esa petición se cumplió más rápido. Desde la mañana siguiente ya no sintió antojo, ni gusto, ni necesidad de tomar. En su mente comenzó a aclararse un grupo grande de ideas. Sin embargo, no dejó de fumar nevado ni piedra sola, porque decía que eso la dejaba «bien colocada».

Para el año 2018, Trinidad Santana Madero ya no era alcohólica, pero vivía a la deriva. Pasaba los días

307

dormida y en las noches buscaba bares y antros sórdidos, protegida por una escolta de matones a los que pagaba en abundancia.

Había engordado un poco, pero tenía curvas femeninas muy atractivas. Seguía rapada y usaba pelucas. Disfrutaba mucho bailar y así fue como conoció a un chico de veintitrés años que le agarró muy bien el paso y duró bailando con ella tres canciones seguidas. Sin darse cuenta de su escolta, le invitó a su mesa y ella se dejó cortejar sin remilgos. Se llamaba Adán Alfonso Esqueda Luna, era de la Ciudad de México y sus modales revelaban que era de barrio, pero tenía un carácter que a Trinidad le pareció muy bonito. Sobre todo le encantó que él la escuchaba con atención total. La terapeuta le habló mucho rato sobre el cerebro humano, sobre cómo las palabras dan forma a los pensamientos, sobre las dificultades que tienen las personas con vocabulario corto para nombrar y entender sus sentimientos. Él estuvo bebiendo ron con Coca-Cola y no podía creer que le dedicara tiempo una mujer tan bonita, tan elegante, tan educada.

Ella no tomaba nada de alcohol, sólo pedía refresco de toronja, pues estaban en un lugar sin coctelería. Pasó un ratito y él la sacó a bailar de nuevo. Era quince años más joven, pero más grande y fuerte que la mujercita con cara de Venus. Ella se fue sintiendo cada minuto más bella mientras él más la miraba. En un momento él se le acercó mucho a la cara, mirándola con mucha intensidad y le dijo:

—Traes peluca —Y ella dejó salir una carcajada muy oxigenada, inclinando la cabeza hacia atrás para que colgaran sus caireles artificiales. Luego devolvió la mirada intensa a Adán y le dijo:

—Tú también traes peluca. —Y lo besó.

Durmieron esa noche juntos en la casa de las palmeras grandes, en Vistahermosa. Los dos traían escolta y eso no le extrañó a Trinidad. Ambos convoyes esperaron afuera de la casa de altos muros. Adentro los dos amantes se quitaron sus disfraces y se gustaron mucho más. La millonaria sacó una pipa con piedra y le ofreció al chavo, pero él le dijo: «No te metas esa madre. Esa basura mata». Ella sólo sonrió y fumó.

Así se desnudaron y cogieron como los dioses. Ella tuvo varios orgasmos. Sus ojos se agrandaron tanto que nunca cupieron tantos fotones en su canica ocular como esa noche. Por primera vez sintió la cascada del éxtasis sexual en sucesivos orgasmos, cada vez más cercanos entre sí. Desde la muerte de sus padres, sólo ese clímax neuroeléctrico detuvo el torrente de palabras que ahogaba su mente.

En la madrugada, en paz, abrazada de Adán vio que los objetos de la habitación eran luminiscentes, como si hubiera comido un ácido. Un sentimiento de ternura hacia el hombre con el que estaba comenzó a germinar en su corazón. Reconoció que su sabor le gustaba y pensó que, aunque era muy joven, podría tratarse del amor de su vida.

XXVIII
Amor tan dulce

Erik y Cristina hicieron un gran esfuerzo por amarse, pero estaba escrito que no permanecerían juntos. Los dos se querían mucho, la lealtad entre ambos era profunda, tenían numerosos proyectos en común, reían mucho e hicieron viajes a lugares que descubrieron al mismo tiempo.

Ella escuchaba sus expresiones amorosas y sabía que no mentía. Sin embargo, la habilidad para identificar engaños que adquirió Cristina tras el coma inducido le hacía mirar y entender más rápido la naturaleza humana, sus contradicciones y cíclico egoísmo. Había cumplido veintiséis años de edad, pero la vida que tuvo antes le dejó un impulso con el que recorría más rápido y lúcido el camino de la vida.

En cambio, Erik era mentalmente muy adolescente; se detenía y pasaba largas temporadas resolviendo conflictos narcisistas, en busca de reconocimiento de su padre, de su hermanastra, pero sobre todo de la sociedad, que en su mente era equivalente a ser valorado por otros periodistas. Él no se fijaba, pero retiraba su atención a Cristina durante semanas y la dejaba muy necesitada de reciprocidad, con sentimientos profundos de carencia, pues para ella, Erik Björn era toda su familia.

Cuando la joven morena de cuerpo semiperfecto se mudó a vivir a Portales, en el departamento de la calle Necaxa, agradecía a Erik su generosidad con muchos gestos domésticos e íntimos: preparaba fruta cortada en forma de corazones, embellecía el lugar con flores de colores, le compró un escritorio para que pudiera escribir en casa, limpiaba los pisos viejos y feos del domicilio y aprendió a dar masajes de espalda, cuello y piernas sólo para él. Abrazados en el lecho común habían acordado que ella no trabajaría hasta concluir sus estudios de secundaria y preparatoria abierta, porque hacía más de diez años que su mamá la había sacado de la escuela «por burra» y la empleó como ayudante doméstica. Luego ella se hizo ladrona y terminó en la cárcel de mujeres, primero, y en sala de terapia intensiva por una golpiza, después.

Ahora Cristina López Medrano sentía que tenía una oportunidad única para construir una vida que siempre había deseado, pero nunca tuvo al alcance. Esa oportunidad se la daba ese joven profesionista con el que dormía, cuatro años menor, y quien la había seducido porque una persona no se enamora de quien habla bonito sino de quien escucha bonito. Volver a estudiar a su edad era un regalo muy grande, una bendición. Por eso y muchas cosas ella adoraba a ese hombre europeo tan mexicano que la tocaba cada noche y la llenaba de caricias hasta desatar su cascada orgásmica. Cuando le decía «mi vida», «mi cielo», «mi corazón», era verdad. Pero no lo amaba como ella se imaginó de niña que era el amor verdadero.

Siguió esforzándose por ser feliz y hacer feliz a Erik. Antes de cumplir un año juntos ella le anunció a su novio que tenía una idea de emprendedora. Estaba a punto de presentar su examen único para acreditar la secundaria. Después vendría una etapa de casi dos años para estudiar y aprobar, materia por materia, todos los créditos del bachillerato abierto, pero ella quería ayudar con los ingresos de la casa y sabía que podía dar masajes terapéuticos a las y los vecinos si se certificaba con un curso en la delegación Benito Juárez y compraba una cama especial, que era plegable y podría poner y quitar en la sala del departamento cuando tuvieran clientes. A su compañero le pareció todo bien.

Se sabe que en México la familia es el primer banco. Antes de ir a pedirle dinero a una institución tienes que arriesgar tus propios ahorros y conseguir prestado de tu familia convenciéndolos de la bondad de tu idea y devolviéndole buenos resultados. Si un emprendedor o emprendedora no es capaz de arriesgar sus propios ahorros y no es capaz de convencer a su familia de compartir el riesgo y sacarlo adelante, menos vas a convencer a un banco. Ella le habló con tanta claridad y aplomo a Erik de lo que quería que él supo que verdaderamente había analizado el caso y estaba lista para iniciar un negocio y seguir estudiando. Así destinaron el dinero equivalente a dos meses de alquiler para que ella se capacitara en masoterapia en la Secretaría de Fomento al Trabajo de la delegación Benito Juárez y adquiriera todo su equipo de trabajo.

La primera voluntaria para probar su masoterapia fue su cuñadita Ololiuqui, que a veces los visitaba para comer juntos cuando salía de clases en la ENAH, donde estudiaba etnología. Era una muchachita indígena pura, de hombros estrechos pero muy bonito busto; nalgoncita, caderona y con unas piernas fuertes torneadas por la danza regional que, según explicó Erik, requiere de muchos saltos y vueltas. Sus pies eran pequeños, pero bien formados, aunque la planta era dura y tenía cicatrices porque siempre que podía andaba descalza. Tenía un temperamento dulce y se hicieron amigas. Rápidamente se dio cuenta de que era la única persona de toda la familia que prácticamente no mentía. Siempre que hablaba hacía descripciones de las cosas, con mucha precisión y casi sin juicios. A veces, como juego, Ololi le enseñaba a su cuñada algunas palabras de lengua ixcateca, como *su-wa-da*, que significa «hombre»*; su-wua-kua*, que significa «mujer», y *su-wa-ma*, que significa «gente». Cuando Cristina le preguntó cómo se decía *animal,* Ololi le dijo que eso se dice *su-wa-ba.*

—Entonces *hombre* y *animal* se dice casi igual —observó la novicia terapeuta de masajes.

—Sí. Ji, ji, ji. Tú sí te diste cuenta —le contestó con alegría la jovencita oaxaqueña y las dos se rieron bastante rato. Aunque tenían ocho años de diferencia en edad, se hicieron amigas.

El día que Cristina visitó por primera vez la casa de Cuernavaca, Ololi les hizo un regalo sencillo pero muy significativo; una canasta de palma que ella había tejido y que estaba llena de pan de dulce de pueblo, principalmente hojaldres azucarados y polvorones.

El papá de su novio, David, también estaba de buen humor y quiso que probara su preparación de filetes de atún sellado, arroz con granos de elote y ensalada verde con vinagreta de tamarindo. Era grande y fuerte, pero ya se notaban sus setenta y siete años de edad. La recibió muy bien, aunque en sus palabras y gestos se podía notar que él y Erik tenían enojos no resueltos. Esto era sólo uno de los múltiples conflictos de su compañero con todo tipo de personas. Con el tiempo ella se dio cuenta de que su pareja no había mejorado nada en su manejo de la neurosis.

Cuando Erik fue profundizando en el trabajo en salas de redacción y en el periodismo de investigación comenzó a viajar más y a dejar a Cristina sola muchos días en Portales. Gracias a que hablaba inglés, sueco y español recibía asignaciones de trabajo para viajar a Europa, Estados Unidos, Centro y Sudamérica. Regresó a Suecia después de quince años y, al volver a México, estuvo melancólico e irritable mucho tiempo. No le decía nada a ella, pero cuando le escuchaba hablar de su país natal y hacía comentarios críticos sobre la vida en Europa, Cristina sabía que mentía y que, en realidad, se había quedado impactado con la belleza, riqueza cultural y bienestar social de aquella nación tan lejana para ella.

A veces, él acumulaba mucha incomodidad con México, la pobreza, la suciedad en las calles, la corrupción y la falta de educación. Sin premeditarlo, llegaba a regañar duramente a Cristina y la lastimaba. Cuando bebía alcohol o llegaba a fumar mariguana, le decía cosas que la hacían sentir como si, otra vez, la estuvieran pateando en el suelo. Muchas noches, despierta en la cama mientras él dormía, se decía que no quería volver a dirigirle la palabra en toda la vida. Las reconciliaciones llegaban cuando él le pedía, por favor, que lo dejara llevarla a bailar. Ahí, sin hablar, ella se volvía a sentir mirada, tocada y, más tarde, escuchada.

Un día de enero, cuando Erik hizo un viaje de una semana por pueblos de Tierra Caliente, en los estados de Guerrero y Michoacán, ella conoció al verdadero amor de su vida, justo frente a la puerta del lugar donde vivían.

Cristina iba llegando al edificio frente al mercado de Portales cuando le entró una llamada al teléfono celular. Contestó y era Erik que le empezó a hablar sobre un documento que tenía en su computadora y le pedía buscarlo y enviárselo, por favor.

En ese momento se paró un taxi frente al edificio y bajó una mujer joven que traía dos grandes maletas y un abrigo de lana color rojo, como si llegara de un viaje muy largo. La novia del periodista seguía parada en la banqueta escuchando la explicación que éste le daba para localizar el archivo que necesitaba y al mismo tiempo se quedó viendo la escena de esa viajera que tenía una prestancia fuera de serie. No sólo era hermosa, sino elegante; destacaba por su cabello pelirrojo y lacio. Bajó del taxi, acomodando su abrigo en un brazo. Pagó al chofer, después de que éste dejara las maletas en la acera. El conductor subió a su auto y se fue.

La recién llegada se detuvo un momento en la banqueta a revisar su propio teléfono celular. En eso, Cristina pensó algo y, debido a un lapsus o acto fallido, su boca dijo en voz alta lo que, en realidad, sólo quería pensar, mientras estaba escuchando al reportero hablar por teléfono. Con la mirada puesta en la guapa del abrigo rojo y sus dos grandes maletas, la novia de Erik pronunció en voz alta, sin calcularlo: «Ojalá que me dejaras ayudarte».

Ella levantó la mirada y la vio con cara de sorpresa. La terapeuta de masajes también se sorprendió por lo que había dicho, y su novio, del otro lado de la línea telefónica se detuvo y dijo: «¿Qué? Sí, por eso te estoy llamando, para que puedas ayudarme». López Medrano desvió rápidamente la mirada, bajó los ojos para ver la banqueta y dijo: «Perdón, quise decir: ojalá que tú puedas ayudarme ahorita que esté frente a la compu encendida». Y Erik retomó su discurso y la pelirroja tomó la maleta más pequeña y subió los escalones para hablarle al portero del edificio. Luego el hombre que vigilaba la puerta principal salió por sus dos maletas grandes. Y ya, cuando ella no estaba a la vista, Cristina le pidió a su compañero de lecho volver a llamarle en diez minutos.

Entró un poco perturbada, aunque con curiosidad de ver en qué departamento vivía ella. Para su sorpresa, se la encontró en el vestíbulo del edificio. La pelirroja se detuvo a hablar con la cobradora del mantenimiento, quien inesperadamente llamó a Cristina y estuvo unos minutos explicando las cuentas administrativas del condominio. La masajista principiante intentaba mirar de reojo a su vecina recién descubierta, pero no podía bien. En eso la cobradora dijo que les iba a dar un documento, así que rápidamente dio la media vuelta y entró a la oficina del portero.

Las dos mujeres quedaron solas, de frente. De pronto, Cristina descubrió a la recién llegada viéndola como nunca le habían mirado. Estaba apoyada en el muro y le contemplaba con mucha paz, en un estado de ensoñación posiblemente provocado por un largo viaje. Tenía una sonrisa hermosa, aunque no se le veían los dientes, y las pupilas de los ojos totalmente dilatadas. Estaba mirando a Cristina y, al mismo tiempo, estaba en otro lugar imaginario. La masoterapeuta giró suavemente para ver si la pelirroja estaba viendo a alguien detrás de ella, pero no había nadie, sólo la escalera. Entonces bajó su propia mirada al piso, como niña regañada. Quería verla de frente, pero no quería romper esa imagen tan hermosa que acababa de ver. No quería interrumpir su ensoñación.

Llegó la persona que había entrado a la portería por el documento y le dio una copia a cada una diciendo: «Éste es el tuyo, Cris, y éste es el suyo, arquitecta». Cristina tomó la hoja de papel que le había extendido la cobradora. Se despidió y dijo, en voz alta: «Con permiso. Buenas tardes». Fugazmente miró a la mujer de las maletas y abrigo rojo, que ahora reflejaba mucha luz en sus ojos y le dedicaba una sonrisa amplia, mostrando sus dientes bien alineados. La joven que detectaba mentiras sintió que nunca había visto a una mujer que le observara así: embelesada. La pelirroja le dijo: «Feliz año». Entonces Cristina respondió: «Feliz año». Pues recordó que estaba empezando 2018. Y eso fue todo ese día. Que no fue nada, pero a la vez, fue todo.

¿Cómo surge el enamoramiento? Todavía no sabemos. Se habla de la posible participación de las feromonas, pero éstas requieren cierto contacto físico, y la literatura y la experiencia nos dicen que no se necesita tocar a la persona ni estar muy cerca de ella para que se genere un enamoramiento. Por esto los neurofisiólogos sugieren que hay también una posible sincronización eléctrica entre redes específicas de neuronas.

En las semanas siguientes, Cristina pudo ver entrar y salir del edificio a la arquitecta con elegantes abrigos, trajes, faldas y botas; el cabello arreglado y vaporoso, la carita estilizada con maquillaje suave. Tenía más de treinta años, eso era seguro. Pero el domingo, se la encontró en la escalera y se quedó supersorprendida.

La vio bajar vestida con falda blanca de manta, blusa con bordados indígenas y una banda roja de tela que sujetaba su cabello largo. Traía cascabeles hechos con semillas secas y una sonaja de danzante de bailes indígenas. No de bailes regionales como los que practicaban Erik y Ololi, sino de danza prehispánica, tipo azteca. Le sonrió y pasó caminando con sus sandalias y haciendo ruido con sus cascabeles. Después le contaría que, además de su trabajo como arquitecta, amaba danzar con un grupo de casi cien personas en una plaza junto a la Catedral Metropolitana, cerca de los restos del Templo Mayor mexica. Ése era su momento favorito de la semana porque sus preocupaciones se esfumaban y sólo sentía su cuerpo, sin pensar.

Se llamaba Natalia y era de Guadalajara. Se presentó formalmente un dos de febrero, con una broma. Tocó a la puerta de Cristina y Erik y se escondió. Cuando la masajista abrió había en el piso un muñequito de plástico blanco de tres centímetros con una hoja de papel que decía: «¿Puede usted cuidar a mi hijo? Es que no tengo para los tamales». Era una broma cultural porque el muñequito era de los que las panaderías colocan dentro de la rosca de Reyes Magos el 6 de enero y en México es tradición que quien se saca un muñequito de plástico dentro del pan debe obsequiar tamales el 2 de febrero.

Cuando Cristina leyó, sonrió. Entonces Natalia salió de su escondite y le dijo: «¡Ya te sacaste el premio de la rosca!». Otro día se presentó muy animadamente y le preguntó si era verdad que ella daba masajes, Erik no estaba en casa. Ellas rápido se pusieron de acuerdo en el precio de la masoterapia y minutos después ya estaban en sesión.

La arquitecta contó un poco de su vida, su pasión por la danza prehispánica y por el cuidado de su salud. Se despidieron e invitó a Cristina a verla danzar el siguiente domingo. La masajista era muy lista y supo desde el principio que Natalia era lesbiana y que había iniciado un movimiento para cortejarla. Al pedir masaje no estaba contracturada, pero se ofrecía al tacto de López Medrano, quien era muy profesional, pero al verla desnuda, recostada, sintió una radiación de calor en sus pezones y un suave tirón en el músculo pubococcígeo.

Cuando fue a verla por primera vez danzando, quedó encantada con la imagen de la tapatía girando y volando con cintas y cascabeles de semillas. Esa tarde caminaron juntas por el Centro Histórico y se sujetaron varias veces entre la gran cantidad de personas. Se fueron al Museo del Chocolate, en la esquina de las calles Milán y Roma, en la colonia Juárez y se dijeron más cosas con los ojos que con las palabras. A partir de ese domingo pasaron mucho tiempo juntas, en diferentes encuentros y actividades. Se enamoraron suave y dulcemente. Convivieron mucho en un noviazgo no declarado. Natalia llegó a conocer a Erik, quien secretamente sintió mucha atracción sexual hacia ella. También conoció a Ololi y le dijo a Cris que le parecía que era una joven mágica.

El primer encuentro sexual lo tuvieron por junio, cuando iban a ser las elecciones presidenciales y Erik andaba de nuevo por Michoacán y Guerrero. Cristina entendió cuál era su necesidad sexual no satisfecha: Erik la acariciaba mucho, pero no la agarraba, no usaba los dedos tensos y fuertes que indica la palabra *garra*. Natalia la lamía por cada centímetro, pero además le tomaba con fuerza los brazos, tetas, nalgas y, en sus incendios compartidos, la sujetaba del pecho y la atrapaba en besos suculentos. Ella supo que Natalia la amaba como ella siempre deseó y por eso, siempre que viajaba Erik, las dos se acomodaban en casa de Natalia y se agarraban.

XXIX
El doble

El trabajo de Adán Alfonso consistía en no morirse y, al mismo tiempo, estar listo para morirse cuando el jefe lo indicara. Era un doble de cuerpo. El mejor secreto del patrón, que únicamente conocía su escolta pero no su Estado Mayor. Todos los días tenía que vestir igual que el mero mero y todos los días tenía que andar cerca, a pocos metros, escoltado y protegido para lo que se ofreciera.

Aunque el Efectivo, delincuente jefe de las plazas de Morelos y costa de Guerrero, tenía diez años más de edad, físicamente el parecido era tremendo. Ambos medían ciento setenta y cinco centímetros de estatura; pesaban entre ochenta y tres y ochenta y cinco kilogramos; tenían piel morena rojiza y orejas grandes, cuello grueso, manos pesadas y nudillos anchos. Los dos usaban, también, el cabello muy corto, tipo militar. Marcial Dimanche Villa, el Efectivo, sólo tenía una inconformidad con su doble: era demasiado nalgón. En eso no se parecían nada. Pero llegado el momento de necesidad no importaba esa diferencia estética.

También había hábitos que los diferenciaban radicalmente: Adán no fumaba marihuana y no consumía droga, sólo alcohol y tabaco. A los dieciocho años ya había dejado las sustancias psicoactivas, que empezó a consumir desde chico cuando ayudaba a su mamá a empapelar y vender piedra de coca, en la delegación Cuauhtémoc, de la Ciudad de México.

En las tardes, después de la escuela, ella le daba hojas blancas y le ordenaba cortar rectángulos de un dedo de largo y dos dedos de ancho. Se llamaba Julieta Esqueda Luna. Había sido víctima de abuso sexual de su padrastro y quedó embarazada a los dieciséis años. Su madre, en lugar de defenderla, la corrió de la casa cuando ella acusó al hombre que la había violentado. No vivió en la calle porque tenía sus amigos de una banda juvenil y encontró en el barrio formas de hacer dinero: la mejor de todas y más fácil fue entrar de «burrera» llevando mota, coca, mezcalina y piedra desde una colonia a otra. Como cada vez se le notaba más el embarazo nadie la detenía ni la molestaba. Los jefes de la maña en la zona le pagaban quinientos pesos por viaje; que era tres veces más de lo que ella ganaría por día si trabajara como mesera en las fondas del mercado.

Cuando nació Adán, su mamá ya tenía un cuarto con cocina y baño para los dos. Lo registró con los mismos apellidos de ella, Adán Alfonso Esqueda Luna. No se drogó ni fumó durante el embarazo. Decía que el olor a químico le daba asco. Siguió en el negocio del narcomenudeo sin que la molestaran porque tenía a sus padrinos, los Macizos. A veces los más jóvenes de la banda la querían emborrachar, pero ella tampoco era gente de alcohol y los patrones mandaban a decir que la dejaran tranquila porque tenía chavito y estaba sola. Pocos lo mencionan, pero en la delincuencia organizada hay hombres y mujeres; hay padres y hay madres.

Lo malo fue que, con el tiempo, Julieta terminó por probar la cocaína en piedra fumada y ahí partió su espiral descendente. Comenzó a disfrutar del humo del alcaloide quemado en pipas de vidrio, que sus amigos fabricaban con goteros para medicina. Pero en pocos meses ya no le calmaba esa droga, aunque consumiera ocho o diez piedras en pocas horas. Entonces aprendió a meterse la coca inyectada.

Mientras empapelaba la droga para vender, preparaba una solución líquida y se la metía con jeringas. Al principio en los brazos y más adelante en las caras externa e interna de los muslos. Con el trancazo directo de la inyección, Julieta entraba en un estado de euforia que la hacía brincar, levantar los brazos y patalear sobre el piso como si estuviera a punto de iniciar una danza, pero no bailaba. Luego se arreaba a sí misma para seguir empapelando coca en piedra mientras escuchaba música a todo volumen, con audífonos.

A veces acababa rápido toda la chamba. Otras veces le entraba confusión, taquicardia y un deterioro de fuerza que la llevaba a tumbarse en el sillón más cercano. Mientras, sin que se diera cuenta, Adán agarraba piedritas. Hacía como que se rascaba la oreja y se las metía dentro del oído. Ya cuando su mamá se iba al mercado o a la calle a entregar sus paquetitos de piedra, el niño sacaba la báscula y pesaba sus propias dosis, pues ya sabía hacerlo. Los vendía y sacaba más que los doscientos pesos que ella le daba diario para que fuera a la primaria y se comprara comida. Así fue como Adán empezó a vender piedra de coca por su propia cuenta, cerca de avenida Ferrocarril Hidalgo, pues ya sabía cómo estaba la onda. Era un niño listo. Su vida no era el caos que podría suponerse. Acudía sin falta a la escuela y cumplía regularmente con sus trabajos y tareas. Su principal problema en clase era que siempre quería llamar la atención y no dejaba de hablar. Era una máquina de incontinencia verbal que siempre hacía bufonadas y distraía a sus compañeros de clase con imitaciones de adultos y comentarios fuera de lugar que sorprendían y hacían explotar las carcajadas de los otros niños, mientras la maestra de rostro fúnebre y ánimo desvencijado fingía enseñar e interesarse en otro grupo más de niños marginales que difícilmente llegarían más allá del nivel secundaria.

Cuando Adán hartaba a la maestra en turno por estar echando desmadre era enviado a la dirección escolar, desde donde intentaban localizar a su mamá, sin éxito la mayor parte de las veces.

Un día, cuando sólo tenía cinco años, estaba dando tanta lata en el salón de preescolar que la maestra decidió mandarlo a la dirección. La directora habló con él y le dijo que no le gustaba estarlo regañando una y otra vez y que le pedía, por favor, que ya se portara bien. En ese momento la directora, con un tono pacifista y conciliador, le extendió la mano al pequeño Adán y le dijo: «¿Qué no podemos ser amigos?». Y el chico travieso le agarró la mano y respondió a la directora: «¿Para qué ser amigos, si podemos ser algo más...?».

La risa de la directora brotó en automático, sorprendida por la respuesta del chamaco que todavía no perdía sus primeros dientes de leche. Lo mandó de regreso al salón y le dijo que se portara bien porque si no, le tendría que dejar castigado a la hora del recreo.

En la casa siempre había dinero. Julieta nunca cocinaba, pero compraba lo que se les antojara cada día. Él sabía que su mamá tenía hombres. Platicaban afuera de los cuartos donde vivían y a veces entraban en una sala que tenía salida al patio, pero estaba aislada de la recámara donde dormían él y su mamá. Nunca molestaban al niño porque ella tenía protección de uno de los barones conocido como Tata. Pero la cocaína inyectada es la más peligrosa de todas las formas de consumir ese alcaloide y antes de cumplir veintiocho años Julieta murió de un infarto. El efecto de la cocaína dio vuelta completa en su ruleta. Lo que al principio fue euforia, claridad de mente, autoconfianza y certeza de acción y palabra, con el paso del tiempo y el consumo acumulado se volvió ansiedad por conseguir otra dosis y degradación de facultades mentales. Confusión, consumo compulsivo, tensión e incluso agresión se volvieron los habitantes permanentes en casa de Adán.

En algún momento de abstinencia delirante Julieta golpeó a su único hijo, quien lloraba por los madrazos, pero más porque sentía que se estaba quedando solo en la vida y porque los muslos de su madre, picoteados por dentro eran ya una parcela sangrante carente de descanso. Por eso le ocultaba la droga y por eso sintió culpa cuando la encontró muerta al despertar, una mañana. Él tenía once años y sólo se le ocurrió agarrar su chamarra, sus tenis nuevos y largarse de ahí.

Para sobrevivir buscó a Tata, quien lo vio muy chico para «burrero», pero aceptó darle trabajo como «halconcito» en una de las entradas a la colonia por avenida Ferrocarril Hidalgo. Lo que tenía que hacer era sentarse en un puesto de baratijas que nadie compraba y vigilar y avisar cuando llegara la policía o los espías del gobierno, que todo mundo sabía quiénes eran. Así comenzó a ganar dos mil pesos semanales y pudo seguir adelante en la escuela. Rentó un cuarto con baño propio en uno de los decrépitos edificios del Centro Histórico, pero por dentro lo tenía «a toda madre», con pantalla gigante, consola de videojuegos, cama y refrigerador.

Terminó la primaria, la secundaria y entró a la prepa. Tata le comenzó a llamar para pedirle llevar paquetes con droga a Iztapalapa, la colonia Nápoles y Santa Fe. Estaba en la edad ideal porque era difícil que la policía lo detectara y si algún día ocurría esa mala suerte sólo lo podían mandar al tutelar de menores, de donde saldría al cumplir la mayoría de edad, dieciocho años. La buena noticia para los jefes fue que nunca lo atrapó la policía. Era inteligente y de carácter muy afable. Nadie pensaba que era un delincuente. La mala noticia fue que empezó con adicciones.

En la noche, cuando apagaba los videojuegos y películas se sentía muy solo sin su mamá y comenzó a prender cigarros antes de dormir. No tardó ni un mes en probar la mariguana, que en la secundaria ya circulaba todos los días entre los jóvenes. Luego el alcohol y las primeras pedas monumentales en las que terminaba vomitando o trepando postes de teléfono y cantando canciones rancheras para recordar a su mamá, Julieta:

Y volver, volver, volver,
a tus brazos otra vez,
volveré hasta donde estés,
yo sé perder, yo sé perder.
Quiero volver, volver, volver.

A los dieciocho años terminó su condición de menor de edad inmune a llegar a la cárcel y su actividad también cambió. Dejó de ser «burrero» dentro de la ciudad y Tata lo movió al negocio de la extorsión porque con su tamaño y peso podía intimidar a la gente, sobre todo si se cortaba el cabello tipo militar y mostraba los nudillos de sus manos grandes.

Andaba siempre ansioso porque ya había entrado en el ciclo agotador de alcohol y cocaína «para andar al tiro, bien colocado». Ya medía ciento setenta y cinco centímetros de estatura y se fue poniendo cada vez más gordo porque comía mucho carbohidrato y no hacía ejercicio. Desayunaba sopa de fideos de China, que compraba por cajas en Tepito y sólo requería ponerle agua caliente. A media mañana se iba por quesadillas o antojitos mexicanos de la calle, con mucha salsa picante. En la tarde comía tortas o *pizzas* y cuando se iba a beber chelas comía chicharrones fritos todo el tiempo.

Su primer trabajo de extorsión o cobro de piso fue con los vendedores de lentes en el Centro Histórico. Su grupo operaba alrededor de las estaciones del metro Pino Suárez, Zócalo, Allende y Bellas Artes. Se estrenó con un acapulqueño que había cerrado su restaurante en el puerto porque había bajas ventas y llegó a la ciudad para poner una óptica. No pasó mucho tiempo cuando apareció Adán, vestido con buena ropa, y se presentó como líder de comerciantes ambulantes de la zona. Le contó al hombre de la nueva tienda de lentes que había muchos negocios parecidos al suyo y por eso le ofrecía ayuda para que tuviera más clientes, repartiendo volantes de publicidad de su negocio, con muchachos que él dirigía y a los que la policía les permitía repartir publicidad en las calles del centro.

Le dijo al acapulqueño que esa ayuda le costaría setecientos pesos y a él le pareció bien, así que le hizo el primer pago por adelantado. A las dos o tres semanas de que abrió el negocio, le estaba yendo muy bien al emprendedor y entonces regresó Adán y le dijo que ya le debía más de dos mil pesos de los chavos que estaban repartiendo los volantes. Él le preguntó que por qué tanto y Esqueda Luna le respondió que porque le debía setecientos semanales y ya eran más de tres semanas las que habían trabajado para ayudarle a su negocio. Entonces el dueño del local se negó a pagar. Le dijo que habían quedado en que le daría setecientos mensuales y que no le entregaría más. A la mañana siguiente llegó a su local y todo estaba saqueado, con los candados rotos. Anduvo preguntando y otros comerciantes le dijeron que los mismos que repartían su publicidad le habían robado todo. Fue con los policías y pidió ayuda porque además había cámaras de seguridad pública y podía identificar a los agresores. Pero los uniformados le dijeron que ésos eran gente del líder y que mejor se informara con quién se estaba metiendo. Le enseñaron en el celular fotos de Adán abrazado, en una fiesta, con el que entonces era el jefe de gobierno de la Ciudad de México y le dijeron al acapulqueño: «Mire, joven, contra él no podemos hacer nada».

El trabajo del nuevo extorsionador le gustó a los jefes y le fueron mandando a más locales de otros productos a los que les aplicaba la misma trampa o cobro de piso. Muchos sí aceptaban pagar los setecientos pesos semanales para evitarse cualquier problema. Adán Alfonso siempre traía dinero. Si no había fiesta, él pagaba la fiesta. Invitaba el alcohol, la droga y, a veces, las putas.

Como otras personas, el joven extorsionador tenía fijación oral pero no lo sabía. Necesitaba tener algo en la boca para calmar la ansiedad, por eso siempre traía cigarrillos, pero además prefirió dejar de inhalar cocaína y empezó a fumarla en piedra. Vivió el mismo ciclo ascendente y descendente que experimentaba su mamá cuando él era niño y llegó un momento en que se echaba ocho, diez o doce piedras entre el momento que despertaba y cuando empezaba a tomar alcohol, por la tarde.

Rápido empezó a tener síndrome de abstinencia, principalmente mucha agresividad. Los patrones lo mandaron regañar y él mismo se dio cuenta de que con la droga iba a valer madres. Hizo su propio proceso de desintoxicación, encerrado en su cuarto una semana con comida, alcohol y pornografía. Salió muy aliviado y fue cuando Tata lo mandó llamar, sin motivo aparente, y le presentó al Efectivo.

El parecido físico les llamó la atención a los dos. Ésa era la única razón por la que lo habían llevado ante el mero mero de la delincuencia organizada en la costa de Guerrero y Morelos. Así se hizo el trato y así se convirtió en su doble de cuerpo. Sólo pidió una concesión: poder salir de vez en cuando a ligar mujeres, aunque fuera disfrazado con barba y peluca. El Efectivo aceptó y se lo llevó a vivir a Cuernavaca.

XXX
Sesgo científico

Por la noche, en Cuernavaca, el doctor Björn salió al patio de la casa para llenar con agua una bandeja y acercarle algo de beber a Tapper. Había enfermado y toda la familia estaba preocupada. Era sorprendente cómo ese amigo y acompañante canino había recorrido tantos pasajes centrales en la vida de David, Erik y Ololi. Conocía mucha tierra mexicana: sierra, playa, montañas, selvas y cuevas. Ahora estaba echado sin querer comer ni levantarse. La doctora Mónica confirmó un temor que el jubilado sueco engendró desde que auscultó con las yemas de los dedos el cuerpo del animal: tenía tumores malignos. El cáncer también amenazaba con llevárselo.

Para el bioquímico y exprofesor, cuidar a Tapper era también ofrecerle un tributo en vida por haberle tolerado tanto en sus exploraciones en busca de evidencias para su planteamiento excéntrico de la posible existencia de sustancias inflamables producidas por reptiles, que harían posible una hipótesis sobre la existencia de dragones. Muchos de esos viajes los hicieron anciano y perro; solos los dos.

Antes de regresar al lugar donde estaba echado Tapper el científico sueco se detuvo un momento en el patio porque miró en el piso un alacrán muerto. Hacía mucho que no veía un insecto ponzoñoso tan grande, tan oscuro y tan muerto. Su cuerpo ya no estaba completo. Cientos de hormigas pequeñas, negras, de tamaño menor a un milímetro, trabajaban cortando y trasladando los restos de ese emperador de los insectos depredadores. Quedaba el aguijón venenoso todavía erecto e intacto, también la coraza de proteína hecha placas, pero ya no había cabeza, ni pinzas, y sólo dos patas evocaban su otrora poderosa maquinaria de traslado.

David pensó en su inacabada búsqueda de la conexión entre las sustancias venenosas y la generación de fuego. Miraba el cadáver de alacrán con los ojos y la mente llena de recuerdos y proyecciones. La noche era muy tranquila. Sonaban grillos con diferentes sonidos, cantos o crepitares. El sueco pensaba en el camino de vida del alacrán muerto; en todo lo que habría visto y vivido para llegar a ser tan grande, tan amenazante y, ahora, tan muerto. Luego hizo un movimiento mental equivocado y pensó en sí mismo, su recorrido y la línea que marcaría, en algún momento, el final de sus días. Fue un movimiento mental equivocado porque de éste surgió la pregunta: «¿Y para qué?». No le había comentado a nadie, pero ahora estaba seguro de que ya no era considerado por sus colegas como un investigador serio, profesional. De manera cruel, posiblemente bajo el estímulo de la envidia, el resentimiento y la oportunidad de venganza uno de sus colaboradores y supuestos amigos acababa de exhibirlo y ridiculizarlo en una llamada telefónica que no fue bien planeada.

Antes de armar formalmente un artículo sobre la inflamabilidad de los venenos de animales ponzoñosos había enviado unos apuntes a su colega Esteban Vázquez Marchena, quien por esos días estaría trabajando en Londres y dialogando con otros bioquímicos que, como él, tenían nombramiento de coeditores en publicaciones científicas indexadas. Sin embargo, Vázquez Marchena no leyó con atención la exposición de Björn sobre veinte polipéptidos recién identificados en venenos y con potencial de convertirse en combustibles volátiles. Tampoco dedicó tiempo a revisar su discusión sobre las diferencias bioquímicas de salivas de reptiles en diferentes ecosistemas mesoamericanos, incluyendo el desierto, bosque de pinos y selva tropical. Sólo le llamó la atención una idea de su ensayo: los venenos de los reptiles americanos son altamente flamables. Arden y es posible que al ser mezclados con otros bioquímicos y entrar en contacto con el aire puedan producir una flama.

—Entonces, ¿crees que algunos venenos de reptil pueden incendiarse al tocar el aire, doctor? —le dijo en inglés el científico que se encontraba en Londres.

En su generación y país de origen, nadie fue tan estricto como David Björn para elaborar un *paper* científico. Pero en el caótico inicio del siglo XXI, intoxicado de información y competencia, la cascada

334

de su descrédito comenzó con sólo una palabra corta: «Sí».

Esto fue lo único que alcanzó a responder por teléfono frente a la pregunta que le planteó Esteban Vázquez, y que requería más acotaciones. Para empezar, si había buscado a su colega en Londres no era para publicar el ensayo, sino para intercambiar ideas.

—Bueno. Antes de hablar del contenido, David, está claro que a tu trabajo le falta el aval de tu universidad. Debe ser por la jubilación —soltó Esteban en un tono lo más neutro posible—. Tienes datos bioquímicos nuevos, también citas de hallazgos de otros autores, y vaya que los interpretas de manera novedosa. Pero tu interpretación es demasiado flexible para lo que se espera de un decano, ¿no lo crees? Cuando leí tu texto pensé que ibas a terminar diciendo que los dragones fueron reptiles verdaderos que escupían una mezcla química que generaba fuego.

—Sí. Bueno...

—¡Espera! ¡Espera¡ ¡Espera! Es que es algo muy fuerte. Espera que hay aquí alguien más que te quiere escuchar. Quiero encender el altavoz. ¿Puedo? —dijo el interlocutor desde Londres.

—¿Quién? —le interrogó el exprofesor sueco de setenta y seis años de edad.

Ya nadie lo recordaba como prodigio, pero conservaba un instinto y una percepción de sí mismo que le permitieron identificar que esa llamada lo hacía sentir más pequeño que minutos antes. Era una trampa.

—Estoy aquí con amigos comunes —le respondió Esteban, quien era químico industrial experto en hidrocarburos y combustibles.

—Hubiera preferido hablar de estos datos sólo contigo, en un primer movimiento.

—Perdóname, David. Pensé que ya estabas interesado en publicar. Además ya están todos aquí y les pasé tu texto —indicó el español con un tono menos afable y más académico.

David reunió aplomo. No sabía quiénes estaban del otro lado del altavoz, pero sí entendía que Vázquez Marchena había reunido a coeditores, seguramente críticos, e incluso les había compartido sus apuntes, sin evidencias. Era tan incompleto el texto que David ni siquiera escribió su nombre y por eso comenzó a decir con voz lenta y grave:

—Todos los que realizamos investigación científica sabemos que descubrir algo no es nada fácil. La mayoría de las cosas que probamos en laboratorio nunca llegan a funcionar. El mayor porcentaje de nuestras ideas no tiene buen desempeño. Y es natural que cuando se es joven uno sienta mucha frustración y mucha incomprensión. Al mismo tiempo, al ser científico, trabajas en un entorno de mucha competencia y con un sentido de urgencia que no puedes dejar de ver. Pero frente a toda esta frustración hay dos mecanismos que te impulsan a seguir adelante: en primer lugar, encontrar algo que, aunque sea a través del error, nadie hubiera visto antes o entendido antes. Y, en segundo lugar, la esperanza de que ese conocimiento nuevo que acabas de encontrar, un día pueda recorrer lo que llamamos «el largo camino»; cruzar el valle de la muerte de la transferencia tecnológica, y convertirse, por ejemplo, en un frasquito con un medicamento que va a cambiar la vida de un ser humano que no conoces.

»Los científicos nos equivocamos mucho, muchísimo, y hay dos tipos de personas alrededor tuyo: los que pierden la confianza en ti y los que identifican que detrás del fracaso hubo mucho trabajo con mucha esperanza de que las cosas salieran bien. Esas personas, que entienden que incluso el fracaso te generó una nueva perspectiva de los problemas que antes no hubieras podido tener; ésos son los verdaderos aliados, porque te alientan a seguir adelante.

»Tenemos problemas para hacer buena ciencia nueva. Hoy la información científica verdaderamente disruptiva está muy dispersa. Además hay corrupción, colegas que han caído en la tentación de lucrar con el peso que la sociedad le da a su opinión. Y además hay que discutir con pensamiento crítico el turismo académico. Cada año hay cientos de congresos científicos en diferentes países donde sólo un puñado acude a la formación, el análisis y el debate. La mayoría aprovecha para conocer el mundo y realizar actividades sociales.

»En los congresos científicos uno distingue a los investigadores tipo A, B, C y D. Los tipo A son los aplicados, siempre están puntuales para las citas, acuden a todas las conferencias y las actividades sociales y rara vez se tienen con ellos problemas logísticos.

Luego están los de tipo B, que son esos investigadores que sólo acuden a las conferencias magistrales, o sea, una conferencia o dos conferencias en la mañana, y después sólo los ves en las actividades sociales. Y los investigadores de tipo C, a quienes únicamente ves en las cenas, cocteles y recepciones que se ofrecen en el congreso o en los eventos donde regalan cosas. No olvido ni olvidaron ustedes a los investigadores tipo D: los que sólo vemos en el aeropuerto, en el traslado al hotel y luego no los volvemos a ver hasta el día que hay que regresar y hacer el *check out*.

»En nuestras revistas hablamos cíclicamente de la pérdida de confianza en la ciencia. Pérdida de confianza que aprovechan los populistas. Los científicos somos humanos, estamos sesgados como cualquier otro grupo. Pero sí reconocemos una gran ventaja en el hecho de que la ciencia es un proceso de autocorrección. Si usamos esas ventajas del pensamiento crítico y logramos salir de la Torre de Marfil y ser más responsables con la humanidad, nuestro trabajo tendrá un sentido verdaderamente trascendente porque los más educados tienen la responsabilidad de ayudar a los más vulnerables.

Todo esto lo dijo David con un ritmo lento y continuo como si estuviera leyendo un texto. Del otro lado del teléfono hubo silencio. Al fondo se escuchaban los ruidos lejanos del trabajo de oficina. Luego el sueco retomó la palabra.

—Le dije a Esteban que no era necesario que yo les leyera mi carta al editor para que ustedes libremente discutieran si la publican o no, pero él estaba muy emocionado e insistió en que yo se las leyera. Yo lo hice como una reflexión de un jubilado que hoy mira la ciencia desde la tribuna.

—Un jubilado que descubrió doscientas cincuenta moléculas no descritas —dijo una voz joven del otro lado de la línea. Luego un aplauso espontáneo del pequeño grupo llegó hasta los oídos de David.

—Gracias colegas, mis pares. Pues los dejo continuar su junta editorial. Yo debo cocinar ahora para mi hijo periodista y mi hija etnóloga. Les mando un abrazo fraternal desde México. Aquí está su casa —concluyó, en inglés, el exprofesor de la Universidad de Upsala.

—Gracias, David. Gracias. Te marco en cuanto quede todo listo —articuló Esteban para cerrar la conversación y nunca más volvió a escucharlo.

Los procesos con los que se resolvió la historia de la carta al editor no los supo David ni le interesaron. El exprofesor de la Universidad de Upsala pensó que todo lo que investigara en adelante sería para su propio beneficio intelectual y para satisfacer la curiosidad impetuosa que corría por todas sus venas como cuando era joven. Pensó que si encontraba algo importante, tarde o temprano la evidencia abriría su propio camino.

—Te traje agua, viejo bigotón —le dijo a su perro Tapper al acercarle la bandeja metálica que había llenado en el patio de su casa en Cuernavaca. Lo abrazó un rato, mientras el perro le decía tantas cosas con la mirada. Ese fin de semana, su querido perro raza corriente cruzada con callejera dejó de acompañarlo a expediciones y fue enterrado en el jardín de su casa, en la Privada Cuexcontitla, cerca de la avenida Domingo Diez.

XXXI
El ahorcado

Hasta la noche del 17 de julio de 2019, en la carretera vieja entre la Ciudad de México y Cuernavaca o carretera federal 95, había sesenta y dos cruces en memoria de personas fallecidas, más dos nichos dedicados a la Santa Muerte y ocho nichos con imágenes de la Virgen de Guadalupe.

Poco después de las tres de la mañana, cuando la neblina danza por el kilómetro 42 del camino boscoso, a tres mil cien metros de altitud sobre el nivel del mar, el solitario automóvil de Erik Björn avanzaba por esa ruta, a una velocidad de cincuenta kilómetros por hora. Casi quinientos años antes, en 1531, la misma vía sinuosa fue construida por órdenes del conquistador español Hernán Cortés como camino de espuelas que conectara la capital de la Nueva España con la recién descubierta bahía de Acapulco.

Ahora, al volante de un viejo automóvil Dodge Chrysler, el reportero Erik se dirigía hacia el puerto turístico más famoso entre los mexicanos, pero con un objetivo laboral. Iba camino al sur. Primero haría una escala en Cuernavaca, en casa de su papá y Ololi. Sabía que no les encontraría en esa visita, pues habían salido a un viaje, en busca de cuevas y siguiendo pistas de la insensata idea de su padre, quien quería encontrar dragones.

Es costumbre mexicana y de otros países colocar una cruz en el lugar donde murió una persona, sobre todo si fue en una vía pública. En el caso de la carretera vieja a Cuernavaca hay zonas donde los racimos de cruces hacen imposible un conteo si el viajero no se detiene; por ejemplo, la curva de la muerte para motociclistas y el punto donde ejecutaron al general Serrano y a su comitiva en 1927. Algunas cruces fueron hechas con madera, otras con piedra o metal. Están las que tienen debajo flores recientes y otras abandonadas desde hace tantos años que ya sólo tienen un brazo.

Era verano y había llovido, por eso la neblina era densa. Mientras Erik manejaba, adivinaba las siluetas de cruces y repasaba mentalmente datos de la investigación periodística que ahora construía. Desde que empezó a publicar en medios impresos firmaba sus textos con el seudónimo Erik Osorio, porque la palabra *Björn* se le complicaba a muchos. Paulatinamente se había adiestrado en hacer investigaciones más complicadas. Durante las elecciones federales de 2018, había documentado diferentes regiones de México donde el gobierno real no era el que los ciudadanos eligen con el voto, sino un gobierno fáctico impuesto por grupos del crimen organizado. Ese año, con su colega periodista Ruth Fuentes García, investigó la historia de las bandas criminales que ejecutaban a candidatos incómodos para imponer alcaldes en gobiernos municipales de la región conocida como Tierra Caliente, que comparten Michoacán, Guerrero y Estado de México. En 2019, los dos colegas periodistas buscaban obtener financiamiento gringo para otra historia. Debían presentar una propuesta de reportaje a un grupo de periodistas evaluadores mexicanos que se hacían llamar la Quinta Esencia. Ellos les recomendaban a los gringos a quién sí y a quién no apoyar económicamente en México.

Ruth y Erik habían encontrado un dato nuevo e importante, pero necesitaban fondos económicos para investigar más. Las bandas del crimen organizado estaban adoptando una nueva manera de conseguir dinero constante y fácil: secuestrar los sistemas de agua potable y extorsionar a los gobiernos municipales que necesitaban entregar a la población el indispensable líquido. Él y Ruth tenían los datos duros para describir un corredor criminal donde aplicaban esta forma de extorsión, desde Acapulco hasta Cuernavaca, con ramificaciones hacia el oriente y poniente. Tenían nombres, fechas, montos económicos y el análisis de dos especialistas en seguridad nacional. Pero faltaban los testimonios de pobladores y la narrativa de campo. Por eso el sueco manejaba hacia el sur ese 17 de julio. ¿Por qué tan tarde? ¿Por qué por la carretera vieja? Porque esa noche no quería dormir en Portales sin Cristina, que ya se había mudado a vivir con Natalia. Por otra parte, las tres de la mañana era la hora en la que la dificultad del camino le impedía pensar necedades.

El conteo de cruces y los breves momentos que recapitulaba su investigación estabilizaban los pensamientos de Erik, pero esa noche no encontraría condiciones idóneas para la paz mental. En el kilómetro 44, una escena macabra apareció frente a sus ojos y le endureció las tripas como si hubiera recibido una descarga eléctrica.

A la derecha de la carretera, pocos metros después del segundo altar a la Santa Muerte, el piloto distinguió cuerpos humanos colgados en pinos. En ese momento la neblina le obligaba a circular a 40 kilómetros por hora y alcanzó a mirar seis o siete bultos orgánicos que fueron iluminados por sus faros. El pasmo se volvió pánico al darse cuenta que uno de los péndulos todavía se agitaba con espasmos, suspendido en el aire, como animal moribundo negándose al degüelle.

En un segundo extendido mentalmente, Erik Björn o Erik Osorio, periodista nacido en Upsala, Suecia, pero trasterrado a México a los ocho años de edad, se atragantó con saliva al ver el protocadáver agitarse. Sintió una burbuja grande atascada en la garganta. El aire para respirar no subía ni bajaba. Creyó compartir la asfixia de los ahorcados. Tuvo necesidad de pisar el freno y girar el volante a la derecha, en busca del acotamiento carretero, pero también en busca del control de su propio cuerpo. De manera violenta, golpeando tierra y grava, el auto se detuvo. El sueco no quería mirar a atrás, pero todo lo percibido se proyectó en su mente con detalle fuera de serie. En forma bizarra imaginó un árbol navideño decorado con gatos ahorcados; no supo por qué, pero en eso pensó primeramente.

Bajó del auto sudando frío de tanto miedo. No había parado por valor sino porque sentía la burbuja de aire que bloqueaba su respiración y porque supo que se iba a cagar en la ropa. La parte de abajo del carro había pegado y generado el mismo sonido que una campana ronca. No quedó bien orillado, pero eso no era importante. Bajó corriendo hacia el frente del auto, se aflojó el pantalón y se sentó sobre el aire porque ya la mierda venía saliendo. Su cuerpo se vació por la ley de la gravedad, pues traía las tripas paralizadas y expandidas. Lo que salió era sólido bañado por líquido; ardoroso, caliente, fétido, vaporoso. Al mismo tiempo, todo su cuerpo temblaba de frío.

Se quedó quieto un momento, sintiendo el aire helado acariciando sus nalgas desvestidas. También tenía dolor en el estómago y presión como tuerca en la cabeza. Cerró los ojos con las manos entrelazadas a la altura del ombligo, todavía en cuclillas frente a los faros encendidos del auto. Estaba demasiado agitado de pensamiento y no sintió acercarse a un camión de carga que pasó sin detenerse, con estruendoso motor y grosera liberación de hidrocarburos quemados. Sin frenarse ni disminuir la velocidad, se alejó. «Re mal», pensó el sueco cuando se incorporó sin limpiarse. Sintió miedo de que alguna mirada lo estuviera espiando. ¿Por qué no se detuvo el camión? ¿Qué no vio los cuerpos colgando? ¿Había alguien más cerca? ¿Dónde estaban la policía, la Guardia Nacional, el Ejército, que normalmente hacían retenes en esa carretera vieja?

Se abrochó el pantalón con la sensación de que su culo había quedado seco y volvió a la puerta del Dodge Chrysler, color blanco, pero no abordó. A cien metros de distancia contó a los colgados. Eran siete. Parecían gigantescas ratas lampiñas. Erik sintió culpa por pensar eso, pero así le brotó. Luego vio lo que más temía: uno de esos cuerpos todavía se agitaba, en una lucha débil y desesperada por respirar. Era un colgado mediano. Intentaba levantar las manos hacia la soga pero no alcanzaba a elevar los brazos, sólo los agitaba en el aire.

Sin pensar; verdaderamente inconsciente de sus actos, el reportero corrió hacia el lugar y averiguó el acomodo de cuerdas con el que colgaban los condenados. Todos estaban en ropa interior; calzones, trusas y bóxers. Unos traían el torso desnudo y otros usaban camiseta. Todos estaban descalzos. El gordo que había visto agitarse en el aire ahora permanecía estático, pero desde la oscuridad parecía mirar al periodista asustado. Erik no podría asegurar si todavía respiraba, pero algo parecido a un brillo en sus ojos hacía suponer que no estaba muerto.

Rápidamente buscó la punta de esa cuerda. Estaban colgados de forma que los amarres finales quedaran bajos, al alcance de alguien de pie. Identificó cuál era la soga del gordo y vio los nudos que la sostenían tensa. Como traía en el cinturón una navaja suiza de trabajo, la sacó y comenzó a cortar la cuerda con la hoja más afilada. Ya no traía la burbuja asfixiante en la garganta. Sentía miedo sin temblar. Debido a la prisa y al pánico por el riesgo de ser descubierto pensó que debía pedir alguna protección espiritual e intentó rezar un padre nuestro, pero como no era devoto, comenzó a recitar el principio del Himno Nacional Mexicano.

—Mexicanos, al grito de guerra... Mexicanos, al grito de guerra... Mexicanos, al grito de guerra...

En un momento de desesperación y al ver que el corte de la cuerda avanzaba exageradamente lento buscó una roca para golpear la navaja, clavada, como si fuera una cuña o una pequeña hacha, pero el golpe de piedra sólo sirvió para fracturar la hoja de acero inoxidable que salió volando fuera de vista. Volvió a mirar al colgado agonizante. Estaba seguro de que seguía vivo; su propia urgencia le indicaba que cortar la cuerda no era un sinsentido. «Colgando de un hilo. Colgando de un hilo», pensaba.

Los demás hombres estaban completamente inertes, pero éste respiraba lacónicamente y desde la penumbra alta parecía mirar concentrado hacia donde estaba el auto blanco con las luces encendidas. Erik recordó que su navaja tenía una hoja con forma de sierra para cortar madera. La sacó y con fuerza serruchó la cuerda hasta que el peso del lastre humano la hizo reventar. Escuchó el sonido sordo del bulto flexible cayendo sobre hierbas de bosque.

Inmediatamente se le acabó el valor. Sintiendo que volvería a cagarse corrió hacia el auto con pasos ridículos, caricaturescos, como de actor cómico en película muda. Giró medio segundo para mirar hacia el lugar donde había caído el colgado, pero no distinguió nada. Le pareció que todo era un diorama de siluetas vegetales verde oscuro.

Subió al auto y, con las piernas temblando, pisó el *clutch,* arrancó y se alejó. La paranoia le abordaba cada veinte o treinta segundos; el miedo a ser observado o perseguido a la distancia sólo era interrumpido por la sensación de contracción de la garganta, como queriendo vomitar o sintiendo un bloqueo para respirar. Cuando llegó a la gasolinera previa al poblado de Tres Marías, en el kilómetro 46, se detuvo, pero no quiso entrar. Tuvo más miedo. Ahí decidió que tampoco sería él quien buscaría a la policía.

Sintió que estaba orinado, pero poco. «Al menos no me cagué todo», pensó. Decidió seguir adelante por la carretera vieja hacia Cuernavaca, alejándose del lugar de los colgados, sin hablar con nadie. Bajó por el pueblo de Huitzilac, tomando un atajo como si fuera hacia la ciudad de Toluca.

Llegó a casa de su padre y Ololi antes de las cinco. Guardó el auto en la Privada Cuexcontitla, que cerraba con portón. No había nadie en casa, como él había anticipado. Se metió a bañar y vio que no estaba tan sucio su cuerpo como pensaba. Se puso ropa seca.

Extrañaba a Cristina, pero sabía que ya no podía llamarla por teléfono, al menos no a esa hora, no era correcto. La morena de cuerpo perfecto ya no era su mujer. Hacía meses que sabía que ella dormía con Natalia, a quien amaba como no podía llegar a amarlo a él. Erik, por su parte, también sabía que su corazón no había sido fiel todos esos años. Su lealtad afectiva se contradecía con sus repetidas infidelidades sexuales. Por eso reconoció que tenía que dejar ir a la mujer que adoraba.

El periodista de veintisiete años salió a fumar cerca de donde estaba enterrado su perro y viejo amigo Tapper, en el jardín de la casa familiar en Cuernavaca. «Te quiero, Tapper», le dijo. Luego entró a la sala y permaneció un rato mirando los objetos de piedra coleccionados por el viejo David, su octagenario padre. Eran copias legales de piezas arqueológicas famosas. En la soledad doméstica dijo: «*Pappa, galen gammal man...* Pinche viejito loco». Sonrió pensando en su padre y hermanastra, pero también en su mamá y en Suecia. Por un segundo se le volvió a aparecer el recuerdo de los ahorcados. Quiso borrar esa noche de su memoria y se preguntó si existía la posibilidad de olvidar voluntariamente lo que duele. Después se metió a la cama y sin saber cómo, se quedó profundamente dormido.

Esa noche tuvo un sueño excéntrico: acudía a una cita para entrevistar al rector de la Universidad de Morelos, que lo recibía en una antigua y bella casa de principios del siglo XX. En eso llegaba el ejército, dirigido por una mujer pelirroja. Cerraban el edificio y detenían al rector, acusándolo de lavado de dinero y de organizar guardias blancas con los alumnos. Erik quedaba dentro de la escuela y veía muchos movimientos raros del ejército, como si interrogaran con violencia a los estudiantes. Pero a él nadie lo veía, pues era como un fantasma. Al principio se sentía protegido porque no lo podían ver los hombres con armas. Pero después experimentaba miedo, pues algo le decía que así como él era observado sin que lo vieran, otra fuerza, que parecía rodearlo todo, lo vigilaba a él silenciosamente, acechando sus movimientos. Él era un observador observado; un investigador investigado.

Despertó rápido. No había dormido ni tres horas cuando los ruidos de la ciudad lo trajeron de regreso, poco después de las ocho de la mañana.

Como había quedado de hablar con Ruth por teléfono ese mediodía decidió hacer tiempo antes de ir a oficinas de gobierno a indagar sobre las extorsiones a cambio de agua potable, problema al que los expertos en seguridad nacional ya llamaban «cobro de piso por derecho de agua».

Caminó seis cuadras hasta el supermercado Soriana, y mientras pagaba fruta, yogurt y granola, escuchó la conversación de dos jovencitos empacadores de mercancía, hombre y mujer, como de quince años de edad. Le llamó la atención la esfera de confianza que compartían, ajenos a cualquier realidad macrosocial.

ELLA: Ángel, préstame cuarenta y cinco pesos, te los pago en un rato.

ÉL: Toma. Pero si te casaras conmigo no me los tendrías que pagar. Hasta te daría doscientos cincuenta todos los días.

ELLA: Ash. Eres un tarado.

ÉL: Muy tarado y muy enamorado.

ELLA: Eres un tonto.

Luego ambos se miraron, directo a los ojos y se rieron. Los dos tenían los dientes bien chuecos. Los dos se taparon la sonrisa con la mano y miraron al piso. Erik tomó sus productos y salió de ahí con una sonrisa.

Desayunó tranquilo. Entró a internet para estudiar un poco cómo funcionaban los sistemas de agua potable en México que, en casi todos los casos, son empresas público-privadas que operan uno o varios municipios. A las 12:30 llamó a Ruth, quien ya estaba en la redacción de la revista. Ella le pidió esperar un momento en lo que terminaba un renglón que estaba redactando y, mientras, Erik escuchó a la jefa de edición salir de su oficina y gritar: «¡Estas Macs que compramos salieron bien mariconas! Les tocas algo y luego luego se descomponen. No salieron tan buenas como las PC». Luego escuchó a su compañera saludar de nuevo.

—¡Qué intensa! ¿La oíste? Ja, ja, ja. Mira. De lo que teníamos yo encontré esto nuevo: El 1 de enero fue asesinado el alcalde de Tlaxiaco, Oaxaca, cuando encabezaba una marcha con ciudadanos hacia los pozos de agua potable del municipio, que supuestamente estaban tomados por la delincuencia organizada. Luego, el 20 de febrero fueron quemadas dos camionetas del servicio de agua potable de Acapulco en las que se dejaron pancartas que la policía retiró antes de que llegara la prensa. Luego, la noche del 23 de febrero, en Cuernavaca, el pozo de agua potable conocido como El Túnel recibió más de cuarenta balazos en su puerta principal y se colocó una manta con la leyenda «Esto es el comienzo de lo que espera a Cuernavaca, señor gobernador. Su gato me prometió entregar la Plaza de Morelos y no cumplió. Cree que me quitó el control del agua potable pero esto le va a pasar cuando me de la cara».

—No manches, Ruth. Ese pozo está al lado de donde yo estudié la secundaria. Hay un campo deportivo y a una cuadra está ese lugar.

—Sí. Está cañón, Erik. ¿Tú, qué onda? ¿Cómo vas?

El periodista le contó todo lo de los colgados que encontró esa madrugada en la carretera y ella se alteró un poco.

—No manches, Osorio. Eso está supergrave. Te voy a mandar los protocolos de seguridad que nos compartieron los gringos. Sobre todo hay una reportera que ha trabajado mucho en zonas de conflicto, aunque al final son gringos, tienen otra dinámica.

Acordaron que él le escribiría todos los días a las ocho de la mañana y las ocho de la noche, hasta que regresara de Guerrero para armar el texto. Mientras, ella presentaría la hipótesis del reportaje a los evaluadores de la Quinta Esencia. No era mucho el dinero que daban, mil o dos mil dólares, pero les serviría para los gastos de investigación y viáticos. Ingreso para ellos no quedaría.

XXXII
Refugio

Adán Alfonso cayó sentado cuando el chofer de un auto cortó la cuerda de la que colgaba, en el kilómetro 44 de la carretera vieja México-Cuernavaca. El dolor en la pelvis crecería horas después. En el primer momento, tras la caída, el moribundo sacó fuerza para gatear, rodar y volver a gatear hacia el interior del bosque. Sólo quería alejarse del camino y de los cuerpos de sus compañeros ahorcados. Andaba semidesnudo, con trusa.

El primer kilómetro que recorrió para alejarse de la escena del crimen le exigió un esfuerzo físico tan grande como si hubiera jugado un partido de futbol americano colegial en la línea de golpeo. Lo más complejo de todo era que no tenía que dejar marcas para que no lo rastrearan. Se alejó de la civilización con dirección oeste. Conocía la zona porque los cargamentos de droga que llegan desde Michoacán para entrar por el sur de la Ciudad de México usan varios caminos de terracería en el extremo sur del volcán Ajusco, que era la zona en la que él se encontraba.

Lo primero que necesitaba era llegar hasta la línea que en el siglo XX ocupaba la antigua vía del ferrocarril

353

México-Cuernavaca y ahora es ciclopista en el bosque. Ahí podría seguir por el aplanado de chapopote sin dejar huellas ni cortar sus pies descalzos al recorrer el bosque. Lo consiguió y buscó cerca de la ciclovía alguna madriguera o raíz de árbol hueco para meterse y dormir, pues todavía se sentía moribundo y su imaginación le decía que ya lo andaban sobrevolando aves carroñeras. En un agujero grande, entre piedras y raíces de pino, se guardó en posición fetal y durmió hasta que salió el sol. Abrió los ojos, se cambió de posición, jaló hojas secas para cortar un poco el aire frío y se volvió a dormir.

El día siguiente se despertó con mucho frío antes de salir el sol. Buscaba en el campo algún material con qué cubrirse la espalda, pero no había ni cartones en el bosque. Siguió avanzando, con mucho cuidado, por la ciclovía, con la decidida intensión de robar una cobija o un trapo en cuanto viera algún caserío. Tuvo suerte porque llegó a un cruce de la ciclovía con un camino poco transitado donde hay una comunidad llamada Fierro del Toro. Los perros que cuidaban las casas habían trabajado toda la noche y estaban dormidos. Afuera de una de las construcciones de *monoblock* había un tendedero de más de treinta metros de largo con mucha ropa de toda una familia. Tomó unos pantalones y una chamarra de pants que eran parecidos a su talla. Luego revisó lentamente qué podía llevarse para los pies y sólo encontró calcetas. Se llevó seis para ponerse tres calcetines en cada pie y seguir caminando. Corrió luego para el bosque sin voltear a ver si alguien lo había detectado en Fierro del Toro. Ya lejos escuchó a los perros del lugar donde había robado ropa. No lo vieron, pero habían venteado su aroma, quizá porque ya olía a muerto.

Pensó que no debía regresar a Cuernavaca ni a la Ciudad de México. De hecho, todo el estado de Morelos era peligroso para él, pues su propio jefe lo había puesto para que sus rivales lo mataran, pensando que era el verdadero y poderoso Marcial Dimanche Villa, el Efectivo. Entonces, era mejor seguir en el bosque o dirigirse para el Estado de México o para Michoacán, donde no tenía tanta influencia Dimanche. Por lo pronto era lo único que se le ocurría. Caminó dentro de la parte más poblada de pinos, musgos y helechos, pero sin perder de vista la carretera Cuernavaca-Toluca hasta que vio una vereda por la que pasaba bastante gente. Estaba muy cansado esa segunda noche y se buscó otro refugio para dormir.

En la mañana ya no quiso seguir caminando dentro del bosque porque ya traía rotas las tres capas de calcetas y tendría que amarrarlas como cintas, en la base de los pies para no cortarse. Se acercó a la brecha, con mucho frío y comenzó a atarse las calcetas como nudos. En eso vio a un grupo de hombres y mujeres caminando por la vereda, pero ya estaban muy cerca para esconderse. Se quedó mirando y fueron pasando frente a él saludando todos y sin detenerse. Eran como quince personas. Una de ellas, una mujer madura, se salió del grupo y le dijo:

—Tenga, muchachito, para que se ataje el frío. Y le dio una cobija corta, pero que era suficiente para taparse toda la espalda. Él se paró un poco sorprendido y alerta, pero agradeció el cobertor, le dio la mano a la señora e inclinó la cabeza muy ceremonioso. Ella le hizo un gesto para seguir con el grupo y caminaron juntos, en silencio.

Adán no sabía ni qué onda estaba pasando, pero con la cobija sentía que recuperaba el alma. Un rato después ella le contó cosas sobre su pueblo, llamado San Miguel Topilejo. Dijo que su esposo criaba borregos y que en su comunidad los niños tenían que abandonar la escuela para trabajar. Por primera vez el fugitivo vio que adelante de ellos, un poco lejos, se veía que caminaban muchos hombres cargando la imagen de un Cristo y mientras avanzaban liberaban cohetes al aire. Eran un tipo de peregrinos conocidos como chalmeros, que se dirigían a la iglesia de un pueblo donde hay una imagen de Jesucristo que es muy adorada y dicen que es muy milagrosa. Con los truenos de los cohetes avisaban que iban acercándose al santuario.

—No cualquiera va y viene a Chalma caminando, joven —decía en voz alta la señora que dijo que se llamaba Joya Encarnación—. Mi esposo y yo sólo venimos una vez al año; tardamos doce horas caminando, pero no hay que detenerse a descansar mucho porque ya vio cómo se entumen las piernas y ya no se puede uno levantar. A nosotros, cuando llegamos, ya nos espera allá mi yerno y nos trae de regreso en coche.

Entonces Adán le pregunto cuántos kilómetros medirá la distancia entre el pueblo de Topilejo y el santuario de Chalma y ella le contestó:

—No sé la distancia porque nosotros nos vamos por la carretera del Ajusco, pero cortamos por tres cerros para no dar tanta vuelta: cortamos por un cerro que se llama Cansacaballos, que está muy empinado, imagínese por qué le pusieron ese nombre; luego pasamos el cerro Agua de Cadena, donde siempre hay gente que nos regala café, y al último cruzamos el cerro La Mina. Después todo es de bajadita hasta Chalma.

Finalmente le preguntó que si llegando al santuario duermen o descansan antes de regresar y Joya Encarnación le dijo:

—Sí. Ahí rentan cuartos o cuando está todo lleno rentan colchones en pasillos. Pero toda la molestia se olvida cuando llega uno frente a nuestro santo Señor de Chalma. Es algo muy bonito que se siente por dentro: como una calma, como una satisfacción.

Adán le dijo que le agradecía mucho todas las cosas que le contaba, pero sobre todo que le diera ánimos para seguir, pero que se iba a ir más despacio porque no traía zapatos.

—¿Y trai centavos, mi niño? —le preguntó la mujer de una manera sorprendente. Era una pregunta muy tierna y le decía «mi niño», cuando él era en realidad un delincuente. De cualquier forma, la verdad era que no traía centavos, ni pesos ni nada. Santiago sólo bajó la cabeza y a la señora Joya le pareció que lo había avergonzado, pero también supo que el joven gordo no traía dinero.

Sacó una bolsa de plástico donde traía monedas y unos pocos billetes. Agarró un billete de cien pesos

357

que traía tan enrollado que parecía un cigarrillo rojo. Se lo dio.

—¡Váyase caminando lento, mi niño! ¡Y agarre esto! No se sienta mal ni lo rechace. Es parte de la bendición —le dijo ella.

Él la miró. Recibió el billete y lloró. ¿Por qué lo ayudaba esa desconocida, peregrina de un pueblo tan pobre que los niños tenían que dejar la escuela para trabajar? Su experiencia reciente cercana a la muerte; el rescate que le hizo un chofer desconocido, a costa de su propia vida, la cobija y el dinero que ahora le obsequiaba Joya Encarnación no tenían lógica para él.

La mujer se despidió y siguió avanzando a su paso.

El gordo decidió completar el recorrido hasta Chalma sólo con un bastón resistente. En la andanza ocurrieron más cosas que sólo pasan en los caminos. No sabía si quería terminar la procesión y llegar al santuario, pues ignoraba qué ocurriría después. Por los pueblos que pasó le regalaron pan, café y agua de guayaba. Al avanzar hacia el pueblo del Cristo que apareció en una cueva, sentía que cada cosa que comía, cada escena que veía y todos los sueños que después de la horca había tenido eran regalos de un tiempo extra: por su pasado delictivo, ya debería estar muerto. Entretejido y mimetizado con la peregrinación de los chalmeros, Adán comprendió la diferencia entre proceso y fin. Al caminar tuvo conciencia de la verdad fundamental de que el fin de la vida es vivirla.

Caminó tres días. Quince kilómetros cada día por la ruta de los chalmeros. Llegó al santuario y pensó que en todo lo que estaba viviendo había una coincidencia afortunada porque el pueblo de Chalma estaba a sólo diez kilómetros del pueblo de Malinalco, al que había ido a vivir la mujer que más amaba, Trinidad Santana Madero. Debía ir a buscarla.

Ella dejó Cuernavaca al final de una crisis adictiva. La verdad, recordó Adán con vergüenza, después de la primera noche juntos, no pudo volver a visitarla porque su trabajo como doble del Efectivo no se lo permitió. Tampoco le pidió número telefónico ni correo electrónico ni nada. Ella se volvió a sentir como una basura desechada. Una noche fumó quince piedras de coca, de mala calidad, y sólo le subían un poco dos o tres minutos, pero luego tenía unos ataques de pánico y ansiedad muy fuertes. Le pidió al jefe de su escolta que la llevara a buscar coca en piedra. Él se negó al principio porque era muy peligroso para la Licenciada. Ella embraveció y le amenazó con correrlo, por lo que él ofreció ir y regresar. Le avisó a sus muchachos que saldría y cuando trepó a su camioneta ya se había subido la patrona. Se la tuvo que llevar a comprar piedra a Lomas del Carril, en Temixco. Ahí empezó un suceso transformador. Trinidad andaba tan ansiosa o «eriza» que traía la pipa de vidrio en la mano para quemar la droga en cuanto la tuviera al alcance. El jefe de escoltas conocía el punto y ni siquiera se tuvo que bajar. Le entregó una bolsa con cincuenta papelitos a su jefa y ésta, desesperada, quemó la primera piedra dentro de la camioneta. Sintió el efecto que esperaba: dentro de su mente escuchó un gran gong oriental y todos los sonidos externos bajaron de volumen, como si se hubiera sumergido bajo el agua de una piscina. Respiró muy profundo dos veces, con la falsa creencia de que nunca había tenido tantos átomos de oxígeno dentro de sus pulmones y se recargó en el asiento.

Al escolta no le gustó que dejara «su camioneta» oliendo a piedra de coca porque en la mañana iba a llevar a sus hijos a la escuela. Así que se detuvo inmediatamente cuando la millonaria le dijo: «Deténgase Julián, que me gana la pipí». Y se bajó corriendo, toda grifa.

Estaban en una zona semibaldía y había una casa inconclusa hecha con *monoblock*. Ahí se metió la socialité mexicana, se bajó las pantaletas y se acuclilló sobre el aire.

Cuando iba de regreso al auto los dos escucharon el llanto de un bebé. A ambos les llamó la atención porque por ahí no había ni perros. Trinidad ubicó que el llanto venía del lugar donde había orinado y se regresó. Julián, el escolta, se exasperó un poco con la conducta errática de su patrona y se quedó pendejo cuando la vio salir de la casa semiconstruida con un bebé envuelto en una chamarra de los 49 de San Francisco. Alguien había abandonado a esa pequeña persona de pocas horas de nacida. La jefa venía concentrada en la criatura que lloraba y se fue directo al auto. Andaba toda drogui, pero ordenó: «¡Lléveme rápido a la casa porque se está muriendo esta criatura! ¡Dígale a los muchachos que compren leche en polvo y mamilas! ¡Ah, y que despierten a la nanita para que prepare mamilas porque este chiquito o chiquita se nos va!».

Ni siquiera sabía si era niño o niña. Trinidad todavía traía los ojos como conejo al que alumbra un faro. En el asiento seguía la bolsa con piedras de coca. Ella revisó al bebé y dijo: «¡Es una niña! Pobrecita». Adán no sabía, pero esa noche Trinidad pidió varios deseos a la frasca de monedas de oro porque la niña no quiso tomar mamila y cada vez lloraba más débil. La millonaria pidió que la dejaran sola un rato con la pequeña y, así drogada, se acercó al envase antiguo y le habló: «Necesito pedirte que limpies mi cuerpo para amamantar a esta pequeña abandonada».

Su deseo era temerario porque implicaba arrebatarle a la muerte un alma que ya traía abrazada. Pero la frasca operó y ese deseo se le concedió a Trinidad tercera. Después de persignarse en terrible desorden pegó la boquita de la recién nacida a su teta derecha, que limpió previamente. Cerró los ojos por vergüenza, como si sus dos padres la estuvieran observando, y sintió la succión instintiva de la desesperada cría. La mujer del linaje Santana se estremeció al experimentar cómo manaba de su cuerpo el alimento limpio, tibio y protector. Así estuvo diez minutos e instintivamente cambió de pecho, con el mismo resultado.

Cuando llamó a la nanita para que se llevara a la pequeña, la terapeuta de lenguaje se dio cuenta de que su cuerpo había funcionado como un vehículo de salvación. Se quedó despierta en el sillón donde años antes había platicado con su papá frente a unas velas. Miró la frasca y vio que quedaban cinco monedas de oro. «Ya no quiero depender de las drogas», le dijo en voz alta al envase de base cuadrada y cuello corto. Luego miró cómo una acuña de oro se transformaba en humo.

Toda esa semana amamantó a la niña y no volvió a consumir sustancias psicoactivas, alentada por las ansias de vivir de la bebé. Decidió que la adoptaría y la llamaría Lucía, en memoria de su mamá.

Cuando Adán volvió a tocar su puerta, en Cuernavaca, ella lo miró con mucha alegría y le contó todo el proceso que había vivido. Él la escuchó fascinado y concentrado. No podía borrar de su cara una sonrisa de menso cuando se quedaba mirando a la recién nacida. Trini se siguió enamorando, pero le dijo a Adán que se iría a vivir con Lucía a Malinalco, a una casa que compró para desintoxicarse, aprender a meditar y vivir en paz.

Meses después, cuando el doble de cuerpo llegó caminando al santuario de Chalma, entró a la iglesia por curiosidad. Quería dar gracias por sobrevivir a la horca, pero nunca había rezado. Sólo se hincó, juntó las manos y se quedó en silencio.

«Quiero volver a ver a mi peloncita de ojos verdes. ¿Cómo habrá cambiado, ahora que es mamá?», se preguntó Adán Alfonso.

Salió de la iglesia y con los cien pesos que le regaló en el camino Joya Encarnación compró unas sandalias baratas y pagó un pasaje en la combi de transporte público que viaja desde Chalma hasta Malinalco. Pensó que si su güera lo recibía quizá aceptaría enseñarle cómo se inicia un camino para vivir en paz.

Él no lo sabía, pero el último deseo que Trinidad pidió a la frasca fue que algún día ella y Adán alcanzaran juntos la iluminación. Después guardó la frasca, que todavía tenía tres monedas mágicas, y nunca más le volvió a pedir deseos.

XXXIII
La corretiza

En Cuernavaca, antes de salir a investigar, Erik usó el teléfono celular para hablar con tres personas: primero llamó a Ololi, quien le dijo que habían viajado a Tlalpujahua, Michoacán, pero que su papá estaba bastante enfermo; traía una infección fuerte que le dificultaba respirar. Había pasado mucho tiempo en cuevas y en una de esas expediciones adquirió un hongo de guano de murciélago que no pudieron erradicar totalmente con antibióticos.

Esa semana llegaron al pueblo minero porque David tenía una nueva hipótesis para su búsqueda de un reptil que escupiera fuego. Ahora pensaba que no debió ser un animal con dos glándulas separadas con sustancias que al mezclarse con el aire generaran una llama; era más lógico pensar que el animal hipotético escupiera un veneno inflamable que se encendiera con la chispa de pequeños pedernales que guardara en su buche. Su idea no era un delirio, pues diferentes animales guardan piedras en el buche para funciones digestivas, incluyendo a aves y reptiles. Ahora su reto consistía en encontrar pedernales suaves y por eso quiso ir a la comarca minera.

Erik habló con él después de conversar en privado con Ololi, quien le subrayó que lo veía muy agotado, aunque no quería regresar inmediatamente a Cuernavaca. «Estoy bien, hijo. Tú no dejes de hacer tus cosas. Ahí está la casa. Toma lo que necesites, tú sabes que es tu casa», le dijo su papá.

El periodista se puso melancólico al pensar en su gigante protector que nunca se cansaba. Tenía ochenta y dos años cumplidos y seguía explorando cuevas. Se acordó de que una vez lo metieron a la cárcel de un pueblo, con todo y Tapper, porque lo hallaron colectando muestras de rocas en una cueva y los comisarios de la comunidad pensaron que era un espía ruso buscando uranio en México.

La tercera persona con la que habló Erik ese día fue con Cristina. Ella le contestó muy tierna, muy amable. Ya tenían tiempo separados. Él supo de su romance con Natalia un día que llegó al edificio y en un pasillo escuchó un grito de placer de su novia, trasladada a la más alta jerarquía del éxtasis por la lengua y dedos de su vecina. Juntó pistas que se habían acumulado a lo largo de los meses y cuando Cristina volvió a casa la encaró con una sola pregunta:

—¿Tú sientes que Natalia te ama más que yo?

—Sí, Erik —respondió su compañera de lecho y él supo que le decía la verdad porque ella casi no mentía y porque él también sabía que amaba a otra mujer más que a Cristina, aunque eso no era algo que fuera sencillo resolver.

—Entonces, Cris. Déjame besarte porque te quiero mucho y déjame desearte que seas muy feliz. No se te olvide que hice todo lo que yo pude para amarte bien.

Por eso Cristina lo quería mucho y le contestó amable cuando él le llamó desde Cuernavaca para saludarla. La morena de cuerpo perfecto le dijo que la noche del 23 de julio irían al Centro Histórico y ella intentaría aprender danza prehispánica.

—Si quieren me dedican su primera danza juntas, para que también yo encuentre un amor tan dulce. No voy a poder ver, pero estoy seguro de que cuando dancen van a ser las mujeres más bonitas de todo el ombligo de la Luna —le dijo Erik, recordando que México significa «Lugar en el Ombligo de la Luna».

Después salió a indagar el tema del secuestro de los servicios de agua potable. Tenía referencia de que algunos funcionarios de ese servicio público exhibían lujos por encima de sus teóricos ingresos y además traían escolta armada. Quiso verlo con sus propios ojos y, de ser posible, fotografiarlo. Así lo consiguió después de pasar más de una hora comiendo tacos acorazados y tomando refresco gaseoso en un puesto callejero frente a la empresa de construcción de obras para la capital estatal.

Más tarde se fue a tomar fotos del exterior de diferentes pozos que habían sido tiroteados con armas de grueso calibre. Se movía con mucha discreción y logró colectar buenas imágenes, con teléfono celular. Cerca del pozo del túnel fue a visitar a un amigo de la infancia con el que estudió en la Secundaria Federal Uno. Era de muchísima confianza y Erik siempre le llamaba por su apodo de adolescentes: Lombriz.

—Yo te recomiendo que no te vayas a meter al Ayuntamiento, para nada. Ahí no sabes quién es de los buenos y quién es de los malos, pero rápido detectan cuando alguien no es de aquí. Y si saben que eres periodista no te la vas a acabar —le aconsejó su amigo de la secundaria.

—También pensé buscar a colegas periodistas de aquí. ¿Tú qué opinas, Lombriz?

—No, mano. Todos están vendidos o amenazados. ¿Sabes cuánto gana un periodista en Morelos? Como tres mil pesos mensuales o seis mil. El narco les puede pagar más que eso cada semana si le avisan de todo lo que escuchan. Mejor infórmate con la gente que vende comida o con los taxistas, pero cuídate porque muchos también están vendidos.

Ese día Erik mejor salió de Cuernavaca y recorrió el municipio vecino, al sur, que se llama Temixco. Fue a sacar fotografías de unas bombas de agua que mandan líquido a la ciudad vecina y que supuestamente no estaban operando por falta de pago de la electricidad.

El periodista estaba en una carretera solitaria. Bajó del auto y caminó cien metros hasta un punto donde podía tomar mejores fotos. En un momento vio llegar una camioneta *pickup*, con seis personas, en sentido opuesto al que él llevaba. Pasaron frente a Erik y se frenaron de golpe al llegar junto a su auto estacionado.

Cuatro tipos que viajaban en la parte trasera brincaron al camino y, de ellos, tres empezaron a correr hacia el reportero. Uno más se dirigió hasta el auto Dodge-Chrysler, abrió la puerta y se metió en el vehículo propiedad del sueco. Todos ellos traían corte de pelo tipo militar, ropa azul y botas. No portaban escudos ni número de placas ni identificación alguna.

El joven periodista pensó: «Ya me chingué, estos son narcos. Me van a meter a la camioneta y nadie sabrá nada más de mí». Entonces, resignado al daño, comenzó a caminar lentamente hacia ellos en lugar de huir, al mismo tiempo que los recién llegados se aproximaban. Erik levantó la palma de su mano, vacía, saludándolos con una sonrisa y el que corría adelante bajó la velocidad y comenzó a caminar más lentamente. Lo mismo hicieron los demás.

El reportero les gritó: «¡Buenos días!». Y el líder respondió: «¡Buenos días!». Siguió caminando y, ya cerca, le preguntó: «¿Es usted periodista?». Y Erik le dijo: «Sí, soy periodista de agricultura, ando sacando fotos de los sembradíos de caña».

El que encabezaba el grupo le pidió alguna identificación. Y Erik, tranquilo, le mostró una de la revista donde trabajaba, en la Ciudad de México. El otro la revisó y volteó a ver al hombre que se había metido al auto del reportero. Erik estaba dominado por el miedo pero, al mismo tiempo, pacífico y sin deseo de reclamar que se metieran a su carro. Entonces el hombre que inspeccionó su vehículo salió, cerró la puerta e hizo una seña con la mano que parecía una negativa o un mensaje que decía: «No trae nada». El líder azul, sin insignias ni placas, vio a su compañero, volvió a ver al muchacho flaco de piel muy blanca y cabello muy negro.

—¿Qué estaba fotografiando?

—Esos plantíos de caña de allá que colindan con el cerro. ¿Es Lomas del Carril?

—Está bueno, joven, ya váyase porque por aquí está caliente la cosa.

Erik le dijo que sí, caminó a su auto sin voltear a ver al que le acababa de dar salvoconducto y se fue rápidamente rumbo a una carretera con más tránsito. Sabía que ésos no eran policías ni militares y que tuvo fortuna de que lo dejaran ir. Calculó que un elemento central de su salvación fue que se puso flojito, no corrió, no discutió y se hizo el tonto como si no supiera quiénes eran ellos. Tuvo suerte de que no le partieran la madre, pero era mejor no regresar a casa de su papá. Entonces se fue al centro de Cuernavaca, dejó el auto en un estacionamiento público y esa noche se hospedó en uno de los nueve hoteles de la calle Aragón y León, donde trabajan muchas prostitutas.

Antes de dormir habló con Ruth para comunicarle lo que había colectado. Le dijo que estaba difícil conseguir testimonios. Ella le contó que había hablado con un amigo que cubría seguridad pública en el periódico *El Universal,* quien le explicó que había siete grupos peleando por el control de la plaza de Morelos: los Rojos, los Viagra, los Ardillos, la Familia Michoacana, lo que quedó del grupo de la Barbie, el Ejército

Tlahuica y la gente del Efectivo, que todavía dominaba la mayor parte de los municipios. Hablaron de que quizá sería mejor buscar un poco por Acapulco, donde no expusiera tanto a la propia familia de Erik.

El día siguiente, el reportero volvió a comer tacos acorazados con arroz rojo y huevo duro frente a las oficinas de obras públicas municipales. Por segunda ocasión vio al funcionario que exhibía grandes lujos y traía escolta. Muy temprano había buscado datos de él en internet y supo que antes de trabajar en Obras Públicas, en Morelos, había sido comandante de policía en Guerrero. Cuando pidió un segundo taco acorazado, ahora de arroz rojo con milanesa de res, el vendedor le dijo:

—Esas navajas suizas como la que trae usted se rompen bien fácil, ¿verdad?

—No. ¿Por? —le preguntó el reportero.

—Sí. Mire, aquí me dejaron ésta que se le rompió a un cliente.

El vendedor de tacos callejeros le mostró a Erik la hoja más larga de su navaja, que se había quebrado en el bosque la madrugada en que salvó al ahorcado moribundo. Él encogió los hombros como indicando que no sabía nada de navajas suizas rotas y le preguntó qué otros guisados tenía para hacer tacos. Había de costilla de cerdo en salsa de tomate verde, papas con chorizo frito, rajas de chile poblano con crema... Obviamente el sueco ya no tenía apetito. Sabía que lo tenían en la mira y lo estaban vigilando. Quizá el susto en Lomas del Carril sólo era para verificar que no trajera armas y amedrentarlo.

Así como había soñado esa semana, Erik se había convertido en un observador observado; un investigador investigado. Mejor tomó carretera rumbo a Acapulco. Había muchas cosas que indagar en el puerto, pues además de reportes de que diferentes colonias no estaban recibiendo agua potable, habían ocurrido dos liberaciones de aguas negras hacia el mar, en la bahía, en días con mucho turismo. El ayuntamiento dijo que eran fallas técnicas, pero todo concordaba con datos de que el crimen organizado estaba presionando a las autoridades municipales para extorsionarlas y sacarles el cobro de piso a cambio de agua.

Por el camino iba pensando que su tarea encerraba muchos peligros personales y familiares. Lo más irónico era que no sabía si le iban a publicar la investigación. Sobre una posible ganancia económica de ese esfuerzo, ni siquiera lo consideraba.

El primer obstáculo a librar para conseguir el financiamiento gringo era difícil. Los periodistas de la Quinta Esencia tenían sus temas favoritos. Apoyaban aquellos en los que, al final, también pudieran firmar como autores. En eso se parecían a muchos científicos veteranos que se cuelgan de las buenas ideas de los más jóvenes. ¿Y publicar esta historia en medios tradicionales? También era complicado. El problema de la mayoría de los medios mexicanos es que no son manejados como empresas con función social, sino como espacios ideológicos y políticos. Se publica lo que al dueño le sirve en ese momento, a favor o en contra del gobierno; a favor o en contra de algún grupo de poder o movimiento social.

También en la carretera, adelante de Chilpancingo, recordó sus años de trabajo en equipos de periodistas famosos de radio y televisión: Carmen, Pepe, Nino, Tere, Ciro y otros no tan famosos. Eran empleos duros en los que tenía que estar atento a noticias todo el día y listo para dar datos frescos si alguno de los jefes llamaba para preguntar detalles no publicados. Tenía que calcular de qué estaban enterados los jefes y saber todavía más que ellos, por si preguntaban. Dejó esos trabajos de redacción cuando alguien le dijo a Erik una frase que le dio cuerpo a un sentimiento que ya tenía desde tiempo antes: «Las vacas sagradas no dan leche».

Así fue como Erik concluyó que era preferible trabajar en un espacio donde firmara su propio trabajo. Vislumbró lo que muchos llegan a entender muy viejos: el periodismo es una carrera muy bonita, pero que esclaviza a través del ego.

Al llegar a Acapulco no comenzó a trabajar inmediatamente. Quiso ir en auto hasta la Costera Guitarrón y entrar a pie a la playa donde él y su papá estuvieron a punto de ahogarse, a causa del golpe del mar de fondo.

Se sentó en la arena y le pareció que volvía a verse ahí, como niño, con su papá David, su hermanita Ololi y su perro Tapper. Se paró y empezó a hacer unos pasos de danza indígena. Hizo los que más le gustaban de la Guelaguetza, seis diferentes. Era una forma de dar y recibir frente al mar; una forma de agradecer, aunque no sabía bien a quién, a qué o por qué. En realidad, Erik Björn nunca había sido un hombre que rezara. Recordó lo ridículo que fue repetir el inicio del Himno Nacional Mexicano la noche que deseaba rezar el padre nuestro. Por eso, sólo dijo en español lo que decía Ololi: «¡Gracias, Diosito! ¡Gracias, Virgencita de Guadalupe!».

Después se fue a las oficinas del agua potable de Acapulco y tuvo la mala suerte de que, cuando estaba adentro haciéndose pasar por un nuevo residente que quería contrato, entró el mismo funcionario público de Cuernavaca, con reloj ostentoso y escoltas armados. Trabajaba en los dos lugares. Era un funcionario de alto nivel en ambas compañías de agua potable: la de Acapulco y la de Cuernavaca. Era un excomandante de policía que había brincado a la arena política y que, según comentarios que leyó en internet pero no estaban confirmados, tenía cercanía con el grupo del Efectivo.

El hombre escoltado pareció identificar a Erik porque lo miró con mucha molestia. Todos disimularon, pues había filas de residentes verdaderos que saturaban las oficinas para pagar o hacer contratos nuevos de agua.

El joven sueco salió y se comunicó una vez más con su colega periodista de investigación para informarle a quién había visto en las oficinas del agua potable de Acapulco y lo que decía la gente de los derrames de aguas negras en la bahía, justo en los días

373

con más turistas. Ella le dijo que ya habían anunciado la decisión del financiamiento que darían los gringos y no les había tocado nada a ellos. Los de la Quinta Esencia habían elegido a otros proyectos sobre desaparecidos y morgues saturadas. Los dos compañeros de investigación dijeron: «Ni modo» y «Ni modo». Antes de colgar, Ruth le dijo que no fuera a apagar el geolocalizador de su teléfono y que le hablara o escribiera en la mañana.

Erik se fue a comer una hamburguesa y una malteada de fresa al restaurante La Vaca Negra. Ahí estaba cuando le llamó Ololi para pedirle que se fuera rápido para Tlalpujahua porque veía muy enfermo a su papá. Él no lo dudó. Había escarbado inútilmente en Cuernavaca y Acapulco.

Al pensar en que su papá estaba grave, se subió rápidamente al Dodge Neón blanco y arrancó rumbo a Michoacán. Como la vía más rápida era por las carreteras más nuevas y no las viejas, tomó la Autopista del Sol y fue subiendo de la costa al altiplano. Desde Tierra Colorada ya el cielo estaba muy oscuro y tuvo la impresión de que las luces de un auto lo seguían a la misma distancia desde hacía rato. Bajó un poco la velocidad al pasar por Chilpancingo y esas luces también bajaron la velocidad. Por la zona urbana aprovechó el alumbrado público y distinguió a quien le seguía. Viajaba en una camioneta *pick up*, color azul cielo, y era un solo ocupante.

En un tramo antes de salir de la jurisdicción del estado de Guerrero aceleró a ciento treinta kilómetros

374

por hora, y la camioneta aceleró para no perderlo de vista. Erik comprendió que lo andaba cazando. Trató de sacarle toda la distancia que pudiera y en el entronque de la Autopista del Sol para ir a Puente de Ixlta dio una vuelta rápida a la derecha para cambiar a la carretera vieja. Ahí era más fácil meterse a un pueblo y perderse. Dio la vuelta al trébol y enfiló al norte. Ya no vio las luces detrás. Antes de entrar a zona despoblada, Erik quiso verificar que nadie lo siguiera y orilló su auto en una parte oscura del estacionamiento del restaurante Cuatro Vientos, en el kilómetro 107.

Ése era un lugar idóneo para escapar de cualquier problema porque estaba en medio de las carreteras nueva y vieja y tenía puertas hacia cada uno de los dos caminos. Apagó el motor y esperó. No vio a nadie. Esperó más. Nada pasó. Dudaba si debía arrancar, regresar a la carretera nueva, esperar más, llamar por teléfono a alguien.

Sintió que estaba tranquila la noche y subía por la derecha la luna menguante. Su carro estaba bien oculto, era muy difícil verlo. Eso mismo le dijo el sicario que golpeó el vidrio izquierdo con su pistola, antes de obligarlo a bajar.

XXXIV
Cueva de hormigas

Ololiuqui nunca había visto agonizar a una persona.
Sabía que eso era lo que ahora estaba ocurriendo a
David Björn, pues había presentado mucha dificultad
para respirar durante la tarde y a las nueve de la noche
lo miraba recostado en una oscilación de duermevela.
En pocos minutos transitaba entre un sueño profundo
y sobresaltos de vigilia; recordando pendientes, haciendo encargos a su hija adoptiva.

Un médico lo había revisado en la mañana y recomendó internarlo en un hospital, pero el profesor
jubilado se negó, por eso el especialista le dijo que
debían comprar un nebulizador para la habitación
y seguirle dando los antibióticos fuertes que traía.
El frío boscoso de Tlalpujahua no era buena ayuda, sería importante que regresaran a Cuernavaca
al día siguiente. Él se desanimó mucho al entender
que su cuerpo ya no le dejaría bajar al lugar que le
interesaba. Se llamaba Cueva de Hormigas y sabía
que ahí quizá encontraría evidencia de pedernales suaves, que podrían ser guardados por reptiles
en sus buches.

A las siete de la noche, Ololi le llamó a Erik y le dijo que veía a su papá grave y le pedía por favor que manejara hasta ese pueblo en Michoacán porque tenía miedo de que su salud se complicara más. Ololi se sentía muy sola y usó su celular para hacer una llamada fuera de serie a su madrina Juliana, en Tilantongo, Oaxaca. Le pidió consejo.

Esa noche, mientras David respiraba agonizante, Ololi se metió a su cama y lo abrazó por la espalda para darle abrigo. Ella se durmió y él ya estaba dormido. Dentro del sueño lo buscó y lo encontró en una casa muy bonita, construida con madera y grandes ventanales que daban hacia un bosque. Era la casa de Norby, donde compartió los últimos años de Gry.

—Papi. Ya vine.

—¿Qué haces, mi hijita amada? ¿Mi bellísima flor de la mañana?

—Papi, estás muy enfermo.

—Sí. Ya me canso mucho al respirar. Creo que mi final ya está cerca.

Ella lo abrazó con mucho amor y se soltó llorando. Casi nunca lloraba porque era una mujercita guerrera, muy fuerte y muy poderosa de corazón y alma.

—Yo te quiero mucho, papi. Tú me has dado mucho y te quiero hacer un regalo. Dame tu mano.

El padre le dio la mano a la niña —porque hay que decir que él la seguía mirando como niña— y sintió que comenzaba a respirar un poco mejor. Dentro del sueño, Ololi pidió que abriera el ventanal de la casa que daba al bosque y así lo hizo el bioquímico.

Salieron los dos y la mujercita ixcateca le pidió cerrar los ojos y contar hasta cien. Él sonrió con el juego y por la alegría que le daba estar cerca de su hija adoptiva. Ella le dijo: «Te voy a empujar fuerte, pero vas a caer en un sillón. No tengas miedo y no vayas a abrir los ojos».

Él no tuvo miedo y se dejó empujar, cayendo muy lento, percibiendo que la temperatura del aire se volvía más tibia y que una superficie suave lo recibía. En el sueño, quedó sentado en un lugar cómodo y sintió cómo Ololi le acariciaba la cara y le daba un beso susurrando:

—Papi, ya te traje a la Cueva de Hormigas. Me tengo que ir. Te amo mucho, mucho, mucho.

—Te amo, hija —le dijo David con una sonrisa y abrió los ojos dentro del sueño.

Oscuridad. Era todo lo que percibía David cuando Ololi lo dejó en la cueva. Ella despertó en Tlalpujahua. Dejó a David respirando un poco más cómodo en su lecho y se pasó a otra cama donde volvió a dormir, pues tenía que llegar rápido a Tilantongo, donde le esperaba su madrina para enseñarle a ser voladora de la noche.

En la cueva, David Björn escuchó un sonido que se parecía a dos cosas: la actividad de miles de hormigas cortando hojas y varas o el crepitar de una flama quemando madera. No sintió temor, pues su atención se concentró en el hecho de que estaba respirando muy bien. Ya no tenía el dolor al inhalar y exhalar que había padecido durante muchos días.

Sus ojos detectaron una luz muy tenue en la parte frontal hacia donde estaba orientada su cara. Era luz roja de lumbre. Comenzó a acercarse a tientas y arrastrando los pies suavemente para no caer o causar escándalo. Avanzó unos veinte metros y la claridad se fue incrementando. Detrás de unas rocas encontró algo que no esperaba: un hombre anciano frente a una fogata, con bigote y barba blanca, vestido con túnica franciscana de algodón áspero color café, sandalias y una cuerda amarrada a la cintura. Sobre la fogata tenía una parrilla y encima de ella un pocillo grande donde hervía una infusión de hierbas.

—¡Qué bueno que al fin llegaste David! Te estoy preparando una prodigiosa.

—¿Quién eres tú? ¿Ya estoy muerto? (*Vem är du? Är jag redan död?*) —preguntó el científico en sueco.

El fraile le invitó a sentarse con un gesto de su mano y comenzaron un diálogo en el que el habitante de la cueva hablaba en castellano y el visitante hablaba en sueco.

—No estás muerto. Estás dormido. Yo me llamo Santiago Juan Casiano. Fui domador de potros, hombre muy rico y, sin darme cuenta, maté a mucha gente e hice mucho mal. Duermo en esta Cueva de Hormigas y mi penitencia es ayudar a la gente. Tengo que purificar todas mis acciones perjudiciales del pasado, pero no sé si el tiempo me va a alcanzar —le dijo el aparecido y le extendió a David una taza con el té de hierbas y licor de anís.

Luego le contó un resumen de la historia de la frasca de hormigas, la cantina Las Prodigiosas, la manera como salió volando para evitar la muerte cuando se reventaron las presas de Tlalpujahua y las diferentes visitas que hacía a personas para tratar de compensar la pérdida de vidas inocentes que había provocado.

Tenía 113 años de edad, pero su físico parecía de la misma edad que la de David. Cada noche volaba y visitaba a diferentes personas. Nunca le faltó alimento en donde vivía y gozaba de muy buena salud.

—Pero tú eres parte de mi sueño. Yo te construí con mis recuerdos o mis deseos. Reconozco tu cara. Es la del hombre que nos sacó del mar a mi hijo y a mí —le expuso el exprofesor de la Universidad de Upsala.

—Puede ser. Pero es más probable que tú seas parte de mi sueño porque tú naciste el 27 de mayo de 1937, la fecha en que yo debí morir. También es posible que los dos estemos dentro del sueño de una tercera persona o que exista un planeta de sueños o una cueva de sueños. ¿Sabes cuál es la verdad?

—¿Cuál?

—Que la mente humana no puede conocer la realidad directamente. Sólo conoce pedazos a través de sus creencias.

—Bueno —lo interrumpió David—. La ciencia sí nos ha dado respuestas. Hay mucha evidencia que no está sujeta a creencias subjetivas.

Santiago respondió sin mirarlo: «Son verdades estadísticas que se hacen de la vista gorda cuando encuentran excepciones. ¿A ti te consta todo lo que la ciencia dice?».

El bioquímico sueco levantó la cara hacia la bóveda de la cueva y luego la bajó con una exhalación que expresaba pereza por tener que argumentar lo que para él era obvio: «A mí directamente no me consta todo. Pero hay mecanismos de verificación y hay una comunidad muy estricta que vigila todo».

—¿Y no hay corrupción? ¿No hay competencia desleal? —le reviró el ermitaño que ahora sí tenía fija su retina en la retina del científico. Luego agregó—: No es necesario que me respondas. Estás llegando al final de tu vida y sé que sabes cuándo vale la pena argumentar y cuándo no.

Los dos ancianos guardaron silencio. A David le llamó la atención una caja con botellas de cerveza alemana, envueltas en palma tejida y una botella de tequila de Jalisco.

—¿Qué es eso?

—Son recuerdos de mi vida. En realidad yo casi no tomo alcohol porque no me hace ningún efecto. Sólo lo consumo cuando quiero compartir —le dijo el hombre que también tenía en la cueva libros de poesía de sor Juana Inés de la Cruz.

—Volviendo al tema. Sólo sé que lo que ocurre en los sueños se queda dentro de los sueños —retomó David—. Y que nadie cambia al mundo durmiendo.

—Al contrario, doctor Björn. Soñar es el evento más transformador que pueda experimentarse. Pero cuánto, cómo y por qué nos modifica no puede ser medido con un número. Eso le disgusta a la ciencia porque construye su verdad con estadística. ¿A ti te gustan las ciencias sociales? —preguntó Santiago.

David, como bioquímico, se sintió un poco ofendido porque el hombre de la cueva estaba jalando su conversación hacia la espinosa controversia de si las ciencias sociales son o no conocimiento acumulable, verificable y constatable.

—¿Por qué estoy aquí contigo, viejo? —cambió el tema David.

—Porque tienes unos deseos que yo te voy a ayudar a cumplir —respondió el hombre que cuando era niño bailaba con su mamá el vals «Dios nunca muere».

—¿Y qué es lo que yo deseo, según tú?

—Tu primer deseo es sobre algo que quieres saber. El segundo todavía ni lo has pensado, pero lo vas a desear desesperadamente y el tercero es algo que quieres obtener, pero no crees que se puede conseguir.

David se puso de pie tranquilamente. Tenía en la mano la taza de té con licor. Se olvidó de todo y se concentró en sentir lo bien que estaba respirando.

En ese espacio había dos titanes, dos sabidurías, dos experiencias, dos disciplinas, dos paciencias. El sueco dejó de mirar al ermitaño por un momento y revisó el lugar donde estaban. No era una cueva propiamente. Se notaba la mano del ser humano. Era una mina.

—¿Estamos en una mina? —interrogó el exprofesor de la Universidad de Upsala.

—Sí. Una mina de oro y plata —le respondió su misterioso acompañante.

Un poco ansioso, David quiso acelerar la plática: «Y qué es lo que quiero saber, según tú».

Santiago mantuvo una cadencia lenta y didáctica al contestar: «Quieres saber si existen los dragones. Yo te voy a mostrar que sí».

David empezó a reír con una mirada melancólica concentrada en el fuego.

—No es justo. Voy a conocer un dragón, pero sólo en sueños.

—Juzga al final del vuelo, porque te voy a llevar a mirar algo muy importante. Escúchame bien, David. Esto tiene que ser rápido, el tiempo se agota y si no te apuras va a ocurrir una tragedia que vas a lamentar —le dijo Santiago Juan Casiano y, sin dilación, se agazapó ocultando su rostro bajo el capuche de franciscano que se echó sobre la cabeza. Frente a los ojos del científico se tiró al piso y, a gatas, caminó varias veces, como perro, alrededor del fuego. Aceleró sus giros y algo iba cambiando en su forma cada vez que el fulgor de la llamarada ocultaba su cuerpo. Siete vueltas después ya era un lagarto del tamaño de un caballo y, con mirada amenazante, ordenó a David a montar. El bioquímico sintió que le habían dado la instrucción con palabras y por eso trepó y se afianzó, convencido de que vivía un delirio producto de desajustes neurobiológicos por la infección respiratoria que padecía en la vigilia.

El reptil gigante caminó velozmente hacia la oscuridad de la mina. Aceleró su paso al mismo tiempo que su cola se agitaba frenéticamente. David apretaba las piernas y se sujetaba son sus manos fuertes y brazos de oso. Se acostó sobre la espalda del ermitaño y cuando alcanzaron la salida de la Cueva de Hormigas, el reptil dio un salto, agitó su cola como látigo y voló. David sintió una alegría infantil que había olvidado.

—¿Tú eres el dragón? —gritó mientras se desplazaban por el cielo bajo la luz de la luna menguante y la constelación de Aries. Como respuesta, el animal fantástico escupió una llamarada y dejó de ascender. Siguieron desplazándose al sur-oriente impulsados por una corriente de aire—. Bueno, la verdad, eres diferente a como yo te hubiera soñado —dijo el sueco, quien no paraba de elaborar una interpretación psicoanalítica de lo que estaba sucediendo.

Volaron diez minutos a una altura suficiente para ver la actividad de las ciudades y pueblos, sin enfocar la atención en ningún individuo. Luego, sin razón aparente, iniciaron un descenso suave y continuo. La temperatura del ambiente era más cálida que en los bosques de Michoacán. David distinguió las rayas grises de asfalto de las carreteras nueva y vieja de la Ciudad de México a Acapulco. También le pareció identificar el restaurante Cuatro Vientos, que es el único con salida peatonal a las dos carreteras. Pero siguieron descendiendo hacia un camino de chapopote deteriorado donde estuvieron a punto de enredarse con unos cables de electricidad, pero el dragón lanzó una flama muy poderosa y derribó un poste para no quedar atrapados entre esas líneas de alta tensión.

Aterrizaron bruscamente, pero David no cayó al suelo. El reptil, del tamaño de un caballo, se agazapó contra el piso cuando vio las luces de un vehículo acercarse por el camino rural y el químico jubilado hizo lo mismo.

Lo que venía avanzando por la brecha solitaria era una camioneta *pick up* color azul cielo. El chofer frenó bruscamente al ver el poste roto de la Comisión Federal de Electricidad que bloqueaba el camino y seguramente había dejado sin luz alguna colonia del poblado de Ahuehuetzingo, que estaba adelante. El conductor se bajó tambaleando. Iba ebrio. Revisó lo que alcanzaban a iluminar sus faros y fue a la parte trasera de la camioneta. Traía pistola en el cinturón. Abrió la puerta de la caja y a patadas bajó a un hombre con las manos amarradas que estaba tirado en la caja de carga del vehículo. Era Erik Björn.

David sintió horror ante la pesadilla que creía estar viviendo: la ejecución de su único hijo. Erik presintió la presencia de su papá en la oscuridad, pero no dijo nada. Se hincó en el piso, mirando al suelo, como si fuera a rezar antes de morir.

El sicario vio a su víctima rendida y pensó que era buen momento para tomar un trago más de la botella de *whisky* que venía consumiendo y luego acabar su tarea para alcanzar a los demás de su grupo que esa noche viajaban en convoy rumbo a la Ciudad de México. Se llamaba Humberto León y le decían el Pájaro porque tenía las piernas muy delgadas, como gallina, y el cuerpo gordo, como jitomate rojo. Era muy eficiente, aunque de rango menor en la maña.

—Tenemos que hacer algo para salvar a mi hijo —le dijo David al dragón y ya no le importaba si en ese momento estaba muerto, dormido o despierto. El reptil le indicó que lo montara y mientras el pistolero metía medio cuerpo a la camioneta para alcanzar su botella de *whisky,* el animal fantástico voló.

Erik sintió como si un gallo gigante hubiera levantado el vuelo, pero no vio nada. David y Santiago volaron a una loma cercana desde donde alcanzaban a ver, sin ser escuchados. El exdomador de potros recuperó su forma humana y le dijo a David:

—Deseabas saber si existen los dragones y ahora deseas desesperadamente salvar la vida de tu hijo, aunque antes de dormir hoy no presentías esta ejecución, ¿verdad? Nunca imaginaste que él fuera a morir antes que tú.

—No es cierto, no es cierto, no es cierto. Esto no está pasando. No es real —repetía David.

—Lo que ves es real. Y si no haces algo, Erik va a morir y regresar de la muerte es algo que no puede ser. Una vez los salvé a ti y a tu hijo de morir ahogados. Ahora es más complejo. No es sólo el pistolero que ves; un grupo criminal completo lo quiere borrar para que no escriba —le dijo el hombre que se convertía en reptil gigante.

—Pero ¿yo qué puedo hacer? —rumiaba el bioquímico jubilado con una voz que había perdido grosor.

Santiago Juan Casiano le puso las dos manos en los hombros, lo colocó frente a él y le ordenó: «Vas a hacer lo que más trabajo te cuesta. Te vas a tener que callar».

Humberto *el Pájaro* León terminó de dar varios tragos al *whisky* y se dispuso a hacer su trabajo. Traía una metralleta corta, pero prefería usar pistola, pues era menos escandalosa. Sin embargo, ya con el arma en la mano, el escándalo no le importó y, en lugar de ejecutar a Erik arrodillado, le disparó a un lado para asustarlo y que se pusiera de pie.

Erik se levantó ayudado primero con una pierna y luego brincó hasta incorporarse y se puso a dar pasos en el mismo lugar, como si estuviera corriendo, pero sin moverse de ese punto. Al Pájaro le dio risa ese movimiento de carrera sin correr y le tiró tres balazos más a los pies, con lo que el periodista comenzó a brincar como conejo.

El sicario comenzó a sonreír con la escena y quiso beber otro trago, pues no había chance de que escapara su rehén. Sin quitarle la vista de encima se acercó nuevamente a la botella y escuchó que comenzaban a sonar truenos en el cielo. Si no se apuraba la lluvia lo iba a mojar. Se echó otro trago largo y vio que Erik no se detenía y ya empezaba a sudar toda su ropa.

En el mismo lugar donde lo había colocado, el periodista continuaba brincando, corriendo sin desplazarse, girando y respirando muy fuerte. Lo miró dos o tres segundos y se dio cuenta de que el joven ya no lo veía, se movía sin parar, sin dedicar atención a todo lo que pasaba alrededor. Erik sabía que no podía escapar corriendo, pero brincaba y giraba, como si estuviera parado sobre un comal caliente. Aunque traía las manos amarradas atrás, las agitaba como si trajera sonajas. Levantaba las rodillas y luego golpeaba el piso. Se agachaba y hacía un zapateado que al sicario le pareció muy ridículo. Sin música, el comportamiento del secuestrado le recordaba al matón pasajes de caricaturas antiguas. Erik se movía recordando la danza de la pluma, de Oaxaca. En la loma cercana, Santiago Juan Casiano comenzó a hacer movimientos similares, brincando, danzando sin música.

Abajo, el Pájaro León vivía una escena muy diferente. Al ver el zapateado que Erik hacía sin música le recordó danzas de indígenas y, en automático, le insultó con la vieja frase «¡Pinche indio, pata rajada!», aunque la víctima tenía menos sangre indígena que el propio matón guanajuatense. En eso empezó a caer una lluvia ligera. David, que veía toda la escena y trataba de no pensar, interpretó las gotas de agua como una señal para también imitar a Erik y Santiago. Intentaría danzar o bailar o lo que fuera. Pensó fugazmente en su amada Gry, que bailaba sola cuando estaba feliz. La llamó con el pensamiento y le dijo, como muchas veces que había hablado con ella después de muerta, que necesitaba su ayuda porque iban a matar a Erik.

El doctor Björn hizo lo que pudo para copiar los pasos. Encontró dos que le acomodaban mejor y comenzó a repetirlos. Primero movió las piernas como si corriera sin moverse de lugar, luego daba una patada raspando al suelo, como futbolista y un brinco para cambiar de posición. Lo que estaba haciendo el bioquímico era absolutamente inédito y extraordinario. Nadie de su familia lo hubiera creído, pero sólo el hombre-dragón que lo había transportado podía ver sus esfuerzos.

Cerca del reportero, el Pájaro León comenzó a reír burlonamente. «¡Pinche periodista hocicón! ¡Báilale, pinche chismoso, porque pronto vas a estar bien tieso!». Y volvió a dispararle hacia los pies, pero cuidando no atinarle para seguirse divirtiendo.

Humberto no lo sabía pero, al mismo tiempo, en cuatro puntos cardinales alrededor del lugar donde estaba, ocho personas bailaban pidiendo bendiciones para ese hombre que él tenía ordenado matar. Al norte: Cristina y Natalia bailaban junto a la Catedral de la Ciudad de México, para agradecer a Erik que les dejó consolidar su amor tan dulce. Al oeste, Trinidad tercera y Adán Alfonso bailaban en Malinalco, Estado de México, para agradecer que estaban vivos y pedir bendiciones para los desconocidos que los habían protegido. En el este, Ololi y Juliana bailaban sobre el cielo de Tilantongo, para agradecer a Erik y a David haber protegido a una niña tan mágica como vulnerable. Y al sur, en una loma a menos de cien metros del lugar donde estaba el sicario, David Björn y Santiago Juan Casiano bailaban, a la intemperie, para intentar detener una tragedia.

Sin planearlo ni comunicarse las cuatro parejas iniciaron sus danzas. Al centro también Erik bailaba y, sincronizados en un segundo fugaz, peregrino, todos alcanzaron el estado de silencio mental que permite mirar a la realidad directamente y entender que los tres tiempos —pasado, presente y futuro— son una ilusión mental. Erik brincó más fuerte que antes. En el aire detuvo sus rodillas frente al pecho y, como piedra, se dejó caer al piso.

En eso se soltó un aguacero. El Pájaro León sintió que la risa le ganaba. «¡Pinche indio apache, ya hiciste llover! Ja, ja, ja». La contracción ascendente de la carcajada ruidosa agitó sus carnes gordas y piernas flacas. Él ya estaba listo para dispararle a Erik en la panza, al centro. Pero al caer al piso, el objetivo se le movió.

La risa del sicario se volvió más intensa y, por eso, aumentó mucho la presión de su vejiga urinaria llena de *whisky* Buchanan's. En la soledad de los caminos de Alpuyeca, el Pájaro León se fue hacia el frente de la camioneta *pick up* para mear. Abrió la bragueta con la mano izquierda, sin soltar la pistola que sujetaba con la derecha, y se sacó el pito para no mojar sus pantalones por tanta risa. Cuando su chorro de orines bajó al suelo, una corriente eléctrica con potencia de trescientos veinte voltios subió por el líquido y lo achicharró.

Se había parado junto a un charco recién formado por la lluvia, que alcanzaba los cables eléctricos del poste desplomado. La corriente alterna trifásica, que servía para iluminar al pueblo de Ahuehuetzingo, se desplazó por el líquido que sirvió como conductor: tocó primero el pene del guanajuatense y lo carbonizó; luego sus huevos se evaporaron. La pelvis, las piernas, los órganos internos, el corazón y el cerebro se convirtieron en un circuito por el que los electrones corrieron como caballos cimarrones. El delincuente se agitó como anguila sebosa sacada del mar. El baile sincrónico en cinco lugares cesó. Murió el Pájaro y Erik se salvó.

—Tenemos que regresar a la cueva —indicó Santiago a David mientras se ponía en cuatro patas y volvía a caminar en círculos para transformarse. El padre sueco no miraba a Santiago, pues tanteaba una bajada para correr hacia su hijo, pero el dragón lo noqueó con un coletazo y se lo llevó volando a Michoacán.

El joven periodista esperaba el tiro de gracia que no llegó. Después de unos minutos miró y descubrió lo ocurrido. Tras el silencio mental que había alcanzado en su danza agonizante entendió que su investigación periodística no iba a cambiar la forma como México estaba en ese momento, pero sí hubiera acabado con el privilegio y la oportunidad que tenía de poder transitar por esta preciosa existencia humana. Quería abrazar a su papá y decirle que lo amaba, pero de algún modo sabía que ya no lo vería vivo porque algo, como su espíritu, estuvo con él cuando empezó la lluvia.

Erik también reconoció que amaba a Ololiuqui; que era ella la mujer que quería como compañera de baile, mesa, alcoba y caminatas, hasta el final de su vida. Anheló que la mujercita ixcateca lo aceptara y sintió que algo se fugaba por su ombligo cuando se imaginó con hijos y se preguntó cómo sería todo si él nunca hubiera nacido.

Con las dos manos sobre el ombligo, caminó muy despacio por la ruta de terracería hasta llegar al estacionamiento del restaurante Cuatro Vientos, donde había dejado su auto antes de que lo levantara el Pájaro León. Arrancó su vehículo y lo dirigió por la carretera vieja México-Acapulco rumbo al norte, para pasar por Cuernavaca, luego Toluca y llegar a Tlalpujahua. Hizo una escala en la casa familiar y buscó la urna con cenizas de Gry Järvinen para decirle que la amaba y le agradecía que le hubiera dado la vida. También le escribió un correo electrónico a Ruth para informarle que ya no seguiría el reportaje sobre «extorsión a gobiernos locales a cambio de agua potable».

Al continuar su viaje volvió a pasar por el kilómetro 44 de la carretera vieja Cuernavaca-México. No se sorprendió de que fueran cerca de las tres de la mañana ni de que, otra vez, hubiera hombres ahorcados en los pinos, cerca del altar a la Santa Muerte. No se detuvo, pero meses después supo que esa madrugada ejecutaron al verdadero Marcial Dimanche Villa, el Efectivo, junto con su socio excomandante de la policía y sus escoltas.

En la Cueva de Hormigas, el diálogo entre Santiago y David Björn sirvió para aclarar datos históricos, biológicos, filosóficos y metafísicos sobre el nahualismo y las experiencias duales humano-animal.

—Ya cumpliste tu deseo de saber sobre dragones. Ya cumpliste tu deseo desesperado de salvar la vida de Erik. Entonces, al final, ¿ya sabes qué es eso que deseas pero no crees que puedes conseguir? —preguntó el hombre vestido como fraile franciscano.

—Yo sólo quiero estar con Gry —respondió David.

Entonces, el hombre que, en 1937, había encontrado la frasca de hormigas, sonrió en señal de triunfo.

—Cierra los ojos. Ahora mismo vas a estar con ella en un bosque de oyameles, rodeado de mariposas anaranjadas —fue lo último que le dijo Santiago Juan Casiano.

El doctor en Ciencias David Björn, bioquímico egresado de la Universidad de Upsala, hombre que describió doscientas cincuenta moléculas de interés farmacéutico, padre de dos hijos, explorador incansable de los vestigios culturales olmecas, murió el 23 de julio de 2019; día de santa Brígida, patrona de Europa.

Antes de que saliera el sol Erik llegó manejando al hotel de Tlalpujahua donde Ololi le había indicado que dormirían. La encontró rezando a la Virgen de Guadalupe junto al lecho donde había muerto su padre. Los administradores estaban nerviosos y espantados por el fallecimiento inesperado del anciano europeo, pero la joven etnóloga de veintitrés años de edad estaba muy tranquila. El periodista entró, la abrazó muy fuerte, como un hombre abraza a una mujer, y la soltó para abrazar el cuerpo de su padre. Lloró en silencio porque lo amaba tanto, tanto, como a la luz del sol. Sin embargo, también vio que el rostro de

David era apacible. Pensó algo ilógico, pero le pareció que miraba al papá muerto más bonito del mundo.

Ese mismo día solucionaron los trámites legales y solicitaron cremar el cadáver para llevar sus cenizas a Cuernavaca y reunirlas con las de Gry. Mientras la incineración estaba en marcha, los dos jóvenes caminaron un poco por el pueblo de antiguo esplendor minero. Había decenas de tiendas de esferas de Navidad. El vidrio soplado, de colores, era ahora la actividad económica dominante y permitía entender por qué el gobierno mexicano le dio a Tlalpujahua el nombramiento de Pueblo Mágico.

Cuando estaban sentados afuera de la iglesia principal del pueblo, cerca del lugar donde ochenta y dos años antes los pobladores quebraron piñatas llenas de fruta y monedas de plata, Erik le hizo una pregunta a Ololi.

—Si me voy a vivir a Suecia, ¿aceptarías acompañarme? Y ella le respondió:

—Tú sabes que yo descalza voy contigo.

Cuernavaca, Morelos, México.
31 de octubre de 2020